실종된 화가와 남자들

失踪

실종된

화가와 남자들

missing painters and men

변억환 장편소설

좋은땅

목
차

프롤로그

.

형사는 짜증이 났다. 지난해 6월 지방선거와 관련된 고소·고발사건들은 이미 지난해에 조사가 끝났고 기소가 됐다. 이제는 고소를 하든 고발을 하든 선거법으로 현직 시장의 옷을 벗길 수는 없다. 선거법에 선거 후 6개월 안에 기소하도록 명문화해 놓았기 때문이다. 그런데 선거가 끝난 지 1년도 더 지났는데 이제 와서 현직 시장을 고소하겠다니 도대체 뭐 하자는 건지. 분명하고 신속한 결과로 이어질 수 없는 조사는 형사에게는 매우 귀찮은 일이다. 그래서 짜증이 난다. 설거지를 다 했다고 생각했는데, 밥그릇이 하나 남아 있어서 다시 고무장갑을 껴야 하는 상황처럼. 아침 출근 전에 샤워를 하고 나왔는데, 면도를 하지 않아 다시 욕실에 들어가야 하는 순간처럼.

형사는 고소인의 얼굴을 쳐다보지도 않은 채 서류를 보면서 조사를 시작했다. 짜증이 목 아래까지 차올라서 고소인의 얼굴을 쳐다보기가 싫었다. 시장을 고소한 화가는 자신의 그림을 시장이 가져갔다고 했다.

"시장이 가져간 그림이 모두 몇 개입니까?"

고소를 했으니 고소인을 상대로 우선 조사를 해야 했다. 형사는 짜증과 귀찮음이 묻어나는 목소리를 숨기지 않고 물었다.

"스물일곱 점이에요."

화가는 침착하게 말했다. 형사가 짜증이 나 있든 말든 관심 없다는 듯이. 고소인의 목소리는 평온했다. 시립합창단의 화음처럼 아름답기까지 했다.

"시장이 가져간 그림이 27점이란 말이죠. 그럼 이게 돈으로는 얼마나 됩니까?"

고소장에 그림 전체에 대한 액수가 적혀 있었지만 형사는 다시 한번 물었다. 원래 모든 조사가 이런 식으로 진행된다. 그나마 한 번만 물어보면 다행이다. 묻고 또 묻고, 상대가 고소인이든 피고소인이든, 피해자든 가해자든, 여러 번 묻고 또 물어서 진술의 신빙성이 있는지를 확인하는 게 형사들의 조사 방식이다.

"그림 한 점당 4백만 원씩. 모두 1억 800만 원입니다."

화가는 별거 아니라는 듯이 그렇게 말했지만, 형사는 입이 쩍 벌어졌다. 놀라서 벌어졌다는 것을 들키지 않으려고 일부러 하품을 하는 것처럼 연기했다. 그림 하나 가격이 형사의 한 달 월급과 비슷하다. 무슨 김홍도나 고흐가 그린 그림도 아니고, 이렇게 그림이 비싸냐. 우리 부모님은 왜 내 유전자 속에 이런 재능 하나 심어 놓지 않으셨는지. 이정후같은 운동신경은 아니더라도, 장동건처럼 잘생긴 얼굴은 어렵다고 할지라도, 조성모 같은 가창력은 불가능하다 할지라도, 한 점에 4백만 원하는 그림을 그릴 수 있는 재능 정도는 유전자 속에 슬쩍 심어 놓았어야 하는 것 아닌가. 그랬으면 지금처럼 적은 월급 받아 가면서 짜증 나는 조사를 하느라 힘들이지 않아도 되는 건데.

"그럼 시장이 도둑놈이라는 말이네요. 남의 그림을 그냥 가져갔다면?"

"제가 줬어요."

형사는 영화에서처럼 조사 내용을 기록하던 서류를 집어서 고소인의 머리를 내려칠 뻔했다. 장난하는 것도 아니고, 지 년이 줘 놓고서 시장이 가져갔다고 고소를 하다니. 이거 미친 것 아닌가. 고소 사건을 조사하는 것이 귀찮아서 고소인의 얼굴을 제대로 쳐다보지 않았던 형사가 씩씩거리면서 처음으로 고소인의 얼굴을 빤히 쳐다보았다. 도대체 이년이 무슨 생각으로 경찰서를 찾아와서 고소를 한 것인가? 혹시 정신 나간 여자는 아닌가? 분석하기 위해서.

고소인의 얼굴을 빤히 쳐다본 형사는 자신이 실수했다는 것을 알았다. 조사가 끝날 때까지 고소인의 얼굴을 자세히 쳐다보지 말았어야 했다. 그래야 공정한 조사가 가능했다. 그러면서도 뇌 속에서는 도파민이 분출되기 시작했다. 자신도 모르게 형사는 자세를 바로 하고, 할 수 있는 가장 친근한 표정을 지었다. 그러면서 최대한 친절한 말투로 고소인에게 질문을 이어 갔다.

그 후로 한 시간 가까이 조사가 이뤄졌지만, 형사는 자기가 무슨 질문을 했는지 알지 못했고, 고소인이 무슨 답변을 했는지도 기억하지 못했다. 기계적으로 물었고, 무의식 속에서 들었다. 조사를 받는 고소인은 침착하게 앉아서 질문에 대답하는데, 조사를 하는 형사는 얼굴이 붉어지고 땀을 흘리고, 심장이 두근거렸다. 이건 누가 조사를 하는 사람이고 누가 조사를 받는 사람인지.

조사를 다 마친 후 고소인이 돌아간 다음에야 형사는 정신이 돌아왔다. 고소인은 지금까지 형사가 본 여자 중에 제일 미인이었다. 형사의 정신을 혼미하게 만들 정도로.

　고소인이 돌아간 다음에 형사는 정신을 수습하고 자신이 작성한 조서를 읽어 보았다. 시장이 후보 시절 돈이 없어서 선거 자금을 마련하려고 화가의 그림을 가져갔으며, 그림을 팔아서 절반은 화가에게 주고, 절반은 자신의 선거 자금으로 사용하겠다고 약속하고서는 선거가 끝난 후에 그림 값도 주지 않고, 그림도 돌려주지 않았다는 내용이었다. 그러나 조서를 읽고 난 다음에도 형사의 머릿속에는 조서 내용이 일목요연하게 정리되지 않았다. 그의 머릿속에서 정리되는 것이라고는 일목요연하게 정리된 고소인의 이목구비뿐이었다.

전화

재형의 휴대폰이 울렸다
그를 구원하는 전화였다

톡 톡 톡.

오른손에 쥔, 뚜껑이 닫힌 파란색 플러스펜 끝으로 책상을 두드리다
가, 그 플러스펜을 엄지, 검지, 중지 세 손가락으로 헬기의 프로펠러처
럼 돌리기를 수십 번. 그리고 다시 톡 톡 톡. 책상을 두드리고. 이런 과
정을 20분 넘게 반복하고 있을 때 재형의 휴대폰이 울렸다. 그를 구원
하는 전화였다.

기자라는 직업은 힘들다. 매일매일 새로운 것을 찾아서 새로운 글을
작성해야 한다. 그것도 정해진 시간 안에. 한 달 전에 쓴 것을 조금 고
쳐서 다시 쓸 수도 없고, 다른 신문에 난 것을 살짝 바꿔서 사용할 수도
없다. 늘 새로운 것을 찾고, 늘 새로운 글을 써야 한다. 20년이나 이 짓
을 하면서도 미치지 않은 게 이상할 정도다.

기자들은 큰 사건이 발생하면 오히려 편하다. 그 사건 현장을 취재하
고, 그 사건과 관련된 다양한 자료를 수집하고 다른 기자들과는 차별화
된 독특한 시각에서 기사를 작성해야 하는 부담은 있지만, 그래도 큰

사건이 벌어지면 일이 편하다. 무엇을 할 것인지가 정해져 있기 때문이다. 오늘은 이 부분을 취재하고, 내일은 저쪽을 기사화하고.

선거가 있을 때에도 일하기 쉽다. 선거가 모든 독자들의 관심사이기 때문에 그것으로 신문의 대부분을 채운다. 독자들은 대통령이 죽은 것보다 대통령에 누가 당선될 것인가에 더 관심이 많다. 죽은 대통령은 금방 잊히지만, 새로 당선된 대통령은 5년간이나 내 생활에 영향을 미치니. 대통령선거뿐 아니라 모든 선거가 마찬가지다. 선거 전후로는 더 독특한 기사. 더 특별한 기사, 다른 언론에는 보도되지 않은 새로운 기사를 편집국이 요구하지 않는다. 독자들이 온통 선거에 관심이 쏠려 있으니.

하지만 선거도 없고, 큰 사건도 발생하지 않은 요즘 같은 때가 기자들이 가장 힘들 때다. 이때야말로 새로운 것, 독자들의 관심을 끌 만한 것을 찾아내야 한다. 그리고 그것을 조리 있게 다듬어진 문장으로 기사를 작성해야 한다. 그렇지 않으면 편집국장이 생난리를 친다. 물론 기자 생활 21년 차인 재형에게 본사 편집국장이 새로운 것을 취재해서 기사를 작성하라고 닦달하지는 않는다. 재형은 이미 그 긴 세월 동안 편집국장이 좋아하는 많은 기사들을 작성해 왔다. 기자상도 여러 번 수상했다. 편집국장이 그의 공로를 충분히 인정하기 때문에 지금부터 정년퇴직 때까지 재형이 새로운 기사를 취재하지 않는다고 해도 편집국에서 닦달하거나 재촉하지 않을 것이다.

하지만 재형은 그렇게 하고 싶지 않다. 새로운 기사를 쓰지 않는 기자는 죽은 기자라는 게 재형의 평소 철학이다. 기자는 늘 새로운 것을 취재하고, 그것을 기사로 작성해서 독자들에게 전달해야 하는 직업이고, 그것이 어렵다고 느껴진다면 그 순간 기자증을 신문사에 반납하겠다는 것이 평소 재형의 생각이었다.

그런데 근래에는 그런 기사를 작성하지 못했다. 8개월여 전 시의원 살인 사건을 특종 보도하고 난 후에 이렇다 할 기사를 작성한 기억이 없다. 이제는 독자들과 편집국장의 눈길을 확 사로잡을 기사를 작성해야 한다는 고민을 하면서 책상 앞에 앉아 있는데 머릿속에 떠오르는 것이 없고, 손에 잡히는 것도 없다. 그래서 이번 주 들어 5일째 '펜 돌리기' 묘기만을 연마하면서 책상 앞에 앉아 있다. 생각해 보니 지난주에도 하는 일 없이 펜 돌리기 묘기를 연마하면서 일주일을 보낸 것 같다. 이러다가 동춘서커스단에 입단하는 것은 아닌지 모르겠다.

오늘은 목요일. 신문기자들에게는 오늘이 일주일의 마지막 날이다. 금요일이 주말이고, 토요일이 휴일이다. 일요일은 정상 근무를 한다. 오늘 뭔가 취재거리를 찾아내지 못하면 이번 주도 꽝 치는 거다. 그런 생각을 하면서 펜 돌리기 묘기를 연마하고 있는 바로 그 순간에 전화가 걸려왔다. 휴대전화 벨소리에 재형의 촉이 움직였다. 파충류가 눈앞에 먹이가 다가올 때 느끼는 그 촉.

"그거 알아요?"

이 녀석은 늘 이런 식으로 시작한다. 오랜만에 전화를 해도 의례적인 인사말이나 주제와 상관없는 얘기로 시간을 끌지 않는다. 바로 본론으로 치고 들어간다. 최종 수비수가 최전방 공격수에게 롱패스로 공을 찔러 주듯이. 전주 없이 바로 시작하는 '뜨거운 감자의 고백'처럼.

"화가 실종신고가 접수됐어요."

화가는 많다. 시내에 자신을 화가라고 하는 사람이 백 명도 넘을 것이다. 그 가운데 누가 실종됐다는 것인가? 그것이 궁금했지만 재형은 재촉하지 않았다. 재촉하지 않아도 이 녀석은 뜸 들이지 않고 바로 얘기한다. 그리고 이 녀석이 정보를 제공할 정도면 그 화가가 유명인이라는 것은 의심할 필요가 없다. 만 원짜리 지폐에 세종대왕 얼굴이 들어 있다는 것처럼.

"민경숙이 실종된 것 같다는 신고가 접수됐어요."

민경숙.

재형의 뇌가 바빠지기 시작했다. 여러 날 넋을 놓고 있던, 뇌를 구성하고 있는 부속품들이 바쁘게 움직이기 시작했다. 민경숙이라면 이건 사건이다. 뉴스다. 민경숙은 그 이름 자체로도 지역 미술계에서 유명한 인물이지만, 그녀가 3개월 전 현직 시장을 고소한 당사자라는 점에서 그녀의 모든 것은 뉴스가 될 수 있다. 그런데 실종신고라. 월척을 들어 올리는 낚싯줄처럼 재형의 신경이 팽팽해졌다. 정보원은 실종신고가 오늘 오전에 접수됐고, 신고자가 민경숙의 친구라는 것. 그리고 그 친구의 이름을 알려 주는 것까지 얘기한 후에 전화를 끊었다.

마무리도 마찬가지. 이 녀석은 잘 지내라거나, 언제 밥 한번 먹자는 식의 의례적인 말을 하지 않는다. 본론이 끝나면 바로 대화도 끝이다. 9회 말 끝내기 안타가 터지면 야구 경기가 바로 끝나는 것처럼.

* * *

"경성일보 구재형 기잡니다."

재형은 선미를 알아봤다. 1년여 전에 민경숙의 개인 전시회에서 인사한 적이 있다. 기자라는 직업상 만난 사람을 잘 기억한다. 그 사람이 취재 대상이 될 수 있다는 생각이 드는 경우는 더 확실하게 기억해 놓는다. 이 화가는 재형이 취재 대상이 될 수 있다고 기억해 놓은 인물이다. 하지만 화가는 재형을 알아보지 못했다. 재형이 명함을 건네고 난 후에야 "아! 구 기자님, 전에 인사했었죠." 하고 아는 체를 했다.

"개막식은 모레 토요일인데요."

화가가 재형에게 말했다. 아직 전시장을 꾸며 놓지도 않았는데 벌써 취재하러 오면 어떻게 하냐는 꾸짖는 표정을 얼굴에 담은 채.

"개막식이 내일모레라는 것은 알고 있습니다. 오늘은 그 일 때문에 온 게 아니고······."

말끝을 흐리는 재형의 얼굴을 보고서 화가는 자리를 옮겨서 대화를 해야 하는 상황임을 파악했다. 두 사람은 전시장에서 쉰 걸음 정도 거리에 있는 커피숍으로 자리를 옮겼다.

화가 민경숙의 실종신고, 정확히는 실종 가능성을 신고한 사람이 선미라는 정보원의 말을 들은 재형은 바로 차를 몰아 이곳으로 왔다. 선미가 이곳에서 이틀 후인 토요일부터 그림 전시회를 열기 때문에 오늘은 전시회 준비를 하고 있을 것이라고 판단했기 때문이다. 그리고 그의 판단은 적중했다.

노적봉 남쪽 기슭에 고즈넉하게 자리한 단원미술관은 안산시가 운영하는 시설이다. 당초 수자원공사의 청사였으나 십여 년 전에 안산시가 넘겨받아 단원미술관으로 운영하고 있다. 청사 건물의 일부를 리모델링했고, 추가로 건물을 더 지어서 전시관이 5개 동이나 된다. 안산시가 수자원공사로부터 이곳을 넘겨받을 때 돈을 주고 매입했는지 무상으로 넘겨받았는지는 정확히 기억나지 않는다. 당시에 재형이 관련 내용을 취재해서 기사를 작성했으니 그 당시에는 분명 알고 있었을 텐데, 지금은 그의 기억에서 지워진 것이다.

나이를 먹으면서 재형은 중요하지 않다고 생각되는 것들을 그의 기억에서 차례차례 지워 버렸다. 그의 기억에서 지워진 것들 중에는 그의 부인의 생일 날짜도 들어 있다. 매년 똑같은 날에 그가 부인에게 욕을 먹는 이유다.

"이 화상아, 돈을 많이 벌어 오길 하냐. 마누라 생일날 장미꽃을 사 들고 들어오기를 하냐. 도대체 왜 세상을 사는 거냐, 도대체 왜?"

평일이라서 커피숍 안에 손님이 없었지만 두 사람은 구석진 자리에 자리를 잡았다.

"민경숙 화가가 실종됐다는 신고를 하셨던데요."

재형의 질문을 예상하고 있었다는 듯이 선미는 자신이 신고했다고 바로 대답했다. 그러면서 어떻게 벌써 알았느냐고 물었다. 하지만 그 질문에 재형은 대답하지 않았다. 지금 상황에서 질문하는 사람은 기자고, 대답해야 하는 사람은 화가다. 더구나 이런 질문에 대답하는 바보같은 기자는 없다.

"실종신고는 가족이 해야 하지 않나요?"

"경숙이는 가족이 없어요. 남편은 오래전에 교통사고로 세상을 떠났고, 딸이 하나 있지만 미국에서 공부하고 있어서 한국에는 혼자뿐이에요. 실종신고를 할 가족이 없을 뿐 아니라, 경숙이가 죽어도 그것을 알릴 가족도 없어요."

"민경숙 씨와 가장 가까운 사람이 화백님이라는 건가요?"

"내가 제일 가까운 사람이라고 할 수는 없지만, 경숙이에 대해 가장 잘 알고 있고, 가장 오래도록 가깝게 지내는 사이인 건 분명해요. 경숙이와 나는 고등학교 동창이고 고등학교 시절부터 함께 그림을 그렸고, 지금도 화가로서 함께 활동하고 있고…….”

선미의 이 말은 민경숙에게는 고등학교 동창이면서 지금까지 함께 화가로 활동하고 있는 자신보다 현재 더 가깝게 지내는 사람이 있는데, 그 사람이 남자라는 해석이 가능했다. 더 가까운 사이기는 해도 실종신고를 할 사이는 아닌, 숨겨 놓은 애인 같은 남자. 그 남자를 재형은 알 것도 같았다.

“실종신고를 하던 상황을 설명 좀 해 주시죠.”

선미는 경숙이와 이틀 전인 화요일에 만나기로 했다. 그런데 연락이 없어서 전화했는데 받지 않았다. 그래서 바빠서 그런가 보다 하고, 다음 날인 어제 다시 전화를 했더니 다른 여자가 받아서는 “지금 고객님의 휴대폰의 전원이 꺼져 있어서…….”라고 말했다. 경숙이 전화를 받지 않는 경우가 없어서 이상하다고 생각한 선미는 오늘 아침 경숙의 집을 찾아갔다. 그런데 아무리 초인종을 눌러도 응답이 없어서 문을 열고 경숙의 집 안으로 들어갔다. 경숙의 도어록 비밀번호는 알고 있었다. 그리고 집 안에 아무도 없는 것을 확인한 선미는 이상하다는 생각에 경찰에 실종신고를 했다. 친구가 실종신고를 하는 것이 흔한 일이 아니었기에 경찰은 실종신고 접수와 관련된 여러 가지 조건을 얘기하려다가 경숙이 이름이 알려진 화가라는 것. 최근 세간의 주목을 받고 있는 인물이라는 것을 감안해서 실종신고 접수를 받아 줬다.

“3일째 연락이 안 된다고 해서 실종됐다고 판단할 근거가 있었나요?”

재형이 선미의 설명을 듣고 난 후 물었다.

"쉰 살 된 아줌마가 사춘기 청소년도 아니고, 제 발로 집을 나가서 휴대폰을 꺼 놓았을 리는 없잖아요? 이게 실종 아니면 뭐죠?"

"혼자만의 시간이 필요해서 잠시 떠나 있을 수도 있는 거 아닌가요?"

"내일모레 개막하는 제 그림 전시회 준비를 도와주기로 했어요. 그런 사람이 며칠씩이나 연락이 안 되고 휴대전화가 꺼져 있는 게 기자님 사고로는 정상으로 보여요?"

정상은 아니지만 그렇다고 실종이라고 단정할 수도 없었다. 하지만 재형은 더 이상 따져 묻지 않았다. 화가와 말다툼을 할 하등의 이유가 없었기 때문이다.

커피숍을 나온 재형은 떡 본 김에 제사 지낸다고 전시 준비 중인 미술관을 둘러보기로 했다. 인부들이 하얀색 벽에 선미의 그림들을 걸고 있었다. 그런데 그 그림들 가운데 재형의 시선을 자꾸 끌어당기는 그림이 있었다. 다른 전시회에서 본 것 같은 그 그림을 어디서 보았는지 재형이 생각해 내는 시간은 오래 걸리지 않았다. 그도 그럴 것이 작년에 그림 전시회에 가 본 것이 딱 한 번밖에 없었기 때문이다. 작년 가을에 바로 이곳에서 열렸던 민경숙 개인전이 재형이 작년에 유일하게 관람한 미술 전시회였다. 그리고 그곳에서 저 그림, 대부도의 일몰을 그린 저 그림을 분명히 본 적이 있다.

작년 가을. 재형이 민경숙의 개인전에 참석한 것은 그림을 보기 위해서가 아니다. 재형은 그림에는 문외한이다. 그림을 보아도 어떤 그림이 잘 그린 그림인지, 어떤 그림이 좋은 그림인지 전혀 알지 못한다. 사실 그림에 관심도 없다. 고등학교 미술 시간 이후로 그림을 그려 본 적도 없다. 재형이 민경숙의 개인전에 참석한 이유는 그 전시회에 시내에서 이름 꽤나 알려진 사람들이 많이 참석한다고 알려졌기 때문이다. 현직 시장, 국회의원, 시의원, 그리고 이름이 알려진 단체장들이 참석한다고 알려졌고, 실제로도 참석했다. 재형은 그림을 보러 간 것이 아니라 사람들을 보러 간 것이고, 정확히 말하면 취재할, 뭐 특별한 일이 일어나지 않나 하는 기대를 갖고 간 것이다.

그러나 다음 날 신문에 실을 만한 특별한 일은 일어나지 않았다. 화려한 의상을 입은 민경숙은 미모를 한껏 뽐내면서 전시장 벽에 걸린 자신의 그림들을 설명했고, 참석한 인사들, 특히 남성들은 그녀의 설명을 넋을 잃고 경청했다. 그림은 보지 않고 그녀의 자태를 보면서. 넋을 잃은 남성들 틈에 낄 수 없었던 재형은 본의 아니게 전시돼 있던 그림들을 감상하면서 시간을 보내야 했다. 그런데 그곳에서 보았던 것과 비슷한 그림이 지금 선미의 전시회장에 걸려 있는 것이다.

분명했다. 얼마나 좋은 그림인지를 평가하는 것은 불가능했지만, 저 그림을 어디선가 본 것 같다는 생각을 떠올리는 것은 재형에게 충분히 가능한 일이었다.

저 그림이 그 그림일까? 아니면 다른 그림일까? 그림을 비슷하게 그려도 표절이 되는 건 아닌가? 만약에 민경숙의 개인 전시회에 걸렸었던 그림이라면 왜 그 그림이 여기에 걸려 있는 것일까? 이런 물음들을 머릿속에 담은 채 재형은 단원미술관을 나섰다. 그 물음에 답을 해 줄 사람을 만나러 가기 위해. 미술관을 떠나기 전에 그 그림을 휴대폰으로 촬영하는 것을 잊지 않았다.

                    *   *   *

    화실 한쪽에 다방을 차린 건지, 다방 한쪽에 화실을 마련한 건지 정확하지 않은 공간에서 노화백은 재형을 맞았다. 커피는 몸에 좋지 않다면서 노화백은 녹차를 두 잔 들고 왔다. 재형이 찻값을 계산하기 위해서 상의 왼쪽 안주머니 속으로 오른손을 넣었다. 그곳에 지갑이 있으므로.

    이 다방인지 화실인지는 찻값을 계산하는 방식이 독특하다. 카운터에서 돈을 받는 사람이 없다. 사실 카운터라고 할 것도 없다. 한쪽 구석에 성인 허리 높이의 직사각형 모양으로 된 옅은 갈색의 작은 탁자가 있고, 그 위에 높이와 지름이 각각 20센티미터 정도 될 것 같은 항아리가 하나 놓여 있다. 차를 주문한 사람은 거기에 돈을 넣으면 된다. 거스름돈을 주는 사람은 없다. 손님이 직접 돈을 넣고 스스로 거스름돈을 가져가는 매우 혁신적인 방식이다.

    특히 이 혁신적인 방식의 장점은 누구도 거스름돈을 가져가지 않는다는 점이다. 만 원권이든 오만 원권이든 그 항아리에 돈을 넣은 사람들은 그 모두를 찻값이라고 여긴다. 그 항아리 바로 위쪽 벽에는 매우 세세하게 각각의 찻값이 적혀 있지만 그곳을 방문한 대부분의 사람들이 그 가격표를 무시한다.

    '커피 2천 원, 국산 차 2천 원.'

    "됐어. 이리 와서 앉아."

    노화백은 손짓으로 작은 사각탁자를 사이에 두고 자신이 앉은 맞은편에 재형에게 앉을 것을 권했다.

    "내가 이제는 별 볼 일 없는 늙은 화가지만, 아무리 그렇다고 해도 박

봉에 고생하는 신문기자에게 찻값을 받을 정도는 아니야."

왼쪽 안주머니에 손을 넣었던 재형은 지갑을 만지기도 전에 손을 다시 빼는 것이 무안했으나, 못 이긴 척 노화가의 말을 따랐다. 사실 이렇게 공짜로 차를 얻어먹은 게 한두 번도 아니고, 어제오늘 일도 아니다.

오랜만에 뵀는데도 예전 그대로네요, 요즘도 그림을 그리시나요, 차맛이 아주 좋습니다 등등. 의례적인 대화로 분위기를 잡은 후에 재형이 묻고 싶었던 질문을 꺼냈다.

화가들이 다른 화가의 개인 전시회에 자신의 그림을 전시하는 경우가 있나요? 그림을 비슷하게 그려도 표절이 되지 않나요? 화가마다 독특한 화법이 있나요? 말하자면 그림을 보면 이것이 어느 화가의 그림인지를 알 수 있나요?

천병섭. 올해 몇 살인지는 재형이 정확히 알지 못하지만 그가 70대 중반이라는 정도는 알고 있다. 부인의 나이도 헷갈리는 재형에게 노화백의 나이를 정확하게 기억한다는 것은 세종대왕이 첫째 아들을 몇 살에 낳았는가를 기억하는 것처럼 어려운 일이다.

천병섭은 지역 미술계의 큰 어른이다. 국전에서 우수상을 받은 것을 비롯하여 전국 미술대회에서 수많은 상을 받은 경력이 있고, 안산시가 2000년도에 새천년을 기념하는 의미로 전국 규모의 미술대전을 제정해서 행사를 개최했을 당시 초대 심사위원장이었다. 그 후로 몇 년간 그는 계속해서 심사위원장을 맡았다. 병섭은 그 외에도 예술인협회 회장을 비롯해서 여러 단체의 장을 맡아서 활동했었다. 시내에서 가장 경력이 화려한 화가이자, 존경받는 원로 미술인이고, 지역 어른이다. 그런 병섭이기에 문도환 시장은 올해 20회를 맞이한 상록미술대전의 심사위원장으로 원로 미술인 천병섭을 다시 임명했다.

그리고 20회 상록미술대전 심사위원장직을 끝으로 다시는 어떤 자리
도 맡지 않겠다고 천병섭은 선언했다. 사실상 현역 은퇴 선언이었다.
그로 인해 천병섭은 더욱더 존경받는 인물이 됐다.

"화가의 개인전에 다른 화가의 그림이 전시되는 경우가 있냐? 단답형
으로 말을 해야 한다면 '없다'라고 답해야겠네."

노화백은 녹차를 한 잔 마시고 말을 멈춘 채 잠시 가만히 있었다. 다
음 말을 생각하기 위해서 그런 것 같기도 하고, 몸이 늙어서 다음 말을
하려면 체력을 보충해야 하기에 그런 것 같기도 했다.

"전혀 없는 건 아니지. 자신을 가르쳐 준 스승의 그림을 협찬받는 식
으로 전시하는 경우가 있기는 해. 그렇지만 그건 지극히 예외적인 경우
고, 화가의 개인전에는 그 화가의 그림만 전시하는 게 일반적이네."

재형의 뇌가 다시 바빠졌다. 근래 몇 주간 사실상 개점휴업 상태였던
재형의 뇌가 오늘 하루 너무 많은 것을 생각하고 추리하느라 정신이 없
을 지경이다. 그렇다면 또 다른 물음이 따라온다. 왜 개인전을 여는 선
미는 다른 사람의 그림을 전시하는 것인가? 아니지. 먼저 그 그림이 다
른 사람, 즉 민경숙의 그림인지를 확인하는 게 순서지.

"비슷한 그림은 표절이냐는 물음에는 답하는 게 복잡해. 같은 물건을
놓고 그려도 화가마다 그림으로 표현하는 게 다르기 때문에 그런 경우
는 표절이라고 할 수 없지……. 그런데 이걸 왜 물어보나? 오히려 그게
더 궁금하군."

노화백이 재형을 쳐다보았지만 재형은 노화백의 얼굴을 마주 보기만
할 뿐, 말을 하지 않았다. 지금 이 순간에도 질문자는 기자고 대답해야

할 사람은 화가라는 것을 재형은 눈빛으로 알려 줬다. 노화백은 기자의 눈빛을 금방 해석했다.

"화가마다 당연히 자기만의 화법이 있지. 그림을 표현하는 자기만의 독특한 방식이 있네. 붓질도 화가마다 다르고……. 그림만 보고서 저것이 누구의 그림인지를 알 수 있느냐는 질문에는 그렇다고 답할 수 있겠네. 물론 그 화가가 아주 유명한 화가라야 가능하지. 유명하지 않은 화가의 그림일 경우에는 이런 식으로 구분이 가능하지. 예를 들어서 두 개의 그림을 놓고서 그 두 개의 그림이 같은 화가의 그림인지 그렇지 않은지를 분별하는 것은 어려운 일이 아니네."

재형은 자신의 휴대폰에서 선미의 개인전에 전시된 대부도의 일몰 그림 사진을 열어서 노화백에게 보여 줬다. 병섭은 그 그림을 한동안 쳐다보았다. 그러고는 아주 잘 그린 그림이라고 평했다. 솜씨가 아주 좋은 화가라고 덧붙였다. 당연한 평이다. 민경숙이야 말로 그림이 좋다고 알려진 작가니. 안산시가 2000년도에 제정한 상록미술대전의 초대 대상 수상자이기도 하고.

재형은 휴대폰 갤러리에서 다른 그림을 찾아서 보여 줬다. 그 그림에는 얼굴도 나와 있었다. 민경숙의 개인전에 참석했다가 그녀의 그림 앞에서 셀카로 촬영한 사진이다. 재형의 얼굴 오른쪽으로 민경숙의 그림이 걸려 있다. 그 그림도 대부도의 일몰을 그린 것이었다. 그림을 한동안 바라보던 노화백은 두 개의 그림이 같은 작품이라고 말했다. 동일한 화가가 그린 동일 작품이라는 것이다. 그러면서 채색이 어떻고, 붓질한 흔적이 어떻고 하면서 한동안 설명을 했다.

재형은 그런 설명이 하나도 귀에 들어오지 않았다. 무슨 말인지 이해하기가 힘들기도 했지만, 두 개의 그림이 같은 화가의 같은 작품이라는 것에 충격을 받았기 때문이다. 같은 화가의 그림일 것이라고 예상을 했으면서도 정작 그것이 확인되자 뒤늦게 충격이 전해졌다. 귀담아듣지 않던 재형에게 다시 청각을 집중하게 하는 발언이 노화백의 입에서 나왔다.

"신문기자들은 사물을 보는 관찰력이 대단한 줄 알았는데 그렇지 않은가 보군?"

이 무슨, 사자 여물 씹는 소리냐. 당연히 신문기자들이 일반인들보다 관찰력이 뛰어나지. 그렇지 않으면 어떻게 기자를 하나. 도대체 이 노인네가 무슨 말을 하려고 기자를 자극하는 전주를 들려준 것인가. 재형이 귀를 쫑긋 세우고 노화백의 다음 발언을 기다렸다.

"이 그림의 사진을 확대해서 자세히 보면 여기 오른쪽 맨 아래에 작가의 서명이 들어 있는데, 이걸 못 봤나? 이걸 봤으면 굳이 나한테 물어보지 않아도 됐을 텐데."

노화백이 확대한 화면을 보니 그림 오른쪽 하단에 작가의 서명이 있었다. 그림에는 작가의 서명이 들어 있다는 것을 재형은 알고 있었다. 그 서명이 대부분 그림의 오른쪽 하단에 있다는 것도. 그런데 갑자기 나타난 흥미를 끄는 취재거리를 쫓느라 그런 간단한 상식을 잊은 것이다. 자신이 한 번에 두 가지를 못 하는 매우 단순한 영혼의 소유자라는 것을 재형은 다시 한번 실감했다. 기자들의 사물을 보는 관찰력이 대단하지 않다는 것도 증명됐다.

'K.S.M' 그림의 오른쪽 하단에는 그렇게 서명이 적혀 있었다. 경숙민. 그렇다면 민경숙의 그림이라는 것이다. 재형은 휴대폰으로 선미의 개인전에 걸려 있던 똑같은 그림을 찍은 사진을 찾아서 확대했다. 그 그림에도 서명이 있었다. 서명이 똑같았다. 'K.S.M'. 두 그림은 한 사람, 민경숙이 그린 것이고, 동일한 작품인 것이다. 그렇다면 왜 선미는 민경숙의 그림을 가져다가 자신의 개인 전시회에 전시하려는 것인가? 그리고 왜 선미의 개인 전시회를 앞두고 민경숙은 사라진 것인가? 민경숙의 실종과 이 그림이 무슨 연관이 있는 것은 아닌가? 재형의 머릿속이 의문부호로 가득 찼다.

화실인지 다방인지 아직도 결론을 내리지 못한 공간에서 노화백에게 작별인사를 나온 재형은 어떻게 글을 시작할 것인지, 어떻게 기사를 정리할 것인지를 놓고 고민하다가 자신이 무언가를 빼먹었다는 사실을 깨달았다. 지금 해야 할 일은 어떻게 쓸까를 고민하는 것이 아니라 현장을 살펴봐야 하는 것이다. 재형은 그의 오랜 친구인 강력팀 형사에게 전화를 걸었다.

*　　　*　　　*

재형의 전화를 받은 철학은 잠시 생각했다. 실종의심신고가 접수된 사람의 집을 기자에게 보여 줘도 되는지를. 꼭 보여 줘야 하는 것은 아니지만 그렇다고 보여 줘서는 안 되는 것도 아니었다. 아직까지 민경숙의 집은 사건 현장이 아니었다. 실종됐다고 단정할 수 없으니 아직 사건이 발생한 것이 아니다. 사건이 발생하지 않았으니 당연히 사건 현장이 아닌 것이다. 그러니 15년 친구이자 신문기자인 재형이 민경숙의 집을 함께 보러 가자고 한 요청을 수락하지 않을 수 없었다. 수락하지 않을 경우 15년 우정에 금이 가지는 않겠지만 15년 친구가 서운해할 것은 분명했기 때문이다. 더구나 그 친구가 차를 직접 운전해서 모시러 온다고 하질 않나. 신문기자를 운전기사로 잠시 고용하는 색다른 경험을 만끽하는 것도 나쁘지 않을 것 같았다.

민경숙의 집에 도착한 철학은 도어록에 비밀번호를 입력했다. 신고자에게 물어서 비밀번호를 알아냈다. 민경숙의 집으로 들어간 철학은 민경숙이 여행을 간 것이 아니라는 판단을 내렸다. 정리되지 않은 소파, 식탁 위에 놓여 있는 씻지 않은 커피 잔 두 개, 화실로 사용되는 작은 방에서 발견된 여행용 캐리어, 그리고 베란다 건조대에 널려 있는 빨래들. 그런데 건조대 위의 빨래 중에 빨간 양말은 한 짝밖에 없다. 양말은 보통 두 짝인데. 한 짝은 어디 간 거지? 형사의 눈으로 볼 때 민경숙은 사전 준비를 한 후에 여행을 떠난 것이 아니었다. 민경숙의 집 안 상태는 실종으로 의심할 수 있는 풍경이었다.

철학이 민경숙이 스스로 나간 건지, 실종된 건지를 판단하느라 집 안 여기저기를 둘러볼 때 재형은 절도 행각을 벌이고 있었다. 철학이 거실을 살피는 사이 재형은 침실로 들어갔다. 그리고 침실 머리맡 작은 협탁 위에 있는 두꺼운 노트를 발견했다. 다이어리 형태의 노트였다. 겉장에 2019년도를 나타내는 숫자가 적혀 있다. 그 노트를 한 장 펼쳐 본 기자는 그것이 일기장이라는 것을 단번에 알 수 있었다. 첫 페이지가 1월부터 시작했다. 그렇다면 새해부터 일기를 쓰기 시작했을 것이라는 판단이 가능했다.

그러나 재형은 다른 페이지를 열어 볼 엄두를 내지 못했고, 첫 페이지의 내용도 읽어 볼 여유가 없었다. 지금 재형에게 당장 필요한 것은 일기 내용을 읽는 것이 아니라, 이 일기장을 절도하는 것이었다. 그의 형사 친구에게 발각되기 전에. 기자는 등 뒤의 코트를 들치고 등 허리춤에 일기장을 끼워 넣었다. 그리고 철학이 눈치채지 못하도록 코트를 내려서 완벽하게 위장했다. 그러는 동안 재형의 심장이 미친 듯이 뛰었다. 우사인 볼트가 100미터 달리기를 하고 나면 이렇게 심장이 뛸까? 그러고 보니 재형의 심장이 지금처럼 미칠 듯이 뛴 적이 과거에도 있었다. 중학교 3학년, 열여섯 살 때다.

희영, 그 여학생의 이름이다. 희영은 재형이 다니던 중학교에서 제일 예뻤다. 다른 여학생들과 섞여 있으면 그녀만 보일 정도였다. 5백 미터 거리에서도 알아볼 수 있을 정도로 그녀는 눈에 띄는 미인이었다. 얼굴만 예쁜 것이 아니라 공부도 잘했다. 재형도 공부를 잘했는데, 희영이 재형 못지않게 공부를 잘했다. 희영은 모든 남학생들의 연모의 대상이었고, 모든 여학생들의 증오의 대상이었다. 예쁘면서 공부도 잘한다고 남학생들은 희영을 연모했고, 예쁘게 생겼으면 공부라도 못하든가 라면서 여학생들은 그녀를 증오했다.

재형도 희영을 좋아했는데 단 한 번도 말을 걸어 본 적이 없다. 중3의 재형은 지금의 재형보다 더 소극적인 성격이었다. 그런데 그해 어느 날, 희영이 재형에게 말을 걸어왔다. 학교 수업을 마치고 버스정류장으로 걸어가는 재형을 희영이 따라왔다. 희영이 따라오는 것을 느낀 재형은 설마 하면서 발걸음을 빨리했다. 그러자 희영의 걸음도 빨라졌다. 다시 재형이 걸음을 늦추자 희영이 재형을 따라잡고서는 말을 걸었다. 재형의 심장이 미친 듯이 뛰기 시작했다. 백 미터 달리기를 하고 난 다음에도 이렇게 심장이 미친 듯이 뛴 적이 없었다.

재형은 한 번도 최선을 다해서 백 미터를 달려 본 적이 없다. 체육 시간에 백 미터 달리기를 하면 천천히 뛰었다. 최고 기록 27초. "왜 그렇게 천천히 뛰었냐?" 하고 체육 선생님이 물으면 "백 미터를 달리면 되지, 꼭 죽어라 달려야 하는 건 아니잖아요?" 이렇게 대답했다. 백 미터를 27초에 달리면 심장이 별로 놀라지 않는다. 미친 듯이 뛸 일이 없다. 그런데 희영이 자신에게 말을 걸자 재형의 심장이 터질 듯이 뛰었다.

생전 처음 재형에게 말을 건 희영은 재형에게 부탁을 한 가지 했는데, 재형이 들어주기 거의 불가능한 일이었다. 실제로도 재형은 들어주지 못했다. 그렇지만 시도는 해 봤다.

"뭐라고?"

평소의 아버지답지 않게 아버지는 큰 소리로 물었다. 물은 것이 아니라 화를 낸 것 같았다. 재형은 아버지에게 이번 주 일요일에는 교회에 가겠다고 말했다. 그의 가슴을 미친 듯이 뛰게 했던 희영의 부탁이 바로 이번 주 일요일에 교회에 같이 가자는 것이었다. 그녀가 다니는 교회의 전도사가 이번 주 일요일에는 꼭 새 친구를 한 명 교회로 데려오라고 했다는 것이었다. 그녀는 그것을 '전도'라고 말했다. 다른 사람의 부탁이 아니다. 제일 예쁜 희영의 부탁이다. 꿈속에서만 대화를 했던 희영과, 재형은 오늘 실제 대화를 했다. 일요일에 교회를 가면 희영이 또 반갑게 맞아 줄 것이다. 생각만 해도 미칠 것 같았다.

푸우 푸우. 거친 소리를 내면서 숨을 쉬던 아버지는 한동안 아무 말 하지 않고 숨만 고르셨다. 그렇게 한참이 지나고서 아버지는 다시 평소의 조용하고 차분한 목소리로 이리 와서 앉으라고 했다. 아버지와 재형은 온돌 바닥에 마주 앉았다. 아버지는 논리정연하고 느릿느릿한 말투로 재형이 왜 교회에 가면 안 되는지를 설명했다.

1969년 가을, 재형이 태어난 것은 다 스님의 덕분이다. A사찰 스님이 점지해 준 날에 아버지와 어머니는 합방을 했다. 그날 재형이 잉태가 됐고, 세상에 나올 수 있었다. 그날 밤에 재형이 잉태됐다고 증명할 과학적인 근거는 없다. 지금처럼 임신진단시약이 있었던 것도 아니고, 산부인과 의사가 임신 사실을 확인해 주던 시절도 아니다. 어머니의 생리적인 현상의 변화로 인해 임신이 됐음을 뒤늦게 알게 됐을 뿐이었다. 다만 그날 밤에 잉태가 된 것이라고 믿을 수 있는 객관적 사실은 그날 이후 정확히 273일 만에 재형이 태어났고, 그날 밤을 전후로 각각 한 달간 아버지와 어머니는 합방을 한 적이 없다는 사실이다.

재형이 태어나자 그의 이름 석 자 가운데 한 글자도 A사찰의 스님이 지어 주었다. 아버지는 그것을 근거로 재형의 이름 33%를 스님이 지어 준 것이라고 했다. 하지만 그것은 아버지의 계산 착오다. 구재형이라는 이름 석 자 가운데 첫 글자인 '구'씨 성은 고려시대 조상부터 사용해 오는 것으로 당연히 이름 맨 앞에 와야 하는 글자다. 두 번째 '재'는 재형의 형제와 일가친척 가운데 항렬이 같은 사람들은 모두 사용하는 돌림자다. 결국 구재형이라는 이름 석 자 가운데 오로지 마지막 글자만이 자유롭게 명명할 수 있었던 것인데, 그것을 중이 명명했다면 결국 구재형이라는 이름은 중이 명명한 것이 된다. 33%가 아니라 100%나 마찬가지다.

재형이 백일이 됐을 때 그의 부모님은 기와 시주를 했다. 돌이 되자 또 했다. 두 살 때도 했고, 초등학교 입학·졸업 때, 중·고등학교 입학·졸업 때도 마찬가지. 학력고사를 볼 때, 대학에 입학할 때 등등. 재형과 관련된 날이면 A사찰에 가서 늘 기와 시주를 했다. 지금까지 한 기와 시주를 다 합하면 기와집 한 채의 지붕을 덮을 수 있을 정도다. 능성 구씨 우리 집안은 뼛속까지 불교 집안이다.

"한 번만 더 교회에 간다는 말을 하면 머리를 박박 밀어서 출가를 시킬 것이다."

교회에 가면 안 되는 이유를 편년체로 설명한 아버지는 마지막으로 재형에게 이렇게 경고했다. 로미오와 줄리엣의 심정이 이러했을까? 종교가 다르다는 이유로 남녀가 사랑을 이루지 못하다니. 재형은 뼛속까지 슬픔이 스며드는 것을 느꼈다.

재형은 머리를 박박 미는 것이 싫었다. 중이 될 생각은 전혀 없었다. 중이 된다는 생각만 해도 끔찍했다. 출가하지 않으려면 가출해야 하는데, 그 당시 재형이 살던 마을 근방에는 가출한 중학생이 갈 만한 곳이 없었다. 피시방도, 찜질방도 그 시절에는 없었다. 재형처럼 도전정신이 부족했던 중학생에게는 가출은 다른 세상의 어휘였다.

더구나 가출은 모든 것을 잃는 것을 의미했다. 따뜻한 집, 편안한 잠자리, 아버지, 그리고 얼마 안 되는 부모님 재산에 대한 상속권. 그중에서도 상속권을 잃는다는 것이 재형의 가출을 포기하게 만든 결정적 이유였다. 조용필은 '모두를 잃어도 사랑은 후회 않는 것, 그래야 사랑했다 할 수 있겠지.'라고 노래했지만, 상속권을 잃으면서까지 사랑을 선택할 용기가 재형에게는 없었다.

출가는 싫고 가출은 포기한 재형에게 선택은 하나밖에 없었다. 교회에 가지 않는 것, 깨끗하게 사랑을 포기하는 것. 재형은 그날 이후 교회에 간다는 생각을 머릿속에서 지웠다. 하지만 그 후로도 아주 오랫동안 희영이라는 이름을 떠올릴 때마다 심장이 미칠 듯이 뛰는 증상은 계속됐다.

"그 방에서 뭘 했기에 얼굴이 벌겋냐?"

절도 행각을 벌이고 민경숙의 침실을 나오던 재형은 갑작스러운 철학의 질문에 당황했다. 거짓말을 못 하는 성격이라서 이럴 경우에 바로 말이 나오지 않는다. 철학이 의심할 수도 있다는 것을 예상했어야 했는데, 아무 대책 없이 침실을 나선 자신을 재형은 질책했다. 그러면서 뭐라고 말해야 하나 걱정을 하는데,

"혼자 사는 여자의 침실을 보면서 무슨 19금적인 상상이라도 한 거냐?"

철학이 재형을 야한 생각이나 하는 사람으로 매도했다. 다른 때 같으면 기분이 나빴겠지만 지금은 그렇게 생각해 주는 철학이 고마웠다. 절도는 범죄지만 야한 상상은 범죄가 아니니.

철학의 생각이 재형의 절도 행각으로 방향을 선회하지 않도록 재형은 재빨리 철학의 관심을 다른 것으로 돌렸다.

"기자의 눈으로 보아도 여행 간 사람의 집은 아니네. 갑작스럽게 집을 나서야 했던 것 같고. 실종이나 납치라고 의심할 만하네."

그러나 철학은 꼭 그렇게 볼 수만은 없다고 했다. 요즘 중년 여성들은 청소년들처럼 갑자기 어디론가 떠나고 싶은 충동을 행동으로 옮기는 경우가 종종 있다면서 민경숙의 경우도 그럴 수 있다고 말했다. 자동차 키와 신용카드 한 장만 있으면 어디든지 갈 수 있고, 며칠 아니라 몇 달이라도 떠났다가 돌아올 수 있다는 것이다. 키와 카드를 갖고 있

는 중년 여성이 갑자기 여행을 떠나는 것은 청소년들이 피시방에 가는 것처럼 간단한 일이면서 흔한 일이라고 철학은 덧붙였다.

민경숙은 자동차가 있다. 초등학생들도 다 아는 유명한 외제 차여서 민경숙을 아는 사람들은 그녀의 차도 안다. 차가 있으니 자동차 키가 있을 것이고, 그녀의 지갑 안에 신용카드가 들어 있다는 것은 재형이 남자라는 것보다 더 확실하다. 그리고 지금 그녀의 집에 그녀의 자동차가 없다. 느닷없이, 충동적으로 여행을 갔을 것이라는 가정을 충분히 할 수 있는 것인데…….

그렇다면 왜 선미는 이 얘기는 하지 않은 건가. 민경숙의 자동차가 없으면 그녀가 여행을 갔다고 추측할 수 있는 건데. 왜 그녀의 자동차가 없다는 사실은 경찰에 신고할 때 말하지 않은 건가? 정보원은 민경숙의 자동차가 없어진 얘기는 하지 않았다. 그것은 신고 내용에 그것이 없다는 뜻이고, 선미가 경찰에 신고할 때 그 얘기를 하지 않았다는 의미다. 선미에 대한 수상한 점이 또 하나 추가됐다.

현관문을 열고 나와서 재형의 차로 가는 도중에 재형은 누군가 자신들을 내려다보고 있다는 느낌에 앞 건물 4층을 올려다보았다. 재형의 눈길이 미치기 전에 유리창 커튼 뒤로 그림자가 사라졌다. 분명히 민경숙의 집을 내려다보고 있었던 것이다.

"너도 봤냐?"

"기자가 봤는데 형사가 못 봤겠냐?"

두 사람은 누가 먼저랄 것도 없이 그 건물 안으로 들어갔다. 4층까지 계단으로 올라가 턱까지 차오른 숨을 달래면서 철학이 현관 초인종을 눌렀다. 집 안에서 반응이 없었다. 다시 눌렀다. 5초 후 이번에는 반응이 있었다.

"누구시유?"

70대 할머니. 두 사람은 안에 있는 사람의 성별과 나이를 계산했다. 현관문이 한 뼘 정도 열리고 두 사람의 계산이 맞았음을 확인해 주는 70대 할머니가 얼굴을 보였다. 이중잠금고리는 풀지 않은 채.

"경찰입니다."

철학이 내민 신분증을 노인이 8초간 유심히 보았다.

"경찰이 무슨 일인가?"

할머니의 눈에는 경계하는 빛이 가득했다. 택배 배달원은 그리도 친절하게 대하는 사람들이 왜 경찰은 이렇게 경계하는지. 철학으로서는 이해가 안 되는 현상이다.

"요 앞에 누가 사는지 아시죠?"

"알지. 이 골목에 누가 어느 집에 사는지 다 알지."

"그럼 그 집 주인이 여자인데. 최근에 언제 나갔는지 보셨나요. 최근 2~3일 내에."

"못 봤어."

"그럼 누구 그 집에 왔다 간 사람은 없었나요? 최근 2~3일 내에."

"몰러. 난 아무것도 몰러."

할머니가 갑자기 문을 쾅 닫았다.

할머니는 모르는 게 아니다. 뭔가를 안다. 하지만 말을 하지 않았다. 말을 하고 싶지 않은 것이거나, 귀찮은 일에 끼어들기 싫어서거나, 아니면 누구의 부탁이나 협박을 받았거나. 그냥 경찰이 싫거나. 철학의 얼굴을 혐오하거나. 어쨌든 이 할머니도 수상하다. 재형은 수상한 사람

명단에 선미 다음으로 할머니를 올려놓았다.

철학을 경찰서에 내려준 재형은 퇴근해서 집으로 가지 않고 일터로 왔다. 사무실에 들어오자마자 허리춤에서 민경숙의 침실에서 슬쩍 해 온 일기장을 꺼냈다. 그러나 펼쳐 보지는 않았다. 책상 위에 올려놓은 채 이것을 펼쳐 볼 것인가 말 것인가를 고민하고 있다.

가죽 표지에 2019라는 숫자가 적혀 있고, Y다이어리라는 상표가 새 겨져 있다. 그렇다면 이건 올해 일기장이라는 의미고, 그전에도 일기를 썼다고 추측할 수 있다. 그 집 어딘가에 이런 형태의 일기장이 더 있을 것이다. 일기에는 민경숙이 지금 어디에 있는지를 추측할 수 있는 단서 가 들어 있을 것이다. 최소한 제 발로 나간건지 실종된 것인지 정도는 추측할 수 있는. 그 외에도 기자로서 재형이 호기심을 느낄 만한 많은 이야기들이 들어 있을 것이다. 민경숙이 시장하고 연인관계였다는 소 문이 있고, 다른 인사와도 사귀었다는 소문도 있으니.

하지만 재형은 그 일기를 들춰 보지 않기로 했다. 민경숙이 만약 실 종된 것이 아니라면, 단순히 여행을 간 것이라면 그녀의 일기를 몰래 들춰 보는 것은 비도덕적이고 비양심적인 행위다. 재형은 그럴 수는 없 었다. 그렇게 비양심적인 행위는 그의 체질에 맞지 않을 뿐 아니라, 능 성 구씨 유전자에는 없는 것이다. 재형은 책상 오른쪽 두 번째 서랍에 민경숙의 일기장을 집어넣었다.

이제 생각을 정리할 때다. 오늘 수집한 정보를 모아서 하나의 주제로 연결시켜야 한다. 그리고 기사를 만들어 내야 한다. 그런데 생각해 보 니 오늘은 어차피 늦었다. 지금 기사를 작성해서는 편집 마감시간까지 기사를 보낼 수가 없다. 보내봐야 욕만 먹는다.

편집 마감 시간은 괜히 있는 줄 아세요. 마감이 늦으면 편집이 늦고 그러면 편집부직원들 퇴근이 늦어요. 우리도 워라밸 균형 좀 맞추고 삽시다. 편집부 기자들은 분명 이렇게 말할 것이다. 현장에서 발로 뛰는 취재기자들은 워라밸을 꿈도 꾸지 못하지만, 편집부 기자들에게까지 그것을 강요할 수는 없다. 사실 강요할 힘도 없다. 편집부 기자들은 재형의 두 번째 천적이다. 첫 번째 천적? 그건 당연히 집사람이다.

재형의 입장에서도 급할 것이 없다. 지금 취재하는 내용은 촉박하게 기사를 작성해야 하는 것이 아니다. 속도보다는 품질이 중요하다. 차라리 잘됐다. 내일과 모레 쉬는 날 취재를 더 하면 월요일 자 신문에는 뭔가를 실을 수 있을 것이다. 내일은 바로 핵심으로 치고 들어가는 거다. 민경숙이 여행을 간 것이 아니라, 만에 하나 실종된 것이라면, 누군가 납치라도 한 것이라면. 그러면 가장 먼저 누구를 의심해야 하나? 누구를 취재해야 하나? 그건 생각해 보나 마나다. 시장이다. 문도환. 현직 시장 문도환을 고소한 사람이 바로 민경숙이니.

싱크로나이즈

도환이 코트를 들고 일어서자
그녀도 코트를 들고 일어섰다

오전 8시 28분. 시장실 문 앞에는 벌써 여러 명의 공무원들이 결재를 받기 위해 줄을 서 있다. 관공서는 오전 9시부터 문을 연다. 공무원들은 그 시간부터 민간인을 대상으로 업무를 시작한다. 그런데 관공서가 정식으로 문을 열기 전에 시장실 앞에는 관공서 공무원들이 결재를 받으려고 기다리고 있다.

관공서가 문을 여는 시각이 되면 시장은 관공서를 빠져나간다. 관공서가 문을 여는 시각부터 시내 곳곳에서 행사가 시작되고, 사람들이 모인다. 시장은 사람들이 모인 곳을 찾아서 시내를 배회한다. 먹이를 찾아서 산기슭을 어슬렁거리는 하이에나처럼.

시장에 당선되면 가장 큰 목표는 바로 다음 선거에 또 당선되는 것이다. 관공서 안에는 유권자가 2천 명도 되지 않지만 관공서 밖에는 50만 명이 넘는 유권자가 있다. 그러니 업무 시간에 시장은 어디 있어야 하나? 당연히 관공서 밖에 있어야 한다. 거기에 유권자가 있고, 그 유권자들이 다음 선거에서 누구를 시장으로 선출할지 결정하니. 시장실에 앉아서 표범처럼 멋지게 자세를 잡고 싶지만, 정치 현실은 그렇지 않다.

시장실 문 앞에 결재를 받으려고 줄을 선 공무원들 중 가장 앞자리에는 자치행정 과장이 서 있다⋯⋯. 지난달에 다른 부서로 옮겼던가? 어쨌든 직책이 과장인 것만은 분명하다. 시장을 만나려면 비서실을 통해서 사전에 약속을 해야 한다. 하지만 재형은 그렇게 하지 않았다. 비서실을 통해서 시장과 만나는 약속을 정하려면 최소한 이 주일, 길면 한 달이 걸릴 수도 있다. 신문기자는 그렇게 한가한 직업이 아니다. 그러니 비서실을 통해서 정식으로 시장을 만나는 약속을 잡을 수는 없는 것이다. 일단 아침 일찍 시장실 앞으로 갔다. 관공서가 업무를 시작하기 전 아침 시간에는 시장이 자리에 있다는 것을 알고 있기에.

과장은 8시에 시장실 문 앞에 도착했다. 8시부터 9시까지가 시장님의 결재 시간이다. 민선 시장 시대가 시작되고 나서부터 이해 안 되는 일들이 벌어지고 있는데, 근무시간 시작 전에 시장님의 결재를 받는 것도 그중 하나다. 시장님은 근무시간에는 부재중이어서 결재가 안 되고, 꼭 근무시간 전에만 결재가 가능했다. 그것도 딱 한 시간. 그래서 근무시간 시작 한 시간 전에 시장실 앞으로 달려온 것인데, 역시나 먼저 온 놈들이 있었다. 네 놈이다. 그렇게 앞자리를 차지한 네 놈 중 세 놈이 시장님의 결재를 득했고, 네 번째 놈이 들어갔다. 맨 앞자리를 드디어 과장이 차지한 것이다.

시장님의 결재가 한 시간 앞당겨지면 공무원들의 근무시간은 두 시간 앞당겨진다. 그렇다고 퇴근이 그만큼 빨라지는 것도 아니다. 그냥 근무시간이 늘어나는 거다. 워라밸을 맞추는 것은 애당초 불가능한 일이다. 그러면서 시민들에게 욕은 욕대로 먹는다. 공무원들이 근무시간에 하는 일 없이 빈둥거린다고. 근무시간 전에 결재를 다 받아서 근무시간에 별로 하는 일이 없는 건 당연한 건데 말이다. 그리고 막말로 지들은 사장님이 회사에 없을 때 빈둥거리지 않나?

저 앞에 워라밸이 맞지 않는 삶을 사는 또 다른 직업군의 생명체가 비척비척 걸어온다. 그의 눈가에 피곤이 겹겹이 쌓여 있다. 내 눈가도 저런 것인가? 과장은 오른손으로 눈 주위를 비볐다. 저 생명체는 평소에는 이 시간에 출몰하지 않는데, 왜 왔을까?

5분이면 충분하다고 했다. 과장이 정체를 알고 있는 이 생명체는 시장 면담 순서를 양보해 달라고 부탁했다. 부탁치고는 말투가 공손하지 않았다.

내가 지금 여기서 놀고 있는 줄 알아? 나 지금 28분째 기다리고 있어. 그리고 내 뒤로 줄 서 있는 거 안 보여?

하마터면 과장은 이렇게 소리 지를 뻔했다. 27년 공무원 경력이, 그 긴 시간 동안 쌓은 내공이 과장의 그런 성급할 뻔했던 언행을 제지했다. 지금은 내지를 때가 아니라 계산할 때다. 과장은 재빨리 머릿속으로 계산기를 두드렸다. 내가 5분 늦게 시장님 결재를 받을 경우에 나에게 어떤 손해가 있을까? 생각해 보니 아무런 손해가 없다. 손해라면 5분의 손해를 보는 것이 전부다. 5분을 더 기다려야 하니. 하지만 100세 인생 시대에, 5분이 그의 인생에서 차지하는 비중이란 해운대 백사장에서 한 줌의 모래가 차지하는 비중에 불과했다. 자신이 5분 늦게 결재를 받는다고 해서 관공서가 손해 보는 것도 없고, 시민들에게 피해가 돌아가는 것도 없다는 계산이 어렵지 않게 산출됐다.

반대로 5분 먼저 결재를 받으려고 기자의 부탁을 거절하는 경우는 어떠한가. 그럴 경우 적지 않은 피해가 예상됐다. 과장의 정년은 아직 6년 넘게 남아 있다. 그 세월을, 시정을 훤히 꿰뚫어 보고 있는 노련한 기자와 불편한 관계 속에서 보내야 하는 것이다. 그것은 과장의 인생이 지금보다 더 철저한 준법의 틀 속에서 진행돼야 한다는 것을 의미했다. 관공서를 드나드는 사업자와 점심을 함께할 수도 없고, 잘나가는 친구에게 술을 얻어먹을 수도 없다. 술 한잔한 김에 2차로 자리를 옮겨 멋들어지게 노래를 한 자락 뽑아내는 낭만은 포기해야 한다. 노래 제목이 생각이 안 난다는 이유로 도우미를 초대하고, 그것으로 일자리 창출에 기여했다고 자부심을 갖는 삶은 꿈도 꾸어서는 안 된다. 길게 계산할 것도 없었다. 답은 금방 도출됐다. 머릿속에서 계산기를 집어 던진 과장이 일보 후퇴했다. 시장실 문 바로 앞자리가 기자의 차지가 됐다.

"구 기자가 이 아침에 웬일이야. 어서 와요."

시장의 말투는 늘 이렇다. 존칭도 아니고 반말도 아니고. 재형보다 나이가 여섯 살 많은 시장은 반말과 존댓말을 섞어서 그 중간 높이로 말을 한다. 재형뿐 아니라 자신보다 나이가 적은 다른 기자들에게도 마찬가지다. 웃는 얼굴로 재형을 맞았지만 시장의 얼굴에는 이 시간에 뭐 하러 왔냐고 묻는 표정이 들어 있었다. 공무원들이 시장님의 결재를 받으려고 밖에 줄을 서 있으니, 간단하게 궁금한 것만 듣고 가겠다면서 재형이 민경숙 화가와 시장님이 어떤 관계냐고 물었다.

"고소인과 피고소인 관계지. 다 알면서 그걸 왜 물어."

그걸 묻는 게 아니라는 걸 알았지만, 시장은 자신이 대답하고 싶은 답을 내놓았다.

"남자와 여자로서의 관계를 물은 건데요."

5초간 재형을 빤히 쳐다보던 시장은 자신은 분명히 남자라고 말했다. 그리고는 구 기자가 궁금하다면 이 자리에서 확인시켜 줄 수 있다면서 나훈아처럼 바지 지퍼를 내리는 시늉을 했다.

"민경숙 화가가 남자인지 여자인지는 내가 모르지. 확인을 안 해 봤으니까."

시장이 능청스럽게 변했다. 시장이 되기 전에는 순수한 영혼을 가진 정치인이라고 생각했는데, 시장이 되고 나더니 사람이 달라졌다. 얼굴이 두꺼워졌고, 거짓말을 하는 요령도 늘었다. 10년 전 그 순수하던 정치인 문도환은 어디 간 건가? 정의로운 정치, 청렴한 정치를 하겠다고 부르짖던 문도환은 도대체 어디 간 건가?

2009년 12월 5일. 도환이 정치에 뛰어든 날이다. 유력 일간지 기자로 활동하던 그는 자신이 직접 세상을 바꿔야겠다면서 정치인의 길을 선택했다.

신문기자를 오래 하면서 세상이 잘못 돌아가고 있다는 것을 확인했다. 세상을 바꿔야 하는데 기자로는 한계가 있다. 기자는 뭔가를 직접 하는 것이 아니라, 뭔가를 하는 사람들의 소식을 전달하는 전달자에 불과하다. 세상을 바꾸는 일은 전달자가 하는 것이 아니라 주도자가 하는 것이다. 그 주도자는 바로 정치인이다. 그래서 정치를 하려고 결심했다. 신문사에는 11월 말일 자로 사직서를 제출했다.

사직서를 제출한 후, 이틀이 지난 12월 2일 저녁, 그가 부인에게 한 말이다. 사표를 제출한 날, 그리고 그다음 날 바로 집사람에게 얘기하지 못한 이유는, 사표를 제출한 날 밤새 술 마시고 다음 날까지 술이 깨지 않았기 때문이다. 그런 도환을 그의 부인은 눈을 동그랗게 뜨고 좌우로 훑었다. 그러더니 한 손으로 도환의 왼쪽 눈꺼풀을 올리고 눈동자를 자세히 관찰했다. 내가 전화해 놓을 테니까 진찰 한번 받아 봐. 도환의 부인은 그렇게 말했다. 자신의 대학 동창이 운영하는 병원, 즉 정신병원에 가 보라는 말이다.

도환은 자신은 지금 지극히 정상이며, 국가의 미래 운명을 책임져야할 막중한 역사적 사명이 느껴져서 정치의 길을 가기로 결심한 것이라고 말했다. 배 열두 척으로 조선을 구하기 위해 망망대해로 진군하는이순신 장군 같은 심정이라고 열변을 토했다. 그러나 그의 부인은 "배뒤집어지는 소리 하고 있네!"라고 말하고서는 소파에 앉아 TV를 켰다. 지난 주말에 본방 사수를 하지 못한 드라마를 보겠다면서.

"내일 진찰받고 와서 정상이라고 판명되면 그때 다시 대화해 보자."

TV 화면이 켜지는 동안 그녀가 말했다. 그러는 부인에게 도환은 자신이 내일 가는 곳은 정신병원이 아니라 선거관리위원회가 될 것이라면서선거관리위원회에 가는 이유는 내년 지방선거 예비후보 등록 절차를 알아보기 위해서라고 말했다. 그러자 그의 부인은 못 본 드라마 한번 보려고 했더니 남편이라는 인간이 훼방을 놓아서 도대체 볼 수가 없다면서TV를 끄고 침실로 들어갔다. 그러고는 침대에 누워서 스마트폰으로 유튜브를 연결해서 주말에 놓친 그 드라마를 시청하기 시작했다.

다음 날 도환은 그의 부인에게 예고한 대로 선거관리위원회에 가서 예비후보 등록 절차에 대해서 알아본 후 전쟁에서 승리하고 귀환하는 개선장군 같은 늠름한 모습으로 귀가했다. 그런 그를 보고 부인은 진찰 잘받고 왔냐고 물었다. 도환은 남아일언중천금이라는 문자를 써 가면서 자신은 한 번 내뱉은 말은 반드시 지키는 인간이라고 강조했다. 그의 부인은 인간 같지 않은 게 가지가지 한다는 시선으로 도환을 째려보고는 다시 침실로 들어가서 유튜브로 어제 보던 드라마를 이어서 시청했다.

다음 날 저녁 그의 부인은 도환에게 관공서 제출용으로 보이는 서류를 내밀었다.

"나를 버리든지 정치를 버리든지 둘 중 하나를 선택해."

도환은 관공서 제출용 서류에 인감도장을 꾹 눌러 찍어 그의 부인을 버리는 쪽을 선택했다.

그리고 다음 날 저녁 도환은 언론인 4명을 삼겹살에 소맥 폭탄주로 차려 놓은 둥근 모양의 철재 식탁에 초대해서는 정치 입문 선언을 했다. 4명의 언론인에는 재형도 포함돼 있었다.

"나는 대한민국의 정치 개혁을 위한 역사적 사명을 띠고 이 땅에 태어난 것으로 생각한다. 성실한 마음과 튼튼한 몸으로 정의로운 정치 깨끗한 정치를 위해 최선을 다하겠다! 내 몸 안의 슬기를 모아 줄기찬 노력으로 한국 정치의 새 역사를 창조하겠다."

어디서 많이 들어 본 것 같은 문장들을 참석한 언론인들은 한 귀로 흘려들었지만, 도환은 이마에 핏대를 세워 가면서 열정적으로 낭독했다. 자신이 준비해 온 393자의 정치 입문 선언문을.

언론인들은 도환과 함께 소맥 폭탄주를 다섯 잔씩 나눠 마시면서 정치에 입문하는 도환의 앞길에 무궁한 영광이 있기를 기원했다. 같은 시각, 도환의 부인은 커다란 여행용 가방에 짐을 꾸리고 있었다.

다음 날 아침, 도환은 여행용 가방과 함께 집에서 쫓겨났다. 버려진 것은 부인이 아니라 도환이었다. 부인에게 버림받은 도환은 자신의 꿈이었던 정치를 시작했다. 다음 해에 시의원에 당선됐고, 4년 뒤 재선에 성공했다. 상임위원장을 지냈고, 다시 4년 뒤인 작년에는 시장에 당선됐다. 처음 시의원에 당선된 도환은 정치를 시작하면서 자신이 다짐했던 정의로운 정치 청렴한 정치를 실천했다. 재형을 비롯한 많은 기자들이 도환을 참 좋은 정치인이라고 평가했다. 그러던 도환이 정치 경력이 쌓여 가면서 변하기 시작했다. 도환이 변한 건지, 정치가 그를 변하게 한 건지, 지지자들이 그를 그렇게 만든 건지, 정치인이면 누구나 다 그렇게 되는 건지.

시장이 된 지금의 도환은 정의를 부르짖고 청렴을 실천하던 정치 초년병이 더 이상 아니다. 어느새 삼중 철판으로 얼굴을 도배하고, 능수능란한 화술로 세 치 혀를 무장한 정치 9단이 돼 있다.

"민경숙의 성별을 확인하신 것 같은데요. 시중에 소문도 그렇게 퍼져 있고……."

이렇게 질문을 던져 놓고 재형은 정치 9단이 된 도환이 어떻게 답변할까? 잔뜩 기대를 갖고 들었다.

"내가 요즘 바빠서 사령을 못 봤는데, 구 기자 연예부로 옮겼나? 유명한 사람들의 뒤꽁무니를 따라다니면서 있지도 않은 불륜 이야기를 소설처럼 쓰는 건 연예부 기자들이 하는 것 아닌가?"

시장은 웃었다. 그 정도로는 나한테 안 돼. 나 이제 정치 9단이야. 시장의 웃는 얼굴은 그렇게 말하고 있었다. 재형도 웃었다. 웃지 못할 게 없었다. 웃으면 건강에도 좋다지 않나. 뇌 속에서 엔도르핀이 생산되고, 우리 몸의 231개 근육이 움직인다는데. 아침에 웃으면 더 좋을 것이다.

"고소인이 실종됐을 때, 피고소인을 취재하는 건 사회부 기자가 하는 일입니다. 제가 사회부 기자인 거는 잘 아실 테고."

시장의 얼굴에서 웃음기가 가셨다. 얼굴색은 납빛으로 변했다. 민경숙이 실종신고 된 것을 몰랐다는 표정이다. 아니, 이건 말이 안 된다. 시청의 정보력이 얼마나 대단한데. 하루가 지나도록 경찰서에 신고된 내용을 모른단 말인가? 시청과 경찰서 사이에 정보 교류가 예전처럼 원활하지 않다고 해도, 이거는 말이 안 되는 상황이다. 시장과 관련된 사안이라서 경찰이 의도적으로 정보를 차단했나? 그것이 아니라 시장이 알면서도 모르는 척 연기하는 것이라면, 지금 도환의 표정은 아카데미 연기상을 수상하기에 부족함이 없다.

시장은 갑자기 결재할 게 많아 시간이 없다며, 재형에게 이제 그만 가라면서 자신이 직접 시장실 문을 열었다. 역시 정치 9단이다. 불리할 때는 일단 피하라. 답변하기 곤란할 때는 질문을 막아라. 문이 열리고 문밖에 서 있던 공무원들의 얼굴이 보이자 시장은 어느새 얼굴 가득 미소를 담았다. 힘든 일이었지만 재형도 얼굴 가득 미소를 담았다. 그렇게 하지 못할 것도 없었다. 건강에도 좋다는데.

시장실에 들어온 지 5분도 안 돼서 재형이 시장실을 나서자, 맨 앞에 서 있던 과장이 눈을 동그랗게 뜨고 재형의 얼굴을 쳐다보았다. 아무 말도 하지 않았지만 과장이 무슨 생각을 하는지 알 것 같았다. 재형이 술도 안 마시고 일찍 귀가한 날 그를 바라보던 부인의 눈빛이 지금 과장의 눈빛과 똑같았다.

*　　　*　　　*

　가사의 의미는 알지 못하지만 시립합창단이 부르는 저 노래가 베토벤의 '환희의 송가'라는 것은 안다. 다른 행사에서도 들은 적이 있지만 시립합창단의 화음은 정말 예술이다. 환희의 송가가 끝났을 때 재형은 박수를 칠 뻔했다. 환호성을 지르려는 자신을 간신히 말렸다. 환희의 송가에 이어서 시립합창단은 팝송을 불렀다. 퀸의 노래인데 제목은 생각나지 않는다. 시립합창단이 부르는 퀸의 노래는 황홀할 정도였다. 미술은 젬병이지만, 음악에는 관심이 많은 재형이다. 클래식 음악을 듣는 것도 좋아하고, 대중가요에는 특히나 일가견이 있다. 술이 거나해지면 노래방에 가서 가사를 보지 않고 부를 수 있는 가요를 스무 곡 정도는 머릿속에 저장해 놓고 있다.

　퀸의 노래를 끝으로 리허설이 끝난 건가 보다. 지휘자는 뒤로 돌아서 객석을 보고 허리를 숙여 인사했다. 인사를 하고 고개를 들던 지휘자의 눈과 재형의 눈이 마주쳤다. 재형이 먼저 보고 있었으니, 두 사람의 시선이 만난 지점은 객석보다는 무대 쪽에 더 가까웠을 것이다. 840석의 1층 객석에 관객이라고는 딱 한 명 재형뿐이었으니, 지휘자와 재형의 시선이 마주치는 것은 필연이었다. 객석을 향해 얼굴 가득 미소를 담고 인사를 하던 지휘자는 재형과 눈이 마주치는 순간, 얼굴에서 웃음기를 삭제했다. 대신 재형이 알아채지 못할 만큼만 입술을 움직였다. "저 인간이 여기는 왜 왔냐?"

　시장실을 나온 재형은 수상한 사람 목록 세 번째에 문도환이라고 적어 넣었다. 고소인이 실종된 상태에서는 피고소인이 수상한 사람의 명단 제일 위에 올려야 하나 재형의 명단 작성 순서는 늘 선착순이다. 먼저 적힌 수상한 사람들 이름 위에 문도환이라는 세 글자를 올려 적지 않은 이유다. 수상한 사람은 조사를 해야 한다. 아니, 취재를 해야 한다. 직접적으로 본인을 취재하는 것이 제일이지만 그 취재 대상이 정치 9단일 때는 그것이 만만치 않다. 취재로가 막히기 일쑤다. 그렇다고 방법이 없는 게 아니다. 직진 도로가 막히면 돌아가면 되는 법. 우회로는 이미 재형이 알고 있다.

우회로에 들어서기 전에 재형은 먼저 시청 민원실로 갔다. 관공서가 정식으로 업무를 시작하는, 시장이 관공서를 퇴근하는 오전 9시가 되지 않았지만 시청 민원실은 업무를 보고 있었다. 시청 민원실은 아침 일찍부터 밤늦게까지 업무를 본다. 주말에도 문을 연다. 이렇게 민원실을 운영한 것이 10년이 넘었다. 시민 서비스 차원이라고 당시 시장은 강조했다. 공무원들도 나쁠 게 없다. 근무시간이 늘어나는 만큼 시간외수당도 증가하니. 저녁 늦은 시간에 근무한 공무원은 다음 날 그 시간만큼 쉴 권리도 주어진다.

요즘은 대부분의 사람들이 인터넷으로 하는 행정정보 공개신청을 재형은 직접 서류에 펜으로 적어서 신청했다. 신청서에 문도환 시장의 최근 3개월 치 관용차 운행기록을 요구하는 내용을 적었다. 시장이 어디서 무슨 일을 했는지를 파악하는 가장 쉽고도 단순한 방법은 시장의 관용차의 행적을 추적하는 것이다. 하루 이동거리가 수백 킬로미터나 되는 시장은 움직일 때마다 관용차를 이용하니, 관용차의 이동 경로는 곧 시장 문도환의 이동 경로다. 어디로 이동했는지를 추적하면 무엇을 했는지를 가늠해 볼 수도 있다. 재형이 시장 관용차의 운행기록을 요구한 이유다.

처음에는 일주일 치만 신청하려다가, 3개월 치로 늘렸다. 정보를 많이 알아 두어서 손해 볼 건 없으니. 신청서를 작성해서 제출하는 재형의 모습을 민원봉사과 과장이 먼발치에서 보고는 다가왔다. 그걸 인터넷으로 하지, 왜 직접 와서 작성하느냐고 묻는 과장에게 아직은 아날로그 방식이 더 좋다고 재형은 농담처럼 말했다. 재형보다 두 살 위인 이동섭 과장은 모닝커피 한잔하고 가라면서 자신의 자리로 재형을 이끌었다.

수줍음 많게 생긴 동섭은 외모와 달리 말을 한번 하면 끊임없이 얘기를 이어 가는 수다쟁이다. 대부분 다른 사람 흉을 보는 얘기다. 이날도 대통령부터 국회의원, 시장과 바로 위의 국장, 마지막에는 마누라 욕하는 것까지 다 들어 주고 나니 한 시간 반이나 시간이 지났다. 이제는 우회로를 찾아갈 시간이라고 판단한 재형은 우물쭈물 자리에서 일어섰다. 그런 그를 보고 동섭은 '괜히 나 혼자만 얘기를 하느라 바쁜 사람 붙잡아 놓았네.'라면서 다음에 언제 점심시간에 오라고 했다. 밥이라도 한번 먹게. 수년째 만나고 나서 헤어질 때마다 그렇게 얘기했지만 동섭의 수다는 만날 때마다 계속됐고, 밥은 한 번도 먹은 적이 없다.

재형이 선택한 우회로는 시립합창단 지휘자, 임선휘이다. 시장 고소 사건과 관련한 경찰 조사에서 핵심 인물로 지목된 사람. 재형이 판단하기에도 이 사건의 열쇠를 쥐고 있는 사람이다. 화가 민경숙과 정치인 문도환을 처음 소개해 준 사람이 바로 임선휘이다. 그 임선휘를 만나러 예술의 전당에 온 것이다. 시립합창단이 오늘 저녁에 무슨 오케스트라와 합동공연을 하는데, 최종 리허설을 지금 이 시간에 하고 있다는 정보를 입수한 재형은 공연장으로 지휘자를 찾아왔다.

"무슨 볼일이라도?"

공연장 안쪽에 있는 대기실로 이동해 자리에 앉자 지휘자가 재형에게 물었다. 그의 얼굴에는 '나 지금 무척 바쁘단다.'라고 쓰여 있었다. 나도 바쁘거든. 재형도 얼굴에 그런 표정을 담은 후 시장과 민경숙의 관계에 대해서 알고 싶다고 말했다.

"고소인과 피고소인 관계죠. 다 아시면서."

누가 시장 측근이 아니랄까 봐 지휘자는 시장과 똑같이 오답을 말했다. 사전에 교육받기라도 한 것처럼. 재형이 지금 말한 것이 오답이라는 표정을 얼굴에 담아서 보여 주자, 지휘자는 아는 건 이미 경찰에 다 얘기했다고 서둘러 답변을 정정했다. 하지만 정정한 답변도 재형이 원하는 답이 아니었다.

재형은 자신이 듣고 싶은 건 경찰에게 하지 않은 얘기, 즉 시장 문도환과 화가 민경숙 간의 사랑 이야기라고 말했다. 시중에 두 사람이 사랑하는 사이였었다는 소문도 있었지 않았냐면서. 재형은 지휘자님도 바쁘고 나도 바쁘니 한 번에 쉽게 이해할 수 있도록 두 사람의 이야기를 편년체로 들려주면 좋겠다고 말했다.

지휘자는 오랜만에 듣는 편년체라는 어휘가 무척 마음에 든다면서, 그 이유는 자신이 역사를 좋아하기 때문이라고 말했다. 역사를 좋아해서 역사의 인물들에 대해 공부하기를 좋아했다면서 자신이 지휘자가 되지 않았으면 역사 선생님을 했을 거라고 떠들어 댔다. 그러면서 혹시 왜 두 사람의 사랑 이야기가 듣고 싶냐고 되물었다.

재형은 질문하는 사람은 기자고, 대답하는 사람은 지휘자라는 말을 재생시켜 주려다가 그렇게 하는 것이 지휘자에게 솔직한 이야기를 듣는 데 불리하게 작용할 수도 있다는 판단을 했다. 그래서 자신이 두 사람의 사랑 이야기를 듣고 싶어 하는 이유를 말해 줬다.

"민경숙이 실종됐을 수도 있어요. 정확히는 실종됐다는 신고가 접수된 상태입니다. 그런데 민경숙은 시장을 고소한 사람이잖아요. 그러니 기자인 내가 피고소인인 시장과 지금은 실종신고 된 민경숙과의 관계에 관심을 가지는 것은 매우 자연스러운 일 아닌가요?"

재형은 진짜 이유는 말해 주지 않았다. 재형이 시장과 화가의 사랑 이야기를 추적하는 이유는 두 사람의 러브스토리가 이번 사건과 관련이 있을 것으로 판단했기 때문이다. 화가 민경숙이 시장 문도환을 고소했을 때 재형은 단순히 금전 문제라고 생각했다. 그래서 그 고소 사건에 대해서 깊이 있게 생각하지 않았다. 그런데 민경숙이 실종된 것으로 의심되는 상황을 맞이한 지금, 재형의 뇌 속에 다른 추리가 스며들었다. 금전 문제가 아닌 다른 문제가 화가가 시장을 고소한 진짜 이유가 될 수도 있다는 추리다.

10억 원이 넘는 단독주택을 소유하고 있고, 2억 원짜리 외제 차를 타는 화가가 오천사백만 원 때문에 현직 시장을 고소할까? 현직 시장은 화가에게 그 이상의 보상을 해 줄 수 있는 권력과 영향력이 있다. 그림 판매 가격의 50%를 받는 것보다 그것을 연결고리로 시장과 친분을 맺는 게 훨씬 더 이익인 것이다. 사회활동을 많이 해 본 민경숙이라면 이런 계산을 하는 것이 어렵지 않았을 것이다. 그럼에도 그녀는 현직 시장을 고소했다. 그렇다면 뭔가 다른 이유가 있을 것으로 의심해 보는 것이 노련한 기자의 정상적인 사고다. 그럼에도 민경숙의 실종신고 사건이 발생하기 전까지 재형은 그런 생각을 해 보지 않았다.

화가와 시장이 보통 사이가 아니었다는 것을 눈치 빠른 기자들은 다 알고 있다. 그 관계를 추적하다 보면 경숙이 시장을 고소한 이유, 그리고 경숙이 실종된 까닭도 찾아낼 수 있으리.

그리고 어쩌면 이것이 더 중요한 이유일 수 있다. 민경숙의 신변에 이상이 생길 경우 민경숙과 관계된 사람들의 이야기는 독자들의 높은 관심을 받을 수 있다. 더구나 민경숙과 시장이 한때 좋아하는 사이었다면, 그건 말할 것도 없다. 독자들의 폭발적인 관심을 불러일으킬 것이다. 그러니 취재를 해야 한다. 나중에 기자로 작성하기 위해.

지휘자는 민경숙의 실종신고가 접수됐다는 말을 듣고도 놀라지 않았다. 아마도 재형이 여기로 오기 전에 이미 시장이 전화로 알려 줬으리라.

지휘자는 얘기를 해 줄 수는 있는데, 지금 자기가 하는 얘기를 신문에 싣지 않았으면 좋겠다고 말했다. 만약 신문에 싣지 않는다고 약속하면 매우 자세하게 얘기해 줄 수 있다고 덧붙였다. 재형은 자신이 사건을 파악하는 데 도움이 될 것 같아서 물어보는 거라면서 신문에는 싣지 않겠다고 약속했다. 물론 지킬 자신은 없는 약속이지만. 재형의 약속에 지휘자는 세세하게 시장과 화가의 사랑 이야기를 들려주었다. 시장 측근이고, 이번 사건의 핵심 인물이라서 쉽게 입을 열 것이라고 기대하지 않았는데 지휘자는 예상외로 쉽게 두 사람의 러브스토리를 말해 주었다.

　2년 전, 그러니까 2017년 가을. 문도환과 민경숙의 만남이 시작된 날이다. 정확한 날짜는 기억하지 못한다. 5학년 4반인 지휘자 임선휘의 나이를 고려하면 2년 전 날짜를 정확하게 기억하지 못하는 게 지극히 정상적인 것이리라.

　도환은 팔짱을 끼고 서서 자신의 눈앞 벽에 걸린 유화 한 점을 바라보고 있었다. 그런 도환을 전시장 한쪽에서 바라보던 여인이 그에게 다가갔다.

　"그림이 괜찮은가요?"

　도환은 그림에서 눈을 떼지 않은 채 그 물음에 답했다. 현재 시내의 어딘가를 그린 것 같은데, 마치 30년 전에 자신이 보았던 주택가의 모습이 연상되는 그림이라고. 그러면서 화가의 표현법이 매우 독특한 것 같다고 덧붙였다.

　"그림이 의원님 마음에 드나 봐요? 아까부터 이 그림만 보고 계시던데."

　그제야 도환이 돌아보았다. 여인이 바로 옆에 서 있었다. 눈부시게 아름다운 여인이. 도환이 아는 여인이고, 지난여름 임선휘의 소개로 정식으로 인사를 나누었던 그 여인이다. '한여름 밤의 음악회'에서 임선휘는 도환을 앞길이 창창한, 촉망받는 정치인이라고 소개했고, 경숙을 미모와 그림 실력을 겸비한 시내 최고의 화가라고 소개했다.

　두 사람은 이미 서로를 알고 있었다. 그럴 만도 한 것이 도환은 재선 시의원에 문화예술위원장이었고, 경숙은 지역에서는 이름 꽤나 알려진 화가였다. 다만 개인적인 친분을 쌓을 기회가 없었을 뿐이다. 임선휘의 소개로 인사를 하고 난 후 도환은 경숙이라는 화가에게 자신의 마음이 끌리고 있음을 느꼈다.

전 부인과 이혼 후, 그는 어떤 여자에게도 관심을 두지 않았다. 정치를 하려고 이혼까지 했는데 다른 여자에게 관심을 둔다는 것은 그에게는 상상하기 힘든 일이었다. 도환에게는 정치가 애인이었고, 정치가 배우자였다. 그런데 경숙이 등장하면서 이런 도환의 마음에 바람이 일었다. 여인인 경숙을 좋아하는 마음이 안개처럼 그의 심장 속에 퍼져 나갔다. 도환은 자신의 마음을 임선휘에게 고백했고, 임선휘는 작전을 짜서 그에게 전달했다. 그 작전에 따라서 도환은 지금 그림 한 점을 바라보고 있는 것이다.

미술협회는 소속 화가 스무 명으로부터 그림을 받아 불우이웃돕기 전시회를 개최했다. 그 행사에 당연히 시의원인 도환이 초대될 것이기에 그 행사에 맞춰서 작전이 진행된 것이다. 도환은 자신이 보고 있는 그림이 경숙의 그림이라는 것을 알고 있고, 그 그림이 표현하고자 하는 의미도 사전에 공부해 놓았다. 당연히 그 그림에 대한 도환의 감정 표현은 정확하고 풍부했다. 그림의 주인인 경숙의 마음을 사로잡을 만큼.

그날의 만남은 거기까지만이었다. 거기까지만 하라고 임선휘가 준 작전 지시서에 적혀 있었다. 그것을 선휘는 전문용어로 '밀당'이라고 부른다고 설명했다. 도환은 아쉬움을 뒤로하고 전시장을 빠져나왔다. 그의 등 뒤로 꽂히는 경숙의 아쉬워하는 눈빛을 느끼면서.

두 사람의 만남이 정점을 찍은 때는 그해 연말이다. 해돋이극장에서 열린 송년음악회에 참석한 도환은 내빈들이 앉는 로열석의 맨 앞줄에 앉아서 공연을 관람했다. 시장, 의장, 국회의원 두 명, 그리고 시의원들이 도환과 같은 줄에 앉았다. 도환보다 세 줄 뒤에 경숙도 앉아 있었다. 공연을 보는 동안 도환은 공연에는 관심이 없었다. 그의 관심은 오직 자신보다 세 줄 뒤에 앉아 있는 경숙에게 쏠려 있었다. 경숙도 마찬가지였다. 그녀의 두 눈은 공연이 펼쳐지고 있는 무대를 보는 것이 아니라, 세 줄 앞자리에 앉아 있는 도환의 뒤통수를 쳐다보고 있었다. 도환의 오른쪽 상의 주머니에 들어 있는 휴대폰이 진동했다. 문자가 왔다.

"지루하시죠?"

보낸 사람이 경숙이었다. 지루했다. 그래서 그렇다고 답장을 하고 싶었다. 하지만 양옆에 앉은 동료 의원들이 눈치챌까 봐 답장을 하지 못하고 애를 태우는데, 이어서 문자가 도착했다.

"우리, 나가요."

도환은 코트를 집어 들고 오른쪽 옆자리에 앉은 동료 의원에게 급한 전화를 해야 한다는 의미가 담긴 팬터마임을 연기했다. 동료 의원은 즉시 이해하고서 무릎을 당겨 도환이 지나갈 수 있는 공간을 마련해 주었다. 그러면서 그 자신도 팬터마임을 연기했다. 전화하고 올 건데 코트는 왜 가지고 나가? 도환은 동료 의원의 팬터마임을 전혀 이해하지 못하겠다는 표정을 지어 보이고는 서둘러 객석을 빠져나왔다.

세 줄 뒤에 있던 경숙이 5초의 시차를 두고 놀라울 정도로 똑같은 싱크로나이즈를 선보였다. 도환이 코트를 들고 일어서자 그녀도 코트를 들고 일어섰고, 팬터마임으로 옆자리에 앉은 동료 화가에게 급한 전화를 하러 간다고 양해를 구했고, 코트는 왜 들고 가냐는 물음에는 이해 못 한 척했다.

9시가 되기 직전에 지루한 공연장을 빠져나온 두 사람은 와인을 마셨다. 와인을 한잔하자고 누가 먼저 말을 했는지는 모르나 와인을 마신 건 분명했다. 한 잔을 마시자고 시작했지만 그들은 한 병을 마셨다. 각각. 웃기지도 않은 대화를 하면서도 시종 웃었고, 80대 노인들처럼 큰 소리로 말을 했고, 치매 걸린 노인들처럼 했던 얘기를 또 했다. 어쨌든 좋았다. 알코올이 뇌를 흥분시켜 좋았고, 오랜만에 예술을 주제로 대화를 해서 좋았다. 싱글인 남녀가 싱글이 된 사연을 얘기하니 좋았고, 지금 이 시간이 지루한 공연장을 빠져나와서 일탈을 즐기는 것 같아서 좋았다. 수업을 빼먹고 나와서 빵집에 앉아 있던 고등학생 시절로 돌아간 것처럼.

누가 귀가 시간을 정해 놓은 것도 아니고, 정해진 출근 시간에 맞춰서 출근해야 하는 직장인도 아니고, 집에 가야 반겨 줄 사람이 있는 것도 아니지만 자정이 되기 10분 전에 두 사람은 일어섰다. 택시를 함께 타고서 경숙의 집 앞에 내렸다. 도어록에 비밀번호를 입력해서 문을 연 경숙이 도환에게 들어오라고 했다.

"커피 마시면서 심야 영화 한 편 봐요."

경숙은 자기 집에는 한쪽 벽면을 커다란 TV가 차지하고 있으며, 그 TV로 영화를 보면 극장처럼 실감 난다고 했다. 하지만 경숙의 그 말이 심야 영화를 보자는 것이 아니라, 19금 영화를 찍자는 말이라는 것을 게슴츠레하게 뜬 그녀의 눈을 통해서 알 수 있었기에 도환은 갈등했다.

알코올로 사고력이 무뎌진 도환의 뇌 속에서 원초적 본능과 후천적 이성이 논쟁을 벌였다. 뭐 하냐, 빨리 들어가지 않고. 혼자 산 지 8년이나 됐으면서 지금 이런 기회를 놓치려고. 문 닫기 전에 얼른 들어가. 본능이 부추겼다. 정치 안 할 거야? 정치하려고 이혼까지 했으면서 지금 여기서 뭐해? 얼른 집으로 돌아가. 이성이 설득했다.

지금 안 들어가면 너는 쪼다가 되는 거야. 알아? 쪼다 같이 그렇게 망설이지 말고 얼른 들어가. 지금 들어가면 너 더 이상 정치 못 해. 좋은 정치 하겠다며. 정신 차리고 얼른 뒤돌아서 뛰어.

도환은 쪼다가 되는 쪽을 택했다. 자신을 향해 현관문을 열고 서 있는 경숙을 뒤로한 채 대로를 향해 달렸다. 택시를 잡아타자마자 도환은 택시기사에게 목적지를 말했다. 집으로.

도환과 경숙의 관계가 가장 뜨거웠던 순간은 그렇게 아무 일 없이 지나갔다. 그 후로도 개인적으로 만나기는 했지만 해돋이극장을 나와 와인을 마시던 밤처럼 그들은 뜨거운 사이로 돌아가지 못했다. 두 사람의 관계는 사랑과 우정의 중간쯤 어딘가에 걸쳐 있었다.

그렇게 몇 개월이 지난 2018년의 봄, 도환은 시장 출마를 결심했고, 후보자가 됐다. 시장 후보가 된 도환에게 가장 큰 문제는 선거 자금을 마련하는 것이었다. 8년여 전 여행 가방 하나만 갖고 집에서 쫓겨난 도환에게는 재산이 없었다. 아무리 선거공영제가 시행되고 있다고 해도 시장 선거 출마자가 개인 돈 없이 선거를 치르는 것은 불가능했다.

도환의 선거 자금 문제를 임선휘가 해결해 나갔다. 남들에게 아쉬운 말을 못 하는 도환과 달리, 서글서글한 성격의 선휘는 타고난 능력으로 선거자금을 마련했다. 경숙에게도 도환의 어려운 사정을 얘기한 사람이 선휘다. 경숙의 그림을 가져다가 판매를 하고 판매 액수의 절반을 도환의 선거 자금으로 사용하고, 절반은 그림 주인인 경숙에게 주자는 아이디어를 제안한 사람도 선휘다. 외형상으로는 경숙의 그림을 한 점당 200만 원에 사다가 400만 원에 팔아서 이익을 남기는 것이니 선거법에 저촉되지도 않을 것이라는 계산도 했다.

그렇게 어렵게 선거자금을 마련해서 선거운동을 전개한 도환이 시장에 당선됐다. 시장 당선은 모든 것을 바꾸어 놓았다. 선거 자금을 제공할 당시 차용증을 쓰라던 빚쟁이들이 막상 도환이 시장에 당선되고 나자, 그냥 좋은 의미로 기부한 것이라면서 갚을 필요 없다고 했다. 경숙역시 그림 값을 왜 안 주냐고 묻거나 그림을 돌려 달라고 하지 않았다. 그렇게 1년이 지났는데 갑자기 경숙이 도환을 고소했다. 그림 값도 안주고 그림도 안 돌려준다면서.

"도대체 모르겠어요."

시장과 화가의 러브스토리를 들려준 지휘자는 마지막에 그렇게 말했다.

"아니 선거가 끝나자마자 그랬으면 이해가 되는데, 시장에 취임한 지 1년이나 지나서 그러니까 이해가 되지 않는 겁니다."

"민경숙이 왜 1년이 지나서야 고소를 했는지 정말 몰라요?"

"모른다니까요?"

재형이 지휘자로부터 듣고 싶었던 것은 다 들었다. 재형은 시장과 화가가 어느 정도 깊은 관계였는지를 알고 싶었던 것이다. 민경숙이 문도환을 고소한 이유를 듣고 싶은 게 아니었다. 그 이유는 재형이 밝혀낼 것이다. 그럼에도 한 번 더 지휘자에게 물었다.

"짐작 가는 것도 없어요?"

"없다니까요?"

지휘자의 입은 그렇게 말했지만 그의 얼굴 표정은 다르게 말하고 있었다. 짐작 가는 게 있지만 기자에게 말해 줄 수는 없지. 그 얼굴 표정을 보면서 재형은 지휘자에게 한마디 해 주려다가 눌러 참았다. 당신이 짐작하는 내용이 무엇인지 나는 짐작하고 있소.

그런데 수상하다. 왜 지휘자는 시장과 관련된 얘기를 이렇게 순순히 말해 주는 건가. 더구나 여자와 관련된 얘기를. 시장 최측근이라면 시장을 보호하려 해야 하고, 그렇다면 당연히 시장과 관련된 얘기는 숨기는 게 정상인데. 재형은 임선휘를 수상한 사람 명단 네 번째에 올려놓았다. 자신의 주변에 수상한 사람이 너무 많다는 생각을 하면서.

그림

민경숙은 사라지고,
그녀의 그림은 선미의 개인전에 전시되고

"삼십칠 년 동안 그림을 그렸습니다. 중학교 때부터 그림을 좋아해서 혼자 그렸고, 고교 시절에는 미술반에서 활동했습니다. 미대를 졸업하지는 못했지만 열세 살 이후로 그림을 손에서 놓은 적이 없습니다."

여기까지 말하고 화가 선미는 말을 멈추었다. 심호흡을 길게 하고 나서 그녀는 다시 인사말을 이어 갔다.

"그렇게 오래도록 그림을 그렸고, 그동안 수많은 그림을 그려왔지만 한 번도 개인 전시회를 열지 못했습니다. 그리고 오늘 이렇게 제 그림 인생 처음으로……."

선미가 말을 잊지 못했다. 울음을 터트리고 말았다. 개인전을 연 화가로서 인사말을 시작할 때부터 목소리가 떨려서 듣는 사람들을 불안하게 하더니 결국 선미는 눈물을 보였다. 그래도 그녀는 눈물을 닦고 끝까지 인사말을 마쳤다. 모여 있던 사람들이 큰 박수로 선미를 격려하고 축하했다. 축하객은 칠십여 명. 선미 친구인 민경숙이 개인전을 열었을 때는 개막식에 참석한 축하객이 지금의 세 배는 됐다. 유명인도 많았다. 고등

그림 65

학교 때 같은 미술반에서 활동했던 두 여인이 삼십여 년이 지난 지금 미술계에서 차지하는 위치나 화가로서의 이름값에서 큰 차이를 보이고 있다. 선미의 눈물 속에 이런 현실에 대한 서러움도 담겼으리.

축하의 박수를 보내는 사람들 틈에 재형도 서 있었다. 재형이 선미의 인사말을 끝까지 경청한 이유는 그녀의 눈물을 보기 위해서가 아니었다. 그녀가 혹시 전시된 그림에 대해서 뭔가 말을 하지 않을까 하는 기대 때문이었다. 하지만 끝내 선미는 그림에 대해서는 구체적인 말을 하지 않았다. 재형은 그것이 의문이었고, 한편으로 실망이었다.

오후 2시. 전시회가 개막하기 한 시간 전에 재형은 단원미술관에 도착했다. 개막식 전에 그림을 살펴보기 위해서다. 이틀 전 재형이 보았던 민경숙의 그림은 그 자리에 그대로 걸려 있었다. 오른쪽 하단에 K.S.M이라는 서명이 확연하게 보였다. 그런데 그 그림만이 아니었다. 선미의 개인전에 전시된 그림은 모두 74점이었다. 그 가운데 36점의 그림에 K.S.M이라는 이니셜이 서명돼 있었다. 그리고 나머지 그림의 오른쪽 하단에는 仙美라고 서명이 돼 있었다. 그렇다면 이것은 무엇을 의미하나? 선미의 개인전에 전시된 그림 가운데 절반에 가까운 그림이 사실은 민경숙의 그림인 거다. 그리고 나머지 절반만이 선미 자신의 그림이다. 그런데 이것을 선미의 개인전이라고 할 수 있나?

재형이 만난 노화백 병섭은 분명 개인전에 다른 화가의 그림을 전시하는 경우는 없다고 했다. 그림을 가르쳐 준 스승이 그림을 협찬해서 전시하는 경우는 있어도. 그런데 한두 점도 아니고 36점이나 된다. 그리고 그 36점 그림의 주인은 지금 연락 두절 상태다. 오늘로 5일째. 이제는 단순 여행과 실종 사이에서 실종 쪽으로 저울추가 기울기 시작했다. 민경숙은 사라지고, 그녀의 그림은 선미의 개인전에 전시되고. 사라진 민경숙의 실종신고를 선미가 했고……

삼차 함수 문제처럼 뭐가 뭔지 모르겠지만 분명한 것은 지금 이 상황이 매우 수상한 상황이라는 거다.

시장 문도환과 화가 민경숙과의 관계를 문도환 측 사람에게 들었으므로 반대 측, 즉 민경숙 측 사람에게도 들어야 한다. 그것이 정확하게 상황 판단을 하는 데 도움이 된다. 재형은 늘 그것을 머릿속에 심어 두고 살아왔다. 양측의 주장을 듣고 기사를 작성해야 한다. 한쪽의 주장만을 듣고 기사를 작성하면 안 된다. 그렇게 되면 그것은 기사가 아니라 일방적인 주장에 불과하다. 그래서 재형은 선미에게 두 사람의 러브 스토리에 대해서 들어야겠다고 생각했다. 하지만 재형은 방금 그 생각을 거두어들였다. 민경숙의 실종사건에서 가장 의심스러운 사람이 선미이기 때문이다.

"기자님도 오셨네."

생각에 잠긴 재형의 어깨를 툭 친 사람은 이학규였다. 재형과 5~6년 전부터 알고 지내는 친구다. 이 도시에 단 한 명밖에 없는 검찰 소속 정보 담당 수사관이다. 정보를 먹고 사는 사람들이 이 도시 안에는 꽤 있다. 재형과 같은 기자들이 그들이고, 경찰 소속 정보과 형사들이 또한 그런 사람들이다. 시청 공무원 가운데도 그런 사람들이 있다. 기자도, 경찰 정보과 형사도, 시청에서 정보를 담당하는 공무원도, 모두 여러 명씩 있다. 그러나 검찰에는 정보를 담당하는 수사관이 단 한 명밖에 없다. 그가 바로 이학규, 재형의 친구다.

수원에서 근무하다가 안산으로 온 학규와 그 이전부터 안산에서 터

그림 67

를 잡고 있던 재형은 수사관 대 기자로 만났다. 두 사람 다 정보를 취급하고, 정보가 생명인 직업인으로 살고 있기에 두 사람의 만남은 필연적인 것이었다. 더 필요한 쪽이 학규였다. 수사관에게 정보를 파악하는 것은 업무의 100%이지만, 기자에게 그것은 업무의 100%는 아니니.

필요에 의해서 만난 두 사람은 나이가 같다는 이유로 금방 친해졌고, 친구가 됐다. 친구로 지내지만 자주 만날 수 있는 친구는 아니다. 학규는 검찰에 단 한 명밖에 없는 정보 담당 수사관이라는 직책에 맞게 업무가 바쁘다. 또한 그만큼 권력도 세다. 그가 올리는 정보 보고는 검찰의 수사로 이어질 수 있다. 그 정보 보고를 하는 단 한 사람이 학규인 거다.

"시내에서 열리는 행사에 기자가 오는 건 당연한 건데, 수사관은 왜 왔나? 더구나 쉬는 날에?"

"그림에 대해서 알거나 그림에 관심이 있는 기자라면 화가의 개인전을 취재하는 게 이해가 되겠지만, 내가 아는 재형이는 그림에 관심이 있는 것 같진 않은데…… 쉬는 날인 건 기자도 마찬가지고."

"내가 아는 학규도 그림을 보러 온 것 같지는 않은데……."

검찰 수사관이 이곳에 왔다면 그건 민경숙의 실종이 사건이 됐다는 것을 의미한다. 기자보다 더 바쁜 그가 한가하게 그림을 보러 미술관에 온 것은 아닐 거다. 더구나 쉬는 날에. 학규는 선미를 보러 온 것이고, 민경숙의 실종에 대해 조사하기 위해서 온 것이다. 재형은 그렇게 추측했다.

"민경숙 실종이 이제 사건이 된 건가?"

학규는 대답하지 않았다. 분명히 재형의 질문을 들었을 텐데, 학규는 대답을 하지 않고, 축하객들과 일일이 악수하는 선미만 쳐다보고 있었다. 대답을 못 듣지는 않았을 거다. 시각과 청각을 따로따로 활용할 수 있는 능력이 수사관에게 있다는 것을 재형은 알고 있다. 기자인 자신도 그게 가능한데, 수사관이 그게 안 될 이유가 없을 뿐 아니라, 학규는 재형보다 멀티 능력이 훨씬 발달한 생명체이기 때문이다. 그런데 학규는 못 들은 척 대답을 하지 않았다.

대답을 하기 싫었던 건지, 아니면 대답을 하기 곤란했던 건지. 그도 아니면 민경숙의 실종사건 때문에 여기에 온 게 아니었던 건지. 재형은 여러 날이 지난 후에야 그 이유를 알았다.

* * *

"없습니다. 그 차량이 톨게이트를 통과한 기록이 전혀 없습니다."

재형과 함께 화가의 집을 둘러보고 나온 철학은 처음에는 이 실종사건에 별 관심이 없었다. 집을 나간 것 같다가 다시 돌아오는 사람들이 많이 있기 때문이다. 더구나 화가는 자신이 조사하고 있는 사람도 아니다. 화가가 시장을 고소한 사건은 다른 부서에서 맡아서 하고 있다. 그가 관심을 가질 이유가 없었다. 평소에 그림에도 관심이 전혀 없었다. 학교 다닐 때도 미술 시간이 싫었던 철학이다. 그림에 관심이 없으니 화가에게도 관심이 없다. 그런데 재형은 왠지 관심이 있는 것 같았다. 아니, 관심이 매우 많은 것 같았다. 그 녀석이 무언가에 그처럼 관심을 보인 적이 최근에 없었다. 반짝이는 눈, 상기된 얼굴. 그것은 평소 재형의 모습이 아니었다. 녀석이 이 사건에 아주 큰 관심을 갖고 있다는 것을 녀석의 얼굴이 말해 주고 있었다. 재형이 관심을 가지니 왠지 철학

그림 69

도 관심이 생겼다. 형사라면 누구나 마찬가질 것이다. 노련한 기자가 관심을 보이는데 그것에 관심이 가지 않을 형사는 없다.

그래서 물어봤다. 도로공사에. 최근 3일 동안 이 도시와 연결된 고속도로 톨게이트를 통과한 차량 가운데 민경숙의 차량이 있는지. 민경숙의 차가 톨게이트를 통과한 기록이 전혀 없다는 연락을 받은 철학은 혹시나 하는 마음에 그녀의 휴대폰으로 전화를 걸었다. 여러 번 신호음이 들린 후에 연결이 됐다. 그러나 전화를 받은 여자는 민경숙이 아니었다. 철학이 민경숙의 목소리를 알지는 못하지만, 지금 말하고 있는 여자의 정체는 안다. '지금 고객님 휴대전화의 전원이 꺼져 있어서 …….'

이제는 사건이라고 보는 게 형사의 정상적인 판단이다. 5일째 연락이 없다. 휴대폰은 꺼져 있다. 그녀의 집은 정리가 되지 않은 채 있다. 즉 준비하고 외출한 풍경이 아니다. 그리고 그녀의 차가 지금 어디 있는 줄 모른다. 그렇다면 이건 사건이다. 그렇다고 이것을 정식 사건으로 접수하고 수사를 개시하겠다고 상부에 보고할 수는 없다. 형사들이 그렇게 한가하지 않다. 사건은 많다. 5일째 집에 돌아오지 않는다고 해서 수사를 해야 한다면 대한민국에 형사가 지금보다 열 배는 더 있어야 한다. 그래서 결정했다. 일단은 혼자서 해 보자.

고속도로를 통해 시외로 나가지 않았다면, 그녀의 차는 시내에 있는 것이다. 일반도로를 통해서 시외로 나갈 수 있으나, 그것은 가능성이 낮다. 성능이 좋기로 소문난 최고급 승용차를 가지고서 고속도로가 아닌 일반도로를 이용할 가능성은 낮았다. 만약 일반도로를 이용했다면 그것은 장거리 여행이 아니라 단거리 외출이 된다. 단거리 외출을 하면서 5일씩 집을 비우고, 이 기간 동안 휴대폰을 꺼 놓는다는 건 비상식적이다. 사우나에서 2박 3일 있었다는 말처럼.

철학은 통합관제센터에 근무하는 경찰에게 전화를 걸어 민경숙의 차를 서둘러 찾으라고 했다. 안산 시내를 손바닥 들여다보듯 하는 통합관제센터라면 그녀의 차를 찾는 것이 그리 어려운 일이 아니다. 물론 쉬운 일도 아니다. 시간이 꽤 걸릴 것이다. 경우에 따라서는 5일 치의 CCTV를 뒤져야 하니.

*   *   *

일요일 아침. 재형이 출근하기 싫은 날이다. 남들은 다 쉬는 일요일, 신문기자들은 출근해야 한다. 월요일 자 신문을 만들어야 하기에. 사무실에 출근하지 않는다고 해서 회사에서 그에게 뭐라 말할 사람은 없다. 시내에 있는 신문사 지사 사무실은 사실상 혼자서 사용하는 것이니, 그가 사무실에 나오든 그렇지 않든 간에 관심을 가질 사람도 없다.

기자가 주로 상대하는 관공서는 일요일에 문을 열지도 않는다. 취재기자들에게 일요일은 근무하는 날이지만, 집에서 빈둥거리다가 적당한 기사 하나 작성해서 본사에 보내고 마는 기자들도 많다.

그럼에도 재형은 일요일에 평일과 마찬가지로 아침에 출근한다. 가장 큰 이유는 마누라 때문이다. 그의 마누라는 쉬는 날 회사에 가는 건 뭐라 말하지 않지만, 기자들이 출근하는 날인 일요일에 집에서 쉬면서 밥 차려 달라고 하면 도끼눈을 뜨고 쳐다본다. 마치 재형이 자신을 죽이려고 한다는 듯이.

아무 말도 하지 않고 쳐다보기만 하지만, 그 눈빛만 봐도 재형은 오금

그림 71

이 저리다. 어쩌면 이런 생활은 재형이 자초한 것이다. 결혼 전 연애할 때 손에 물 한 방울 묻히지 않고 살게 해 주겠다고 약속한 것이 재형이 니. 술김에 한 약속이었고, 그 당시는 남자들 대부분이 지키지 못할 약속을 관행처럼 그렇게 하는 것이 일반화되어 있었던 시대적 상황이라서 그 약속에 대한 채무의식이 없었다. 그런데 정작 결혼 후에 그 약속에 대한 청구서를 내미는 마누라에게 재형은 어찌할 방도를 찾아내지 못하고 있다.

다행히 오늘은 갈 곳이 있다. 아니, 갈 곳을 정했다. 일요일에 가도 그를 반겨 줄 사람. 아마도 반겨 줄 사람. 찾아오는 사람이 없어서, 누구라도 찾아오기만 하면 반겨 줄 사람. 형사만 빼놓고.

재형이 현관 벨을 누르자, 70대 중반의 여성이 바로 대답했다.

"누구시유?"

"신문사에서 나왔습니다."

문이 열렸다. 빼꼼. 이번에도 이중안전고리는 풀지 않았다.

"어디 신문사?"

"경성일보입니다."

재형이 신분증을 내밀었다.

5초간 신분증을 들여다본 할머니가 문을 열었다. 재형의 예상이 맞았다. 할머니는 외롭다. 누군가 찾아와 주면 반갑다. 형사야 반갑지 않겠지만 기자라면 반가울 수도 있는 것이다.

"내가 경성일보 독자야. 이 골목에서 그 신문 보는 사람은 나밖에 없어." 할머니의 말이 사실인가 보다. 주방과 거실 사이에 있는 식탁 위에 신문이 놓여 있었다.

"사람들이 도통 신문을 안 읽어. 내가 그렇게 신문을 읽어야 한다고 말을 하는데도. 그냥 테레비만 봐. 테레비만 봐서는 안 된다. 신문을 읽어야 생각을 하게 되고, 그래야 치매에 걸리지 않는다고 수없이 말을 해 봐야 소용이 없어."

할머니는 어느새 커피를 두 잔 탔다. 노란 봉지에 들어 있는 믹스커피를.

"근데 기자가 왜 왔어?"

재형은 어떻게 시작할까 고민했다. 지난번에 형사가 물어봤을 때 대답을 하지 않고 문을 닫아 버렸기 때문에 기자가 물어본다고 해서 순순히 말을 해 줄 것 같지 않았다.

"할머니, 근데 왜 저를 집으로 들어오게 했어요?"

"왜 집으로 들어오게 하면 안 돼? 남자라서?"

"아니, 그게 아니라 지난번에 형사는 집으로 들어오지 못하게 했잖아요?"

할머니가 10초간 재형의 얼굴을 빤히 쳐다보았다.

"지난번에 형사와 같이 왔던 놈이구먼."

할머니는 커피를 한 모금 마셨다.

"내가 아는 사람이니까 들어오게 했지. 구재형 기자를 내가 알아."

재형이 어떻게 아느냐는 물음을 얼굴에 담아서 할머니를 쳐다보았다.

"할머니라고 부르지 마. 내가 구 기자 엄마보다 젊을 텐데. 할머니는 무슨."

사실이 그랬다. 재형의 어머니는 2년 전에 팔순잔치를 했다. 자신의 어머니보다 젊은 사람을 할머니라고 부르는 건 모순이다.

그림 73

"회장이라고 불러, 내가 우리 동네 노인 회장이야. 그리고 구 기자 신문에 실린 사진하고 실물은 많이 다른데?"

아! 그렇구나. 노인 회장은 신문에 실린 재형의 사진을 본 것이다. 취재수첩 기사에 실리는 명함판 얼굴 사진.

"그게 십 년도 넘은 사진이라서 그렇습니다."

"그러면 안 되지. 신문에 싣는 사진을 그렇게 오래된 걸 쓰면 되나. 새로운 걸 싣는 게 신문 아닌가?"

재형은 새로 사진을 찍어서 사용하겠다고 말했다.

"이제 내 물음에 대답해. 왜 왔어?"

재형은 솔직하게 말하기로 했다. 노인 회장이 만만한 사람이 아니다. 이런 사람에게는 솔직하게 직접적으로 말하는 게 낫다. 그래서 궁금한 것을 물었다. 며칠 전에 앞집 여자가 실종됐다는 신고가 접수됐는데, 혹시 그 집주인 여자가 나가는 걸 본 적이 있느냐고.

"지난번에 말했잖아, 못 봤다고."

그랬다. 지난 목요일에 철학과 함께 와서 초인종을 눌렀을 때 노인 회장은 집주인 여자가 나가는 걸 못 봤다고 말했다. 재형이 그날처럼 다음 질문으로 이어 갔다. "그 집에 누군가 들어갔다가 나온 것을 혹시 보셨나요?"

노인 회장은 말을 하지 않았다. 자리에서 일어서서 창문으로 다가갔다. 민경숙의 집이 내려다보이는 창문 앞으로 다가가서 골목 아래를 내려다보면서 섰다. 그리더니 조용히 입을 열었다.

"말 못 해."

노인 회장은 못 봤다고 말하지 않았다. 말을 못 한다고 했다. 보았지만 말할 수 없다는 것이다. 누군가 노인 회장에게 말하지 못하도록 협박한 것이다. 그렇다고 협박받으셨냐고 물을 수는 없다. 자존심이 강해 보이는 노인 회장은 협박 때문에 자신이 말을 못 하는 사람으로 취급받는 것을 싫어할 것이다. 그렇다면 자존심 상하지 않게 하면서 답을 얻어 낼 방법을 찾아야 하는데…….

기자 생활 20년. 수없이 많은 취재원을 만나고, 수없이 많은 사람들을 인터뷰하면서 재형은 터득했다. 상대방의 입을 열게 하는 방법을. 상대방이 말을 하지 않고도 의사를 표현하게 하는 방법을. 재형이 스마트폰을 열어 인터넷으로 무언가를 검색했다. 잠시 후 재형의 스마트폰에 한 남자의 얼굴이 가득 찼다.

"약속하신 거군요? 말하지 않겠다고. 그러면 그 약속을 지키셔야죠. 저도 약속은 꼭 지켜야 한다고 생각하는 사람입니다."

재형이 노인 회장에게 다가갔다.

"말하지 않겠다고 약속하신 것 같으니까 말은 하지 않으셔도 됩니다. 그래도 고개는 끄덕일 수 있잖아요. 그거는 말하는 게 아니니까."

노인 회장이 고개를 돌려 재형을 바라봤다. 무슨 의도를 갖고 그렇게 말하는 거냐? 그런 물음이 노인의 얼굴에 담겼다.

"회장님이 아무에게도 말하지 않겠다고 약속한 사람이 이 사람인가요? 맞으면 고개만 끄덕이면 됩니다. 말은 하지 않으셔도 돼요."

재형을 바라보던 노인 회장의 두 눈의 시선이 재형의 오른손에 들려 있는 스마트폰으로 움직였다. 십여 초간 스마트폰을 바라보던 노인 회장의 시선이 다시 재형의 얼굴로 향했다. 그리고 노인 회장이 고개를 끄덕였다. 재형의 추측이 맞았다. 이 남자도 민경숙과 관계가 있는 것

그림 75

이다. 남에게 알려지면 곤란한 관계.

"이 남자가 민경숙의 집에 들어갔었다가 나온 사람이죠?"

노인 회장이 또 고개를 끄덕였다.

"언제였나요? 이 남자가 민경숙의 집에 들어갔다가 나온 것이. 지난 주 월요일이었나요?"

노인 회장의 머리가 움직이지 않았다.

"화요일이었나요?"

이번에도 노인은 가만히 서 있었다.

"그럼 수요일?"

노인의 몸에 움직임이 있었다. 고개를 끄덕끄덕. 지난주 수요일에 이 남자가 민경숙의 집에 들어갔다가 나왔다. 그때는 이미 민경숙이 집에 없었다. 선미는 민경숙을 화요일에 만나기로 했는데 그날 보지 못했고, 연락도 안 됐다고 했다. 민경숙은 화요일에 실종됐을 가능성이 높다. 그렇다면 이 남자도 민경숙이 연락이 되지 않아서 직접 찾아왔다는 말인데. 집에는 어떻게 들어갔지?

"이 남자가 민경숙의 집에 들어간 게 확실한가요?"

끄덕끄덕.

설마 도어록 비밀번호를 알고 있었나? 노인 회장은 이번에도 고개를 끄덕였다. 이 남자가 도어록에 비밀번호를 입력하고서 문을 열고 민경숙의 집으로 들어갔다는 것이다. 재형은 이 남자의 이름을 수상한 사람 명단 다섯 번째에 올려놓았다.

                        *   *   *

 한 남자가 슈퍼마켓에 라면을 사러 가는 걸음걸이로 터벅터벅 민경
숙의 집 안으로 들어갔다. 열 걸음 정도 되는 마당을 가로질러 현관문
앞에 도착해서는 도어록에 비밀번호를 입력한 후 문을 열려고 손잡이
를 돌렸다.

 "여자 혼자 사는 집을 그렇게 막 들어가도 되나?"

 손잡이를 돌리던 남자가 멈칫했다. 그러나 뒤는 돌아보지 않았다.

 "교회에나 가지 일요일에 왜 나와서 돌아다니고 그래."

 "교회는 팔자 좋은 사람들이나 가는 거지. 일요일에 정상 근무하는
신문기자가 교회에 갈 팔자나 되나? 일요일에 쉴 수 있는 형사님은 왜
교회에 안 가고 혼자 사는 여자 집을 기웃거리시나?"

 "안경 쓰고도 안 보여? 기웃거리는 게 아니라 정문으로 들어가는 거
야. 공무 집행 중이라고."

 형사가 멈추었던 동작을 다시 진행시켰다. 손잡이를 돌리고 문을 열
고 집 안으로 들어갔다. 기자가 빠른 걸음으로 뒤따라서 들어갔다.

 철학은 재형에게 이제는 사건으로 판단된다고 말했다. 안산을 빠져
나가는 고속도로 톨게이트 어디에서도 민경숙의 차가 통과한 기록이
없다는 것, 그리고 오늘까지 6일째 연락이 없고, 휴대폰이 꺼져 있는 상
태라는 점 등을 종합해 보면 이건 제 발로 여행을 간 것이 아니라 실종
으로 봐야 한다고 말했다. 그래서 이렇게 일요일에 사건 현장을 다시
찾아온 것이라고. 현재는 정식 사건으로 수사하는 것은 아니고, 혼자서
만 비공식적으로 수사를 진행 중이라고 덧붙였다.

그림 77

"여기 있는 것 어느 것도 만지지 마. 내일이나 모레 감식반이 와서 지문 채취할 거야."

재형은 만질 것도 없었다. 자신이 필요한 것은 처음 이 집에 왔을 때 가져갔다. 형사 입장에서는 절도라고 하겠지만, 기자 입장에서는 자료 수집이다.

철학은 거실과 주방, 침실, 화장실, 화실까지 꼼꼼히 살폈다. "일기장이라도 있으면 좋으련만, 그런 건 없는 것 같네……." 화실 한쪽 벽에 있는 책장을 보면서 철학이 말했다. 철학의 등 뒤에 서 있던 재형의 얼굴이 빨개졌다.

4번 아이언

잘못된 보고를 한 벌

월요일 오전 9시. 수암봉 아래 주차장에 주차되어 있는 차 한 대를 검정 점퍼에 청바지를 입은 남성이 요리조리 살피고 있다. 그의 검은색 점퍼 왼쪽 가슴에는 '북쪽 얼굴'이라는 로고가 새겨져 있다. 이 점퍼는 2년 전까지 고등학생이었던 그의 아들이 입던 옷이다. 지난해 겨울부터 그 아들은 모자에 털이 달린 베이지색 점퍼를 입는다.

북쪽 얼굴은 이 주차장을 관리하는 계약직 직원이다. 무기계약직이지만 그에게는 무기라는 말이 의미가 없다. 내년이면 정년퇴임을 할 나이다. 정년이 1년밖에 남지 않았다고 해서 일을 대충하는 것은 아니다. 북쪽 얼굴은 누구보다 열성적으로 일한다. 지금 그가 하는 행동도 그의 열성이 반영된 것이다. 다른 무기계약직들은 그처럼 일을 만들어서 하지 않는다. 해야 할 일만 소극적으로 한다. 열성적으로 하나 소극적으로 대충하나 받는 월급이 똑같고, 해마다 인상되는 비율도 똑같다. 시험을 치르고 정규직으로 입사한 것이 아니기에, 승진에 대한 꿈을 갖지 못하는 것까지도.

근무시간 20분 전인 오전 8시 40분. 주차장에 도착한 북쪽 얼굴은 기분이 매우 불쾌했다. 지금 자신이 요리조리 살펴보고 있는 이 차 때문이다. 한쪽 바퀴는 주차선을 밟고 있어서 두 대의 주차 공간을 차지하고 있는 이 차. 대가리에 독일산을 뜻하는 삼각 별을 달고 있는 은색의 이 차는 일주일째 이 자리를 차지하고 있다. 보통 등산객들은 아침에 주차했다가 저녁에 차를 가져간다. 가끔 3일 정도 주차해 놓는 등산객이 있는데, 등산에 미친 사람들이 그런다. 산속에서 2박을 한 거다. 무섭지도 않은지.

대가리에 삼각 별을 단 이 차가 아주 비싼 차라는 것을 알기에 북쪽 얼굴은 이 근처에는 얼씬도 안 했다. 괜히 얼쩡거리다가 차 표면을 긁기라도 하면 자신의 한 달 월급이 날아간다는 것을 안다. 국산 차였다면 벌써 이리저리 살펴보고 전화번호를 찾아서 전화를 했을 그였다. 하지만 이 차는 근처에도 가기 싫었다. 발걸음이 떨어지지 않았다. 그런데 오늘로 일주일째 이 차가 이 자리를 차지하고 있다. 두 대의 주차 공간을.

북쪽 얼굴은 이대로 둘 수 없었다. 그의 인내심이 한계에 도달했다. 대가리에 삼각 별을 달고 있다고 해서 특별 대우를 해 준다는 것은 북쪽 얼굴의 성격에 맞지 않는 일이다.

그래서 전화를 했다. 운전석 앞 유리에 전화번호가 있었다. 젊은 여자가 고운 목소리로 전화기가 꺼져 있다고 했다. 언제부터 꺼져 있는 건지는 알려 주지 않았다. 그것까지 알려 주면 좋으련만.

남은 방법은 하나 이제는 공권력을 투입하는 수밖에 없다. 북쪽 얼굴은 원래 공권력을 좋아하지 않는다. 가능하면 당사자끼리 대화로 문제를 해결해야 한다는 소신을 갖고 있다. 그러나 상대방이 대화에 응하지 않을 때는 어쩔 수 없다. 전화를 받지 않는 사람과 대화를 할 수는 없는 노릇. 북쪽 얼굴은 공권력 투입을 요청하기로 했다.

1666-1234. 전화를 거니, 아까 그 여자보다 더 고운 목소리의 여성이 전화를 받았다. 수암봉 아래 주차장에 일주일째 주차돼 있는 차가 있는데, 주인은 나타나지도 않고 전화기도 꺼져 있으니 공권력을 투입해서 견인조치 해 주시오. 그러면서 차량번호를 불러 줬다. 북쪽 얼굴의 얘기를 다 듣고 나더니 더 고운 목소리의 여성은 말했다.

'담당 부서로 연결해 드리겠습니다.'

아이 제기랄. 그럼 처음부터 그렇게 말하지.

담당자가 전화를 받았다. 실망스럽게도 이번에는 남자였다.

북쪽 얼굴은 방금 전 더 고운 목소리의 여성에게 했던 말을 리바이벌 해서 들려줬다. 담당자는 계고장을 보내고 어쩌고저쩌고하더니 견인하는 데 두 달이 걸린다고 했다. 두 달? 북쪽 얼굴은 도저히 이해가 안 됐다. 그래서 물었다.

"독일 차라서 독일 사람들이 와서 견인해 가야 하나요?"

담당자는 그건 아니라고 했다. 제기랄, 그럼 왜 두 달이나 걸리는 건데? 담당자는 행정 절차상 어쩌고저쩌고 아까 했던 말을 또 했다. 택시 타고 오면 10분이면 충분한데 왜 두 달이나 걸리냐고? 담당자는 다시 말했다. 행정 절차가 어쩌고저쩌고. 북쪽 얼굴은 단단히 열이 받았다. 어금니를 꽉 깨문 채로 담당자라는 사람에게 한마디 해 주고 전화를 끊었다.

"그따위로 일하면서 밥이 목구멍으로 넘어가냐?"

대가리에 삼각별을 달고 있는 은색 차의 바퀴에 침을 뱉어 주고서 북쪽 얼굴은 자신의 근무 정위치로 돌아왔다. 주차장 입구 요금정산소 안에 들어앉은 북쪽 얼굴은 유튜브를 열어서 자신이 좋아하는 방송을 연결했다. 절대 야동은 아니다. 이렇게 말하면 반대로 해석하는 사람들이 있다. 강한 부정은 긍정이라고. 하지만 진짜 야동을 보는 게 아니다.

그렇게 10분쯤 방송을 시청하는데 경찰차가 나타났다. 경찰차에서 내린 형사는 북쪽 얼굴에게 다가와서는 "댁이 불법 주차된 차량이 있다고 신고했소?"라고 물었다.

제기랄, 내가 공권력을 요청한 곳은 시청이었는데, 왜 경찰이 왔지? 마지막에 막말해서 그런가. 제기랄, 막말 한 번 했다고 해서 경찰이 달려오면, 국회에는 경찰이 상주해야겠네.

"그 차 있는 곳으로 안내하시오."

다행이었다. 그건 아닌가 보다. 시청 직원들이 바빠서 대신 경찰을 보냈나 보다.

유능한 기자 친구가 있을 것 같은 형사는 문제의 독일 차를 이리저리 살폈다. 그러더니 운전석 문을 열었다. 어! 저게 잠겨 있지 않았나? 차 안으로 머리를 넣어 이리저리 살폈다. 다시 뒤쪽 문을 활짝 열고 안을 살폈다. 운전석에도 조수석에도 뒷자리에도 아무도 없었다. 당연했다. 이 차 주인은 산속에 있을 테니. 형사가 운전석 부근의 어디에 손을 갖다 대자 툭, 차 트렁크의 잠금이 풀리는 소리가 나고, 스르르 트렁크가 열렸다. 형사가 차 뒤로 가서 트렁크 안을 살폈다. 그러더니 코를 손으로 막았다.

차 주인이 거기에 누워 있었다. 여자였다. 북쪽 얼굴이 본 건 거기까지다. 트렁크에서 차 주인을 발견한 형사는 갑자기 비키라고 소리를 지르면서 북쪽 얼굴을 거칠게 밀어냈다.

제기랄, 내가 그런 것도 아닌데, 왜 나한테 지랄이여.

형사가 급하게 전화를 했고, 10분도 안 돼서 경찰차 여러 대가 요란한 사이렌 소리를 울리면서 몰려들었다. 은색 독일 차 주위를 빙 둘러서 폴리스라인이 쳐지고, 다시 20분쯤 지났을 때 흰색 옷으로 온몸을 감싼 사람들이 나타났다. 그들이 나타나자 형사도 뒤로 밀려났다.

제기랄, 주차장 두 면을 차지하고 있는 차를 견인해 달라고 공권력 투입을 요청했다가 주차장 스무 면을 사용할 수 없게 됐다.

*　　*　　*

실종의심신고가 실종사건이 됐고, 이제는 살인사건이 됐다. 한 시간 전 철학은 민경숙이 자신의 차 트렁크 안에서 발견됐다고 문자로 알려 왔다. 사인은 분석해야 알겠지만 자살이 아니란 건 분명하다. 차 트렁크 안에 기어 들어가서 웅크려 누운 자세로 자살을 한다는 건, 재형이 스케이트를 신고 트리플악셀을 성공시키는 것만큼이나 어려운 일일 테니.

재형이 민경숙의 실종신고를 처음 알게 됐을 때 그것은 정보였지만, 민경숙이 죽어 버린 지금 그것은 정보가 아니다. 민경숙 피살사건은 이제 기자라면 누구나 아는 사실이고, 전 국민이 곧 알게 될 뉴스다.

재형은 수암봉 주차장에는 가지 않았다. 본사에서 다른 기자를 보냈을 것이다. 재형에게는 이것을 취재해라, 저것을 취재해라 요구도, 지시도 없다. 피살자 주변 얘기와 피살자와 관련된 얘기를 스스로 찾아내서 기사를 작성해 올릴 것을 알기 때문이리라. 재형이 지금 만나러 가는 사람도 그런 이유 때문이다. 그도 민경숙과 관련된 사람이니.

안내를 받아 대표이사실에 들어서자 강도형 대표는 서둘러 TV를 껐다. 민경숙 사건을 보도하는 뉴스를 보고 있었을 것이다. 두 사람은 의례적인 인사를 했다. 서로 안면이 있는 사이다. 인구 70만 도시에서 21년째 기자 생활을 하는 기자와 그보다 더 오랜 세월 건설 회사를 경영하는 대표인 두 사람이 안면이 없다면 그것이 이상한 일이다. 민경숙과 관련해서 궁금한 게 있어서 찾아왔다고 하자 강도형 대표의 얼굴에 불편한 기색이 자리 잡았다. 자신은 해 줄 얘기가 없다고 했다. 특별한 관계도 아닌데 왜 나에게 민경숙에 대한 얘기를 듣고 싶어 하는지 모르겠다고도 했다.

"잘 아는 사이인 거는 맞잖아요?"

"무슨 근거로 그렇게 말을 하시는지?"

"저기 걸려 있는 그림이 민경숙 화가의 그림 같은데요?"

재형이 대표이사실 북쪽 벽에 걸린 유화 그림 한 점을 가리켰다. 그림 오른쪽 하단에 서명이 있는데, K.S.M이라는 글자처럼 보였다. 그림과 재형과의 거리가 5~6미터 정도 떨어져 있어서 정확히 보이지는 않았지만, 재형은 그럴 거라고 확신했다.

"그림이 내 방에 걸려 있다고 해서 내가 민경숙과 친하다는 말이오? 그럼 홍라희 여사는 리히텐슈타인과 친하겠네?"

만만하지 않은 상대라는 것을 알고 왔지만, 정말 만만하지 않다, 이 사람. 몇몇 기자들과도 아주 가까운 사이로 지내고, 몇몇 경찰과도 그런 것으로 알려져 있고, 돈이 많으니 그의 정보력도 재형 못지않으리라. 그리고 그런 정보력이 있으니 기자 앞에서도 망설임 없이 말을 하는 거고.

그러나 재형에게는 확실한 증거, 아니 증언이 있다. 강도형 대표가 이 사실은 알지 못한다. 재형의 손에 어떤 패가 들려 있는지. 그러니 재형이 유리한 위치에 있다.

　"친하지도 않은 사람이 민경숙의 집을 찾아가지는 않지요?"

　강도형이 재형과 시선을 정확하게 맞추었다. 안과 의사가 눈을 진찰하듯이. 그러더니 싱긋, 얼굴에 미소를 담았다.

　"어떻게 기자님이 나보다 나의 행적을 더 잘 아는지 궁금하군요? 그 얘기부터 해 주시면 안 되나?"

　"추측하는 것이 아닙니다. 점을 치는 것도 아니고. 확실한 근거가 있으니까 말을 하는 거지요. 민경숙의 집에 가신 적이 있잖아요. 지난주에."

　강도형이 재형의 눈에 맞추고 있던 시선을 돌려 탁자 위에 올려져 있는 자신의 커피 잔으로 향했다. 입가에 담은 미소는 그냥 남겨 둔 채.

　"근거라 근거…… 근거는 있고 증거는 없다? 그러지 말고 내가 그 집으로 들어가는 장면이 담긴 CCTV 사진 같은 것을 보여 주면서 말을 해야 되지 않겠소? 그렇게 넘겨짚지 말고."

　강도형의 눈빛에는 자신감이 가득했다.

　조사해 보았을 것이다. 민경숙의 집 근처에 CCTV가 있는지. 조사해 보니 없다는 결론이 나왔을 거다. 목격자는 말을 못 하게 협박해 놓고, 강도형이 자신감을 보일 만도 하지.

　"CCTV 사진 같은 게 있으면 취재수첩을 손에 든 기자가 왔겠어요. 체포영장을 손에 들고 흔들면서 형사들이 들이닥쳤지."

　"형사든 기자든 증거가 없으면 아무것도 못 하는 건 마찬가지 아닌가? 증거가 없으면 기사도 못 쓸 텐데."

강도형은 자신만만하다. 그 자신만만한 태도가 언제까지 계속되나 보자.

"증거가 없어도 근거나 정황이 있으면 기사는 쓸 수 있죠. 신문에 실을 수도 있고. 믿을 만한 소식통에 의하면 민경숙의 살해 시점을 전후로 강도형 DHK건설 대표가 민경숙의 자택을 방문한 것으로 알려졌다. 이런 기사 어떤가요? 신문에 이렇게 실리면 경찰이 당장 여기로 처들어올 텐데."

강도형의 얼굴은 여전히 미소를 담고 있었다. 그 정도로는 안 돼. 미소가 담긴 그의 얼굴은 그렇게 말했다.

"나는 언론의 자유를 존중하는 사람이오. 그러니 자유롭게 마음대로 쓰시오. 대신에 나와 관련된 기사가 나오면 나는 곧바로 소송을 걸 거요. 대형 로펌에 맡겨서. 손해배상도 어마어마한 액수로 할 거요. 신문기자 월급으로 소송 비용을 감당하기 힘들 텐데……."

강도형의 목소리는 자신감에 넘쳤다. 네가 쓸 수 있겠냐? 그의 얼굴은 그렇게 물었다.

"기자 생활 20년 하면서 그런 협박 수도 없이 받았어요. 소송 건다는 협박을 두려워했다면 기자 생활 못 했죠."

재형이 자리에서 일어섰다. 이 대목에서는 강하게 나가야 한다. 약한 모습을 보이거나 뭔가 아쉬운 입장인 것처럼 보이면, 강도형 같은 사람에게는 잡아먹힌다. 재형으로서는 잃을 것도 별로 없고 아쉬울 것 또한 별로 없다. 기껏해야 취재를 못 하는 것이고, 새로운 기삿거리를 발굴하지 못하는 것뿐이다.

하지만 강도형은 잃을 게 많다. 기사가 보도되면 경찰이 조사를 한다. 민경숙과 강도형의 관계를 조사하면서 은행 계좌를 뒤진다. 개인 계좌뿐 아니라 회사 계좌까지. 그러면 회사의 모든 돈거래가 드러나고, 그 가운데 조금이라도 수상한 돈거래가 포착되면 검찰이 그것을 수사한다. 배임이나 횡령으로 잡아넣는 건 검찰로서는 아주 쉬운 일일 거다. 강호동이 초등학생과 팔씨름하는 것만큼이나. 국세청의 세무조사는 덤으로 따라온다.

서로 할 얘기는 다 한 것 같으니, 나는 기사를 쓰고, 강도형 대표님은 고소를 하고. 이제 각자의 길로 가자면서 재형이 뒤로 돌아 발걸음을 옮겼다. 강도형이 꼬리를 내릴 것을 알기에.

세상사가 그렇다. 가진 것이 많으면 삶이 편하고 힘도 세다. 반대로 가진 것이 많은 만큼 잃을 것도 많다. 그래서 가진 사람들은 위험을 감수하려 하지 않는다. 막다른 길을 마주하면 당황한다. 잃을 것이 많기에. 가진 것을 잃으면 삶이 불편하기에.

한 걸음, 두 걸음. 재형이 발걸음을 옮겼다. 어! 이쯤이면 불러야 하는데? 재형은 되도록 천천히 걸었다. 대표이사실 출입문까지 세 걸음밖에 안 남았다. 대표이사실 출입문의 손잡이를 잡을 때까지 강도형은 가만히 있었다. 이건 재형의 계산과 다르다. 이쯤에서 강도형이 "역시 그 명성 그대로시네. 까칠하시기는. 그냥 해 본 소립니다. 얘기하다 말고 어디 가요. 이리 와서 앉으세요."라면서 재형을 불러 앉혀야 한다. 그런데 이놈이 가만히 있다. 재형이 출입문 손잡이에 손을 얹고 잠시 멈추었다. 그때야 비로소 강도형이 재형에게 말을 했다.

"손잡이를 오른쪽으로 돌리면 문이 열립니다. 혹시 모르시는 것 같아서……."

*   *   *

구재형은 만만한 기자가 아니다. 그가 쓴다면 쓰는 기자라는 것을 강
도형도 안다. 그렇다고 해서 여기서 그놈에게 '나 강도형이 민경숙의 집
에 갔었소.'라고 말해 주고서 봐 달라고 할 수는 없다. 그건 스스로 '내
가 민경숙 살인사건의 유력한 용의자요.'라고 말하는 것과 다르지 않
다. 천치 바보가 아닌 이상 그렇게 하는 사람은 없다. 쓸 테면 쓰라지.
오히려 강도형은 스스로에게 용기를 불어넣었다. 놈이 하면 나도 한다.
기사를 쓰면 나는 소송을 걸면 된다. 대형 로펌을 사서. 도형은 소파에
기대어 눈을 감았다. 그의 머릿속으로 지난해 9월, 경숙을 만난 이후의
일들이 영화 속 장면처럼 밀려들었다.

너무 갑자기 끼어드는 바람에 손을 쓸 새가 없었다. 아니, 발을 쓸 새
가 없었다. 브레이크에 발을 올려놓았을 때는 너무 늦었다. 쿵. 앞차의
범퍼에 부딪히고 말았다.

이런 개새끼. 경숙의 입에서 반사적으로 욕이 튀어나왔다. 운전자가
남자인지 여자인지 판명 나지 않았는데, 그녀는 남자에게 해당하는 욕
을 했다. 매우 심각한 성차별이다. 천천히 달리고 있어서 세게 부딪치
지 않은 것이 다행이었다. 에어백은 터지지도 않았고, 몸이 휘청하는
느낌이 있었을 뿐, 머리를 핸들에 부딪치지도 않았다. 어디 다친 곳은
없는 것 같다.

정신을 차리고서 앞차를 본 경숙의 눈이 토끼 눈처럼 동그래졌다. 근
래에 본 적이 없는 차가 자기 앞에 있었다. 자신이 타는 차가 이 도시에

서는 가장 비싼 차 가운데 하나라고 생각했는데, 그것이 아니었다. 엉덩이에 영국산임을 나타내는 마크를 달고 있는 이 차는 경숙의 자가용보다 1억 원 넘게 비싼 놈이다. 돈 부족한 줄 모르고 자랐고, 돈이 부족하다는 생각을 해 보지 않고 살고 있는 경숙도 탈 엄두를 내지 못했던 럭셔리 카다.

차만 좋으면 뭐해. 운전을 개같이 하는데. 그렇게 생각하는데 럭셔리 카 운전석의 문이 열리고 운전자가 내렸다. 피해자는 난데, 왜 제 놈이 목 뒤는 잡고 내리는지. 얼굴에는 '나 건달' 이렇게 쓰여 있고, 걷는 모습은 양아치의 표준형 보행 자세를 보여 줬다. 한마디로 건달 양아치 개자식이다.

경숙의 차로 다가온 건달 양아치 개자식이 운전석 유리문을 두드렸다. 경숙이 쬐끔, 유리문을 내렸다. 문을 두드린 놈은 오른쪽 검지 하나만 이용해서 경숙에게 내리라고 했다. 못 내릴 게 없다. 이런 놈들에게 겁을 먹을 경숙이 아니다. 남들이 모르는 거친 삶을 살아온 경숙이다. 경숙이 차에서 내려 기죽지 않고 눈을 똑바로 뜨고 쳐다보자 건달 양아치 개자식이 자기 외모에 딱 어울리는 용어들을 모아서 경숙에게 들려주었다.

시발, 운전을 못 하면 집에서 밥이나 하든가. 왜 기어 나와서 얌전하게 운전하는 선량한 시민의 차를 들이받고 지랄이여.

헉! 순간적으로 경숙의 숨이 막혔다. 건달 양아치 개자식은 경숙의 예상을 뛰어넘었다. 이 정도로 고도의 화술을 구사할 줄은 예상하지 못했다. 열이 올라서 경숙의 머리카락이 하늘 꼭대기까지 뻗치려고 하는데,

"뭐 하는 짓이냐. 여성분한테 사과부터 해야지."

점잖은 목소리가 끼어들었다. 경숙이 목소리의 주인공 쪽으로 고개를 돌렸다. 괜찮았다. 키도 크고, 정장도 잘 어울리고, 비싼 양복 같다. 그렇다면…… 이 사람이 진짜 차 주인인가? 그럼 그렇지. 저런 건달 양아치 개자식이 이런 차를 탄다는 건 배신이다.

괜찮은 놈은 경숙에게 정중히 인사했다. 그러면서 자신들의 잘못이라고 했다. 천천히 운전하라고 해도 말을 잘 듣지 않는단다. 젊어서 그렇다고도 했다. 그러면서 다친 데는 없느냐고 물었다. 다치진 않았다고 말하자 혹시 모르니 병원에 가 보고 언제라도 연락을 주시면 치료비를 자신이 부담하겠다고 했다.

경숙에게 온갖 험악한 말을 쏟아내던 건달 양아치 개자식은 괜찮은 놈 앞에서 어느새 순한 양이 되어 있었다. 사과하고 차로 돌아가 있으라고 하자. 90도로 인사하고서는 자기 차, 아니 자신이 운전기사인 차의 운전기사석으로 돌아갔다.

"차 수리는 어디서 하실 거죠?"

"네?"

아차, 경숙이 잠깐 괜찮은 놈에게 정신이 팔려 있었다.

"제가 아는 카센터가 있는데 그곳으로 보내시겠어요? 수리비는 제가 부담하겠습니다."

괜찮은 놈은 매너도 만점이었다. 아무리 갑자기 끼어들었다고 해도 뒤에서 들이받은 사람의 과실이 있다는 것쯤은 경숙도 안다. 그런데 이 괜찮은 놈은 자신이 다 부담하겠단다. 그렇다고 넙죽 호의를 받을 경숙이 아니다. 그런 여자는 남자들에게 인기가 없다.

"아니에요. 제 차는 제가 수리하겠어요."

괜찮은 놈은 그래도 괜찮겠냐고 하더니, 혹시라도 치료를 받아야 하는 상황이 되면 연락을 달라고 하면서 명함을 내밀었다. DHK건설 대표이사 강도형. DHK건설이라면 경숙도 들어 본 적이 있는 회사다. 신도시 대로변에 사옥이 떡하니 자리 잡고 있다. 규모가 꽤 큰 회사로 알고 있는데, 역시나 그랬구나!

그런데 이놈이 이제 가려고 한다. 이건 아닌데…… 좀 더 있다가 가라. 얘기라도 좀 더 하든가. 오랜만에 본 괜찮은 놈인데…… 경숙의 간절함이 통했나? 명함을 건네고 돌아서서 자신의 차로 걸어가던 괜찮은 놈, 아니 강도형이 돌아서서 다시 다가왔다. 경숙의 심장이 요동쳤다. 왜 이러지.

"견인차가 올 때까지 기다리셔야 되잖아요?"

당연히 그래야 하지 않느냐고 경숙이 반문하자, 강도형은 기다리는 동안 자신이 커피를 한잔 사겠다고 말했다. 사과하는 의미로. 경숙은 사과할 필요는 없다고 생각했지만, 오랜만에 보는 괜찮은 놈과 커피를 마실 필요는 충분히 있다는 생각이 들어서 오케이 했다.

그들이 접촉사고를 낸 곳에서 가까운 곳에 마침 별다방이 있었다. 견인차가 올 때까지만 커피를 마시기로 했던 두 사람은 견인차가 서너 번은 왔다 갔을 시간 동안 커피를 마셨다. 커피는 한 잔을 마셨고, 대화를 두 시간 반이나 했다. 두 시간 반 동안 강도형이 주로 대화를 이끌었고, 경숙은 웃음과 감탄하는 표정으로 화답했다.

밖이 어둑어둑해지기 시작할 때 두 사람은 자리에서 일어섰다. 그리고 일어서기 전에 다음 행선지를 이미 정했다. 특별한 약속이 없으면 저녁을 사고 싶다고 강도형이 제안했고, 경숙은 선미와 약속이 있었지만 특별한 약속이 없다고 했다. 선미에게는 약속을 취소하는 문자를 보냈다.

'사고가 나서 차는 정비공장으로 보냈고, 나는 일찍 집에 가서 쉬려고.'

스테이크에 와인을 곁들인 저녁 시간은 꿈속처럼 시간이 흘렀다. 이 번에도 와인을 한 잔만 마시자고 했지만 한 병을 마셨다. 1인당.

택시가 아니라 대가리와 엉덩이에 영국산임을 나타내는 마크를 단 아주 비싼 차를 타고 집으로 갔다. 1년 전 쪼다 같은 놈에게 심야 영화 한 편 보고 가라고 제의했다가 퇴짜를 맞은 아픈 과거가 있는 경숙은 집에 도착할 때까지 고민해야 했다. 이 괜찮은 놈에게 심야 영화 관람을 제의해야 하나 말아야 하나. 제의하자니 또다시 퇴짜 맞는 치욕을 감당하기가 두려웠고, 아무것도 안 하고 그냥 보내자니 아까워 미칠 것 같았다.

그러나 경숙의 고민은 괜한 것이었다. 건달 양아치 개자식이 운전하는 럭셔리 카가 경숙의 집 앞에 도착하자 차에서 먼저 내린 강도형이 경숙의 문을 열어 주었다. 기사도 정신이란 바로 이런 것이구나. 경숙이 그렇게 흐뭇해할 때 더 흐뭇한 일들이 연속적으로 이어졌다.

강도형은 경숙의 의사는 물어보지도 않고 건달 양아치 개자식을 퇴근시켰다. 자신의 차와 함께. 경숙이 도어록에 비밀번호를 입력하자 자기가 현관문을 열고서 경숙이 들어가도록 했다. 그 뒤로는 자세히 서술할 필요가 없다. 당연히 심야 영화를 보지 않았고, 영화를 한 편 찍었다. 구름 위를 걷는 것처럼 황홀한 밤이었고, 번지점프를 하는 것처럼 아찔한 밤이었고, 온몸이 불타오르는 것 같은 뜨거운 밤이었다. 그리고 다음 날 아침 일찍 경숙이 눈을 떴을 때, 이미 옷을 다 갖춰 입은 강도형은 아침 일찍 비즈니스가 있다면서 굿모닝 키스를 하고 서둘러 나갔다. 1박 2일의 만남에서 경숙에게 아쉬움을 남긴 유일한 순간이었다. 아침이라도 먹고 가지.

강도형에게는 두 개의 필살기가 있다. 이 필살기에 걸리면 열이면 열, 여자들은 모두 쓰러진다. 강도형은 자신의 필살기를 사용할 여성으로 민경숙을 점찍었다. 이유는 작년 8월 그녀가 시장 문도환과 특별한 사이라는 첩보를 입수했기 때문이다. 시장의 특별한 여자에게 필살기를 선보이는 건 매우 스릴 있는 일이라고 생각했다.

첩보는 확인해야 한다. 확인해서 사실임이 입증돼야 정보로서의 가치가 있다. 도형은 첩보를 확인할 막중함 임무를 맡길 직원 두 명을 선정했다. 최종적으로 대추와 복숭아 두 명이 선정됐다. 본명이냐고? 당연히 아니다. 이들의 어머니가 이들을 임신했을 때 태몽 속에 등장한 과일을 이들의 별명으로 붙여 준 거다.

대추와 복숭아는 1주일간의 첩보 확인 임무를 마치고 도형에게 보고했다. 시장과 민경숙이 특별한 사이인 건 맞지만, 아주 특별한 사이는 아니라는 것이다. 그 이유는 남자와 여자가 8개월 넘게 교제를 하면서 한 침대에서 잠을 잔 적이 없다는 것은 이들이 아주 특별한 관계는 아니라는 것임을 증명한다고 말했다. 여기까지는 대추와 복숭아 모두 똑같이 보고했다. 그런데 그다음부터는 달랐다.

대추는 두 사람이 합방하지 않은 이유는 시장이 고자이기 때문이라고 말했다. 그 이유는 민경숙 같은 섹시한 여자를 만나면서 손끝 하나 건드리지 않는 것은 고자가 아니면 부처님만이 가능한 일인데, 분명 시장은 부처님이 아니기 때문이라고 말했다. 만약 고자가 아니면 동성애

자일 수는 있는데, 자신은 고자라는 쪽에 더 가능성을 두고 있다고 대추는 확신하듯이 말했다.

하지만 도형이 판단컨대 대추의 보고는 정확한 내용이 아니다. 진실이 아니다. 시장이 고자가 아니라는 건 도형이 이미 알고 있다. 시장 문도환이 이미 결혼을 한 적이 있고, 그를 쏙 빼닮은 아들이 그의 부인의 배 속에서 나와 잘 크고 있기 때문이다. 유전자 검사를 해 보지 않아도 문도환의 아들임을 알 수 있을 정도로 부자는 닮았다. 부자가 지금은 부자의 정을 나누지 못하는 처지가 됐지만.

대추가 진실과 다른 내용을 보고한 것은 그가 일을 게을리했기 때문이다. 첩보 확인 절차를 정확하고 꼼꼼하게 하지 않았기 때문이다. 사실과 다른 이 보고가 한 남자와 한 여성의 관계에 대한 것이 아니고, 한 나라의 전쟁 준비에 대한 내용이었다면 어떻게 되나? 우리는 이미 430년 전에 잘못된 보고로 인해 외세의 침략에 제대로 대처하지 못한 아픈 과거가 있다. 그러니 잘못된 보고를 한 대추는 벌을 받아 마땅하다.

도형은 직접 벌을 내렸다. 대추의 오른쪽 정강이를 겨냥해서 4번 아이언을 휘둘렀는데, 대추의 왼쪽 다리가 부러졌다. 롱 아이언을 정확하게 치는 게 참 힘들다는 사실을 다시 한번 확인한 순간이었다. 다행히 수술이 잘돼서 여섯 달 만에 깁스를 풀고, 두 달이 더 지나자 목발을 던져 버리고 대추는 두 다리로 걸었다.

복숭아의 보고는 대추의 보고와 달랐다. 문도환과 민경숙이 잠자리를 같이하지 않은 이유는 문도환이 두 사람의 관계가 소문이 나는 것을 두려워하기 때문이라고 말했다. 정치를 하려고 이혼을 한 문도환이 자신의 정치 생명이 위험에 노출되는 것을 감수하지 않으려 했다는 것이다. 그러면서 민경숙의 입장에서 보면 문도환은 '겁쟁이 쪼다 새끼'일 거라고 설명했다.

도형이 판단하건대 복숭아의 보고는 정확했다. 문도환의 이혼 경력 및 정치 이력 등과 비교해서 판단해 보면 복숭아의 보고는 빈틈없이 정확했다. 정확한 보고를 한 복숭아에게는 당연히 상을 내리기로 했다. 선조대왕이 나처럼 사리판단 능력이 정확했으면 임진왜란으로 백성들이 고생하지 않아도 되는 건데…… 그런 생각을 하는 순간 도형은 안타까운 마음에 속이 다 쓰렸다.

도형이 복숭아에게 내린 상은 21년산 수입 양주다. 상을 받은 복숭아는 자축하는 의미로 상으로 받은 양주 한 병을 그날 밤 다 마셨다. 그러고는 밤새도록 화장실을 들락거렸다. 다음 날에는 장염으로 입원해 이틀간 결근까지 했다. 다행스러운 건 자신이 마신 양주가 가짜라는 사실을 복숭아가 아직까지 모른다는 거다.

시장 문도환과 경숙이 아주 특별한 사이가 아니라는 것을 확인한 강도형은 작업을 시작했다. 사실 문도환과 경숙이 아주 특별한 사이라고 확인됐어도 작업은 들어갔을 것이다. 사전에 구상한 설계대로 별다방 앞길에서 고의로 교통사고를 냈다. 별다방으로 경숙을 유인해서는 첫 번째 필살기로 그녀의 마음을 사로잡았다. 도형의 첫 번째 필살기는 능수능란한 화술이다. 도형과 마주 앉은 지 5분이 지나면 이미 그 여자는 첫 번째 필살기에 걸려든 것이다.

도형은 두 번째 필살기로 경숙의 영혼마저 사로잡았다. 도형의 두 번째 필살기는 다른 사람이 없는 곳, 두 사람이 있는 곳에서만 사용할 수 있고, 침대 위에서 가장 큰 위력을 발휘한다. 그의 두 번째 필살기는 현란한 테크닉이다. 경숙의 영혼마저 사로잡은 도형은 경숙이 눈을 뜨기 전 아침 일찍 일어나 옷을 챙겨 입었다. 그렇게 서두른 이유는 경숙에게 그의 벗은 뒷모습을 보이지 않기 위해서다.

도형의 등에는 용이 한 마리 서식하고 있다. 그런데 여자들은 도형의 등에 서식하는 용을 별로 좋아하지 않는다. 도형의 필살기에 영혼을 사로잡혔던 여자들이 도형의 등에 서식하는 용을 보는 순간, 기겁을 하고 달아나서는 전화번호를 변경하는 사태가 일어난 적이 몇 번 있다. 그 이후로 도형은 절대 여자에게 자신의 등을 보이지 않는다. 여자에게 등을 보이지 마라. 도형의 머릿속에 강하게 아로새겨져 있는 좌우명이다.

첫날밤을 보내고 나서 도형은 알았다. 자기가 민경숙의 영혼을 사로잡았다는 걸. 탄성, 몸부림, 그리고 다음 날 아침의 눈빛에서 분명히 알 수 있었다. 그러나 그때는 몰랐다. 자신의 영혼도 민경숙에게 사로잡혔다는 걸.

도형의 필살기에 걸려든 여자들은 모두 도형에게 달라붙었다. 다시 만나자는 전화를 하는 것은 여자들의 몫이었다. 도형은 시혜를 베풀 듯이 만나 주었다.

하지만 민경숙은 달랐다. 하루가 지나기 전에 도형은 그녀가 생각났다. 민경숙이 도형에게 빠져드는 것 못지않게 도형도 민경숙에게 빠져들었다. 그렇게 지금까지 1년 넘게 민경숙을 만나 왔다. 두 사람은 한 달에 두 번 회합을 가졌다. 두 번째, 네 번째 화요일 저녁이 그들의 정기 회합일이다. 장소? 두 사람의 경제력과 사회적인 위치를 감안할 때 당연히 고급 호텔이었다. 그런 곳이 보안에도 안전하고. 그런데 지난주 화요일 저녁, 그녀가 회합 장소에 나타나지 않았다. 1년이 넘도록 아무 연락 없이 회합에 나타나지 않은 적이 없는 그녀다. 도형이 전화를 했다. 전화기가 꺼져 있었다. 열 받았다. 연락도 없이 나타나지 않고, 전화기를 꺼 놨다는 말이지.

다음 날 아침 회합 장소에서 혼자 눈을 뜬 도형은 다시 경숙에게 전화를 걸었다. 어제 들은 그 목소리의 여자가 다시 전화기가 꺼져 있다고 알려 줬다. 마음 같아서는 당장 경숙의 집으로 달려가고 싶었지만 그럴 수가 없었다. 오전에 아주 중요한 비즈니스가 있었다. 그 비즈니스를 서둘러 마무리하고 도형은 경숙의 집으로 달려갔다. 도어록에 비밀번호를 입력했다. 비밀번호는 어렵지 않다. 그녀의 생일이다.

경숙의 집으로 들어간 도형은 사고라는 것을 한눈에 알았다. 혹은 사건이거나. 사고를 많이 쳐 본 사람, 사건을 많이 저질러 본 사람은 평범함과 수상함을 구분하는 눈을 가지고 있다. 경숙의 집 안 상태는 평범한 그 자체였다. 그렇기에 더 수상했다. 어딘가를 하루 이상의 기간 동안 다녀오려 했다면 집 안 분위기가 평소와 달라야 한다. 정리가 돼 있어야 한다. 테이블에 마시던 찻잔이 놓여 있고, 창문의 잠금장치가 열려 있는 것은 여행을 떠난 집의 풍경이 아니다. 더구나 어제저녁에는 매우 중요한 약속이 있었던 사람이다.

이곳에 있어서는 안 된다. 사고 현장이거나 사건 현장으로 의심되는 경숙의 집에서 도형은 서둘러 나왔다. 베란다 건조대에 널려 있던 빨래 가운데 빨간 양말 한 짝을 가져다가 자기 손이 닿았던 곳을 닦았다. 지문이 남게 하지 않으려고.

현관문을 닫고 나오는데 앞 건물 4층 창문의 커튼이 움직이는 것이 목격됐다. 역시 수상한 움직임이었다. 생각할 것도 없이 앞 건물의 계단을 통해 택배기사와 같은 발소리를 내면서 빠른 걸음으로 4층까지 올라갔다. 현관 초인종을 눌렀다. 응답이 없었다. 하지만 알고 있다. 그 안에 사람이 있다는 것을. 초인종을 다시 눌렀다.

"누구시유?"

의심 많은 70대 여성의 목소리가 들렸다.

"택배기사입니다."

"나 주문한 거 없는데……."

그렇게 말하면서도 의심 많은 목소리의 70대 여성은 아무 의심 없이 문을 활짝 열었다. 어느 집에서나 택배기사는 환영이다. 문을 연 노인은 택배기사의 손에 아무것도 들린 것은 없고, 그의 얼굴에 싸늘한 미소만 담긴 것을 보았다. 상황을 파악한 노인이 급히 문을 닫으려고 했지만 늦었다. 70대 노인의 반응속도는 50대 중반 남성을 따라잡을 수 없다.

도형이 집 안으로 들어갔고, 노인은 넋을 잃었다. 도형은 폭력을 사용하지 않았다. 폭력의 사용 시기와 장소를 정확하게 구분하는 도형이다. 웃으면서 부드러운 말투로 노인에게 정중하게 부탁했다.

"할머니 저와 약속 하나만 해 주세요. 제가 저 앞집에 들어갔었다는 것을 누구에게도 말하지 않겠다고."

갑자기 쳐들어온 놈이 할머니라고 부르는 것이 마음에 들지 않았지만, 왠지 노인은 이놈과 약속을 해야 한다고 느꼈다. 노인은 그냥 고개만 끄덕였다.

도형은 할머니가 매우 현명한 결정을 하신 것이라면서, 그 약속만 잘 지키면 할머니가 한국 여성의 평균 수명 이상까지 사는 데 아무런 문제가 없을 것이라고 안심시켰다. 할머니는 그렇게 말하는 놈이 의사처럼 보이지는 않았지만, 약속을 지키지 않으면 자신이 한국 여성의 평균수명을 채우지 못하고 죽을 수도 있다는 놈의 진단은 맞는 것 같았다. 그래서 한 번 더 고개를 끄덕였다. 약속한다는 의미로.

그냥 묻어 둬

다 들추어내는 것이
반드시 옳은 게 아니네

이제 정리를 해 보자. 재형은 자신이 작성한 수상한 사람들 이름을 하나씩 적어 가면서 생각했다.

첫 번째 수상한 사람, 화가 선미.

민경숙의 가장 친한 친구. 민경숙의 그림을 자신의 전시회에 전시해 놓고서 그것을 아무에게도 말하지 않고 있다. 왜 그럴까? 개인전에는 다른 사람의 그림을 공동으로 전시하는 게 아니라는데…… 혹시 민경숙이 이미 죽었다는 걸 알고 있던 건 아닐까? 자신이 직접 실종신고까지 했으니. 수상한 점이 많다. 재형은 계속 조사해야 할 사람이라고 선미 이름 옆에 적었다.

두 번째 수상한 사람, 노인 회장 할머니.

철학과 함께 방문했을 때 문을 열어 주지 않았다. 민경숙의 집에 누가 방문했는지를 묻는 질문에는 모른다고 대답했다. 이때까지는 수상했다. 하지만 재형이 다시 방문했을 때 사실을 말해 주었다. 노인 회장은 이제 수상하지 않다. 더 이상 조사할 필요가 없다.

세 번째 수상한 사람, 시장 문도환.

민경숙과 로맨스를 즐긴 사람. 이들의 관계는 불륜이 아니다. 두 사람 다 오래전에 싱글이 됐으니. 도환은 합의이혼을 했고, 경숙은 사별했다. 이 두 사람은 한때 사랑하는 사이였다가 얼마 전까지 고소인과 피고소인의 관계가 됐다. 그리고 지금은 피살자와 혐의자의 관계가 됐다. 경숙이 사망하기 전 문도환을 고소했으니, 당연히 문도환은 계속 조사해야 한다. 아차! 그러고 보니 행정정보공개 신청을 통해 받은 시장 문도환의 관용차 운행기록을 차에 두고 그냥 올라왔다. 그것부터 가져다가 살펴봐야겠다.

재형은 시장의 관용차 운행기록을 최근 날짜부터 살펴보았다. 지난주 금요일에 자료를 신청했는데, 그날의 운행기록도 포함돼 있었다. 시장의 관용차 운행기록은 매우 자세하게 기록돼 있다. 몇 시에 어디서 출발해서 몇 시에 어디에 도착했다는 기록부터, 휘발유를 넣은 기록, 총 운행시간 기록까지. 시청에서 출입기자들에게 배포하는 주간행사 계획표가 있는데, 그 계획표와 시장의 운행기록이 거의 정확하게 들어맞았다. 금요일에도 목요일도 마찬가지였다.

특이한 점이 없었다. 수요일 자 운행기록에도 그리고 다음 월요일 자 운행기록에도…… 월요일? 운행기록을 다시 뒤로 넘겼다. 10월 16일 수요일. 다시 앞으로 넘겼다. 10월 14일 월요일, 화요일 자 운행기록은 어디 갔지? 경찰은 민경숙의 사망 일자를 15일 화요일로 추정했다. 시체가 자동차 안에 오래 있어서 사망 일자와 시간을 정확하게 추정하기는 어렵지만, 15일로 추정된다고 했다. 민경숙의 차량이 그날 오전에 수암봉 주차장에 들어온 것을 감안하면 민경숙은 그보다 이른 시간에 살해됐을 것이라고 했다.

그런데 시장 문도환의 그날 관용차 운행기록이 없다. 시장의 관용차가 움직이지 않았을 리는 없다. 시장은 걷는 것을 싫어하는 사람이다. 걸어 다닐 시간도 없다. 한시라도 빨리 움직여야 하기에 그는 가까운 거리도 차로 이동한다. 그런데 왜 이날 운행기록이 없는 거지? 하필 민경숙이 살해된 날, 일부러 운행기록을 빼 버렸다고 의심하는 것 외에 다른 가능성을 생각하기 힘들다. 왜 이 날짜의 운행기록을 뺐을까? 도대체 숨기고 싶은 게 뭔가? 이날 관용차 운행기록에는 무슨 내용이 들어 있기에 숨기려는 건가? 수상함이라는 어휘에 제곱을 붙여도 좋을 만큼 무척이나 수상한 정황이다.

재형은 시장 비서실로 전화를 걸었다. 시장의 관용차 운행기록을 행정정보공개 신청했는데, 지난주 화요일인 15일 자 운행기록이 빠졌다고 말하자, 비서는 비서실장에게 전화를 돌렸다.

"지난주 화요일 그러니까 15일 자 시장의 관용차 운행기록을 알고 싶습니다. 행정정보공개 신청을 했는데, 그 날짜 운행기록만 빠졌더라고요."

"보내드릴 수 없습니다."

비서실장이 그렇게 말했다. 이놈들이 미쳤나. 도대체 왜 못 보내겠다는 거지. 이들이 뭘 숨기려고 이러는 거지?

"무슨 소리요? 왜 못 보내? 정식 절차를 밟아서 행정정보공개 신청을 했으면 마땅히 공개해야 하거늘."

전화기 너머로 한숨 소리가 들렸다. 이 자식은 왜 한숨을 쉬고 그러냐. 그 시간에 얼른 대답하지 않고.

"주고 싶어도 못 줘요. 그거 전부 경찰이 가져갔어요. 압수수색을 해 갔다는 말입니다."

재형이 궁금해하는 내용 중 일부가 페이스북에 있었다. 정치인들은 누구나 페이스북을 한다. 밴드도 하고, 단체 카톡도 하고. 그 외에 많은 채널을 이용해서 SNS라는 걸 한다. 시장 문도환도 마찬가지다. 자신의 일거수일투족을 모두 페이스북에 올려놓았다. 민경숙과의 관계는 제외하고.

지난주 화요일, 문도환은 자신의 고향 전주에 있었다. 아마도 추석때 가지 못해서 뒤늦게 고향에 내려간 것 같다. 산소에서 차례를 지내는 사진이 올라와 있고, 열 명 가까운 사람들과 식사를 하는 사진도 올라와 있다. '동네 주민들과 함께'라고 적혀 있는 걸 보니 시골 마을 사람들인가 보다. 그 사진이 전부다. 더 이상은 문도환의 그날의 행적에 대해서 알 수 있는 내용이 없다.

그렇다면 전주에 내려갈 때는 관용차를 이용하지 않았던 건가. 그래서 관용차 운행기록이 없나? 왜 하필 문도환은 민경숙이 살해된 날 전주에 갔지? 확실하게 알리바이를 만들기 위해서? 전주에 있으면서 안산에 있는 사람을 죽일 수는 없으니. 답답하지만 이게 기자의 한계다. 수사권이 없으니 강제로 조사할 수도 없고, 경찰처럼 압수수색을 해서 자료를 가져올 수도 없고.

같은 시각, 재형이 보고 싶어 하는 시장의 관용차 운행기록 원본은 철학이 앉아 있는 앞 탁자 위에 놓여 있다. 탁자 맞은편에는 시장 문도환이 앉아 있다. 형사와 기자의 차이가 바로 이 점이다. 기자는 취재 대상을 찾아가서 알고 싶은 것을 물어보아야 하지만, 형사는 불러서 물어보면 된다. 물론 그것도 늘 그런 건 아니지만.

형사 철학이 부르자 시장 문도환이 일정을 취소하고 조사실로 왔다. 사실 문도환은 훨씬 더 전에 조사를 받으러 왔어야 했다. 민경숙이 시장을 고소한 것이 세 달 전이니. 그런데 피고소인인 시장은 한 번도 경찰서에 오질 않았다. 피고소인 조사를 받으러 오라고 열 번도 넘게 통보했지만, 조사받으러 올 수 없다는 이유는 늘 같았다. 시정 업무가 바빠서.

5,400만 원 때문에 고소를 당했을 때는 조사를 받으러 오지 않아도 형사가 잡으러 가지 않는다. 아니, 잡으러 갈 수가 없다. 현직 시장을 잡아 오려면 체포영장이 필요한데, 5,400만 원 고소 건으로 시장을 체포하겠다고 하면 영장이 발부되지 않는 정도가 아니라, 웃음거리가 되고 만다. 1년 예산 2조 원을 주무르는 시장이다. 5천4백만 원 고소 건으로 도주의 우려가 없고, 직업이 확실한 시장을 체포하는 건 아무래도 현실적이지 않다. 돈을 직접 빌려준 것도 아니고, 그림을 가져간 것이라는데. 그러니 그저 시장이 시간을 내서 조사받으러 오기를 경찰이 기다리는 수밖에 없다.

그러나 이제는 사정이 달라졌다. 살인사건으로 조사를 받는 것은 돈 문제로 조사를 받는 것과는 차원이 다르다. 이런 경우는 체포영장이 바로 발부된다. 피살자와 문도환은 고소인과 피고소인의 관계였다. 압수수색영장이 발부돼서 시장의 관용차 운행기록이 즉시 철학 앞에 도착한 것에서 볼 수 있듯이, 시장이 조금이라도 조사받는 것에 비협조적인 태도가 보이면 체포영장이 즉각 발부될 거다. 그 점을 알기에 철학이 부르자 시장은 두말하지 않고 달려왔다. 언론에는 알리지 않겠다는 한

가지 약속을 해 달라면서. 철학은 약속했다. 그리고 실제 언론에 문도환의 출석 사실을 알리지 않았다. 그럼에도 지금 경찰서 본관 앞에 기자 수십 명이 진을 치고 있다.

재형이 시장의 관용차 운행기록을 읽어 보기 한 시간 전에 철학도 그 서류를 살펴보았다. 차이가 있다면 재형이 본 것은 사본이고, 철학이 본 것은 원본이라는 것. 철학의 눈에도 지난주 화요일 그러니까 15일자 운행기록이 없다는 것이 발견됐다. 시장이 지금 이 자리에 불려 나온 이유도 그 때문이다. 시장은 자신이 그것 때문에 불려 나온 줄 모르겠지만.

"지난주 화요일 그러니까 10월 15일에 어디서 무얼 했습니까?"

시장이 철학을 쳐다보았다. 제대로 물어봐야지, 이렇게 물어보면 어떻게 답변을 하냐는 물음이 담긴 눈빛으로.

"그건 비서실에 물어보는 게 더 빠를 거요. 하루에도 여러 곳을 다니고 수많은 사람들을 만나기 때문에 어디서 무얼 했는지 기억을 못 해요. 더구나 일주일이나 된 일이라면."

철학이 시장을 쳐다보았다. 이 사람이 질문의 내용을 알면서 그렇게 말하는 건가, 아니면 진짜 몰라서 그러는 건가? 물음이 담긴 눈빛으로.

"비서실 직원들이 모른대요. 그날 시장이 어디서 무엇을 했는지. 그러면서 뭐라는 줄 알아요? 자기들은 시장이 온종일 무얼 하고 다니는지 뒷조사하는 사람들이 아니라던데."

시장이 크게 한숨을 내쉬었다.

"그럼 내 운전기사에게 물어보세요. 운전기사야 온종일 나하고 있으니까. 내가 무얼 하고 다니는지 다 알고 있으니."

형사가 크게 한숨을 내쉬었다.

"시장님이 온종일 무얼 하고 다니는지 시장님은 모르지만, 형사인 나는 내가 온종일 무얼 했는지 잘 아는데, 내가 오늘 한 일 가운데 시장님이 매일 타고 다니는 관용차 운행기록을 살펴보는 일도 있었답니다. 그런데 말이오. 이상하게도 지난주 화요일, 그러니까 15일 자 운행기록이 없다는 말이오. 그러니 이유를 말해 보라는 거요? 왜 그 날짜의 기록만 없는지."

시장이 오른손으로 자기의 머리를 때렸다. 아프지는 않을 정도로.

"아차! 제가 그날 관용차를 안 탔어요. 그러니 관용차 운행기록이 없지. 그날 고향 전주를 다녀왔거든요."

철학이 오른손을 자기의 머리에 갖다 댔다. 이해가 안 된다는 듯이.

"전주 갈 때는 관용차를 타고 가면 안 됩니까? 그런 규정이라도 있는 거요?"

"특별히 그런 규정은 없지만, 휴가 기간에는 관용차를 이용하면 안 된다는 규정은 있지요. 그날 나는 휴가를 냈고. 하루 동안."

"휴가를 낸 이유나 들어 봅시다. 휴가 날짜 한번 기가 막히네!"

"추석 때 고향을 못 갔어요. 그래서 갔었습니다. 산소에도 들르고, 시골 이웃들도 보고."

"그것참 완벽한 알리바일세. 전주에 있었으니, 안산에 있는 민경숙을 죽일 수는 없다. 그러니 나는 용의자가 아니다. 이런 말인 거죠?"

시장이 얼굴에 존경한다는 표정을 담아서 철학을 쳐다보았다.

"역시 두뇌 회전이 빠르시네. 임철학 형사님, 유능하시다는 소문은 들었는데. 이렇게 머리가 좋은지는 몰랐습니다."

철학이 존경한다는 표정을 담아서 시장을 쳐다보았다. 그런데 왠지 약간 비꼬는 것 같은 표정처럼 보이기도 했다.

"낮에 전주에 있었다고 해서 알리바이가 완전한 것은 아닙니다. 전주를 내려가기 전에 죽이는 것이 가능했으니."

"그거야 형사님이 알아서 잘 판단하실 테고. 저야 그날 전주에 갔다 왔었다는 진실을 말하는 것뿐입니다."

철학이 의자를 당겨 앉았다. 허리를 숙여 시장 가까이에 얼굴을 들이 댔다. 중요한 얘기를 듣겠다는 자세로.

"그 얘기 좀 한번 들어 봅시다. 어떻게 휴가 날짜를 그렇게 기가 막히게 잡았는지. 하필 민경숙이 살해당한 날 휴가 날짜를 잡은 기막힌 택일에 대한 얘기."

시장이 허리를 펴고 등을 의자에 기댔다. 그럼 한번 내 얘기를 들어 보라는 듯이.

"보는 시각에 따라서 달라요. 달리 보면 내가 휴가를 잡은 날 하필 민경숙이 살해당한 거지요. 왜 하필이면 그날 피살됐냐고 민경숙에게 물어볼 수는 없게 됐지만."

철학은 지난주 수요일에 전주에서는 몇 시에 올라왔는지, 안산에 도착한 건 몇 시인지, 안산에 도착한 이후에는 무얼 했는지, 시장에게 연속해서 물었다. 시장은 자신이 기억하는 범위 안에서 자세하게 진술했다. 간단히 요약하면 이렇다.

유권자들이 있는 곳을 찾아다녔지. 먹이를 찾아 산기슭을 어슬렁거리는 하이에나처럼.

*　　*　　*

畵飮. 출입문에 작은 글씨로 이렇게 쓰여 있다. 지난번에는 왜 못 보았지? 그렇다면 화실과 다방이 공존하는 이 공간의 이름은 화음인 것이다. 그림을 그리고, 차를 마신다는 의미를 합해서 그렇게 이름을 지은 것 같다. 화음의 화실 쪽에서 그림 작업을 하던 노화백이 재형을 맞았다. 노화백은 커피를 두 잔 가져왔다.

"일할 때는 커피를 마셔. 커피가 녹차보다 카페인이 더 많이 들었는지 어떤지는 모르겠는데, 커피를 마시는 게 집중이 더 잘되는 것 같아. 그래서 일을 할 때는 커피, 쉴 때는 녹차나 국화차를 마시지."

지난번에는 커피는 몸에 좋지 않다면서 녹차를 함께 마셨는데 오늘은 커피를 가져온 것에 대해 노화백은 그렇게 설명했다. 재형이 묻지도 않았는데.

재형은 노화백에게 선미 얘기를 했다. 개인전을 열었는데, 전시된 70여 점의 그림 가운데 절반이 민경숙의 그림이었다고. 그런데도 선미는 그에 대해서 전시장을 찾아온 사람들에게 단 한마디의 설명도 없었다고. 이거 문제가 있는 거 아닌가요? 개인전에 다른 화가의 그림을 전시하는 경우는 없다면서요?

"구 기자, 그냥 묻어 둬."

재형은 자신이 잘못 들은 줄 알았다. 묻어 두라니 무슨 말인가?

"그만한 이유가 있겠지. 말 못 할 이유가 있을 줄 누가 아나. 다 들추어내는 것이 반드시 옳은 게 아니네. 그게 반드시 정의라고 할 수도 없고."

아니, 이게 무슨 사자 여물 씹는 소리냐. 다른 사람도 아니고 천병섭이 어떻게 이럴 수 있지. 천병섭은 재형이 존경하는 화가다. 화가로서만이 아니라 인간으로서, 청렴하고 강직하고 곧은 성품을 가진 인간으로서 존경하는 인물이다. 안산시가 2000년도에 제정한 상록미술대전이 성공할 수 있었던 바탕에는 병섭의 강직한 기개가 깔려 있다.

상록미술대전은 첫 회부터 대상 상금을 2천만 원으로 정했다. 당시로써는 파격적인 액수였다. 웬만한 직장인의 1년 치 연봉이었다. 지방자치단체가 제정한 미술제 상금 가운데 최고액이었다. 처음 제정된 상록미술대전은 거액의 상금으로 유명세를 탔다. 거액의 상금은 전국 각지에서 좋은 화가들의 작품을 끌어들였다. 많은 작품이 몰리자 또한 그것이 상록미술대전의 이름값을 다시 끌어올렸다.

이처럼 상록미술대전이 예상외의 유명세를 타자 이 상을 수상하려고 욕심내는 화가들이 많았다. 거액의 상금과 유명세를 동시에 거머쥘 수 있는 기회니 왜 안 그렇겠나. 그런 화가들 가운데 당시 시장과 친분이 있는 화가들이 있었다. 그들 중 극히 일부가 정상적이지 않은 방법으로 수상을 하려는 나쁜 시도를 했다. 그림의 작품 평가를 통해서 상을 수상하는 것이 아니라, 시장과의 친밀도 평가를 통해 상을 받으려 한 것이다. 수상작을 결정하는 날이 다가오면서 어느 화가가 대상을 수상할 것이라는 소문이 미술계를 중심으로 밤안개처럼 흘러 다녔다.

시간이 지날수록 그 소문은 거의 정설처럼 굳어져 갔다. 대상 수상자로 소문난 화가의 화실에는 수상작이 발표되기 일주일 전에 벌써 축하 화분이 배달됐다. 비상식적인 소문과 비상식적인 믿음이 전염병처럼 시내를 점령해 갈 때, 바로 그 결정적 순간에 이런 상황을 지켜보고만 있던 병섭이 나섰다. 병섭은 당시 상록미술대전의 심사위원장이었다. 미술계의 전폭적인 지지를 받고 있었기에 시장은 그를 초대 심사위원장으로 임명했다.

수상작 발표 3일 전 병섭이 기자회견을 열었다. 그 기자회견이 초대 상록미술대전을 성공적으로 마무리하고 지금까지 상록미술대전을 수준 높고 신뢰받는 미술대전으로 자리매김한 결정적 계기였다.

"시중에 '상록미술대전의 대상이 누구라더라.' 하는 소문이 돌고 있는데, 그거 다 개소리입니다. 시장이 특정 화가의 작품을 대상으로 선정하라고 심사위원들에게 압력을 넣었다는데, 그것도 개소리입니다. 개소리라는 건 시장이 그런 압력을 넣은 적이 없다는 말입니다. 내가 아는 시장은 그런 개소리를 할 사람이 아닙니다."

병섭이 기자 회견문을 발표했다. 하지만 병섭의 발표 내용은 기자들이 알던 내용과 달랐다. 기자들이 확보한 정보는 분명 시장이 특정인의 작품을 대상작으로 내정했다는 것이었다. 당연히 기자 중에 누군가가 질문을 했다.

"그렇다면 그 특정인이 대상을 수상하지 못한다는 겁니까? 그 특정인의 대상 수상이 확정적이라고 보도한 신문도 있는데요. 시장의 의사도 그런 것으로 확인되고 있고요. 만약 그 특정인이 대상을 받으면 지금 심사위원장님의 기자회견이야말로 진짜 개소리를 한 것이라는 비웃음을 받게 될 텐데요."

병섭은 아직 최종 심사가 완료되지 않았지만, 지금 시중에 대상작으로 이름이 알려진 그 화가는 대상을 받지 못할 것이라고 했다. 그의 작품은 최종 심사 대상인 12점에 포함되지도 않았다면서.

그래도 시장이 그 특정인의 작품을 대상으로 선정하라고 하면 어떻게 할 거냐고 또 다른 얼빠진 기자가 물었다. 병섭이 그 기자를 쩨려봤다. 뭔 그런 개 같은 질문을 하냐는 눈빛으로.

"그럼 시장이 개망신을 당할 거요. 심사하는 것은 시장이 아니라 심사위원들이요. 시장이 주문을 하든, 압력을 넣든, 그것은 심사에 반영되지 않을 거요. 내가 심사위원장으로 있는 한 절대로."

병섭의 기자회견이 물줄기를 바꾸어 놓았다. 시장이 후원하는 특정인이 대상을 받을 것이라는 소문은 완전히 사라졌다. 병섭의 기자회견 직후, 시청 공보실은 '시장은 상록미술대전 심사위원들에게 공정한 심사를 당부했다면서 그렇기 때문에 시장이 개망신을 당하는 일은 없을 것'이라는 내용의 보도자료를 배포했다.

그런 가운데 다음 날 한 지역신문이 시장이 심사위원 중 한 사람에게 보낸 휴대폰 문자에 'A 화가의 작품을 대상으로 만들도록 심사에 반영하라.'라는 내용이 있었다는 것을 특종 보도했다. 그러나 이에 대해 시장은 그건 자신의 손가락이 저지른 단순한 실수라며 원래 보내려던 문자는 심사를 공정하게 해 달라는 의미였다고 이상하게 해명했다.

심사위원장인 병섭이 강직하게 중심을 잡은 덕분에 첫 회 상록미술대전은 성공적으로 마무리됐다. 그리고 신데렐라를 탄생시켰다. 그녀가 바로 민경숙이다. '31세의 여성 상록미술대전 첫 회 대상 수상자 되다'라고 많은 지역신문들이 톱기사로 그렇게 다루었다. 병섭의 강직한 기개가 없었다면 민경숙의 신데렐라와 같은 등장은 없었다.

병섭이 이렇게 강직한 사람이기에 올해 봄에 열린 20회 상록미술대전 대상 선정을 앞두고 잠시 퍼졌던 대상 내정설도 크게 번지지 않았다. 상록미술대전은 10회까지는 10월에 열었고, 11회부터는 5월에 열리고 있다. 가을에 문화행사가 밀집해 있다는 지적 때문이다. 올해도 5월 10일에 개막했다. 그런데 3월 초부터 특정 화가의 작품이 대상으로 내정됐다는 소문이 있었다. 그 화가가 시장과 가깝다는 소문이 더해져 소문은 한때 사실처럼 퍼져 나갔다. 하지만 그 소문은 오래가지 않았다. 심사위원장이 천병섭이었기 때문이다. 이번에는 기자회견을 열지는 않았다. 성명을 발표하는 것으로 충분했다.

'시장이 특정 화가의 작품을 대상으로 내정했다는 말이 있는데 그건 개소리다. 상록미술대전의 대상작을 결정하는 건 시장이 아니라 심사위원들이다. 상록미술대전은 첫 회부터 대상 내정설이 있었다. 하지만 그것이 사실이 아니라는 것이 밝혀졌다. 시장이 대상을 내정하는 것은 시장의 자유다. 얼마든지 내정하라고 해라. 하지만 심사위원들은 그 사람에게 대상을 주지 않을 것이다.'

천병섭의 성명서가 공개되자, 문도환 시장도 공보실을 통해 해명 자료를 발표했다.

'시장은 상록미술대전의 심사에 개입한 적이 없다. 앞으로도 그럴 것이다. 시장은 천병섭 심사위원장의 인품을 매우 존경한다. 따라서 천병섭 심사위원장을 비롯한 심사위원들의 심사 결과를 존중할 것이며, 전적으로 수용할 것이다.'

이렇듯 강직하기로 이름난 천병섭이 오늘은 도대체 왜 이러냐? 그냥 묻어 두라니. 다 들추어내는 게 정의가 아니라니.

"다 들추어내고 나면 화가만 상처를 입는 게 아니라 그걸 들추어낸 구 기자도 상처를 입을 수가 있어."

이건 아니다. 나이를 먹으면 이렇게 되나? 진실을 밝히려 하지 않고,

적당히 묻어 두려 하고. 진실을 상대하는 것에 두려움을 느끼고, 좋은 게 좋은 거라고 대충 넘어가고. 다른 사람이 다 그렇다고 해도 천하의 천병섭이 이러는 건 이해가 안 된다.

명언

수사기관에 전화기를 뺏기면 안 된다

철학의 앞에 앉아 있는 사람이 바뀌었다. 여자였다. 그래서 그런지 철학의 표정이 훨씬 밝아 보인다.

"민경숙이 실종됐다고 신고했죠?"

"네."

"왜 실종됐다고 판단했어요?"

"제 전시회를 도와주러 오겠다고 하고서 3일째 연락이 없고, 집에 가 봐도 없고, 실종 외에는 다른 생각이 안 들었어요."

"3일째 연락이 없다고 해서 실종이라고 판단했다? 대단하시네."

철학이 선미를 쳐다보았다. 화가는 아무 대답도 없었다. 하긴, 물어 본 것이 아니니.

"실종이라고 판단한 이유라도?"

"전시회를 돕겠다던 사람이 나타나지 않고 연락도 없는 걸 실종으로 의심해야지. 저하고 숨바꼭질을 한다고 생각할 수는 없잖아요. 혼자 사 는 여자이고."

"갑자기 여행을 떠날 수도 있잖아요. 느닷없이 떠나고 싶은 생각이 들 때 있지 않나요? 그러면 무작정 떠날 수도 있는 건데, 민경숙이 부모의 허락을 받아야 하는 청소년도 아니고요. 그야말로 혼자 사는 여자고."

"허락을 받아야 하는 건 아니지만, 양해는 구해야지요. 약속을 깨고 여행을 가야 했다면, 최소한 약속한 사람에게는."

"평소에는 그런 적이 없었나요? 민경숙이 약속을 깬 적은 없냐는 말입니다."

"작년 가을에 딱 한 번 있었어요. 저녁 약속을 했는데, 약속을 지킬 수 없게 됐다고 했어요. 교통사고가 나서 일찍 집에 들어가서 쉬겠다고."

"한 번 약속을 깬 사람이 두 번 깨지 않는다는 법은 없잖아요?"

"좋을 대로 생각하세요. 생각의 자유는 형사님에게도 있을 테니."

철학이 탁자에 있던 생수병을 들고 물을 한 모금 마셨다. 선미는 마시지 않았다.

"민경숙의 집을 방문했을 때 민경숙의 차가 없었어요. 그렇다면 민경숙이 차를 가지고 여행을 갔을 것이라는 추측이 가능하지 않나요?"

선미가 철학을 보면서 고개를 갸웃했다. 편견을 갖고 있는 사람을 볼 때의 표정을 얼굴에 담아서.

"차와 함께 실종됐다고 추측하면 안 되는 법이라도 있나요?"

그런 법은 없다. 차가 없으면 차와 함께 실종됐다고 추측할 수도 있고, 상상할 수도 있다. 영화에서는 차와 함께 납치되는 장면이 많이 등장하고, 실제 민경숙도 차와 함께 실종됐다가 피사체로 발견됐다. 그녀의 차와 함께.

　　　　　*　　　*　　　*

　오전 시간에 미용실을 들어간 건 난생처음이다. 여자 손님들이 주로 이용하는 미용실을 방문한 기억은 십여 년 전 과거에 머물러 있다. 재형이 다니는 미용실은 남자들만 손님으로 받는 파란색 간판을 단 미용실이다. 머리를 깎을 때만 방문하는데 대개 주말 오후에 간다. 그런데 화요일 오전 10시 24분. 재형이 미용실에 들어섰다. 재형이 이 시간에 미용실을 찾은 본래 목적은 머리를 깎는 것이 아니다. 화가 선미와 수원여자정보고등학교(구 수원여상) 28회 동창인 미용실 주인을 만나기 위해서다. 이영자. 미용실의 주인이자 수원여상 28회 동창회 총무.

　재형이 이영자를 찾아온 이유는 선미와 민경숙에 대한 얘기를 듣기 위해서다. 두 사람의 관계와 그림 등에 관한 것. 죽은 민경숙은 재형에게 말해 줄 수 없고, 경찰 조사를 받고 있는 선미도 재형에게 말해 주지 않을 것이니. 그렇다면 그 두 사람에 대해 얘기해 줄 수 있는 사람은 누가 있을까? 고민하던 재형은 두 여인이 졸업한 고등학교 홈페이지를 열었고, 그곳에서 동창회 회장과 총무의 연락처를 확보했다. 동창들에 대해서 가장 잘 아는 사람은 누굴까? 당연히 회장보다는 총무일 거다. 회원들과 끊임없이 연락하고 회원 명부를 관리하는 사람이 총무이니. 동창회뿐 아니라 대한민국 모든 모임이 마찬가지다.

　미용실을 찾기에는 이른 시간인데도 이미 손님이 한 명 있었다. 당연히 여자였다. 오랜 세월 여자들이 다니는 미용실에 와 본 적은 없지만, 지금 서비스를 받고 있는 여성이 펌 중이라는 것을 알 수 있다. 주인 이영자는 미용실 안으로 들어서는 재형을 위아래로 훑더니 자리에 앉아서 기다리라고 했다. 보통 여성보다 훨씬 많은 양의 남성호르몬이 체내에 포함돼 있을 것 같은 영자의 명령에 따라 재형은 손님 대기 장소처럼 보이는 빈자리에 얌전히 앉았다. 그리고 아침에 있었던, 머리를 복잡하게 했던 일을 다시 떠올렸다.

오전 8시 10분. 아파트 주차장에서 재형이 차에 시동을 걸었다. 자신의 사무실을 향해 출발하기 위해서. 평일이면 똑같이 반복되는 재형의 출근 과정의 첫 번째 단계다. 차를 출발시키기 전 휴대폰의 문자와 카톡을 확인하는 것이 두 번째 단계. 그런데 오늘은 조금 특이한 문자가 눈에 띈다. 발신자 표시가 제한된 문자가 한 통 있다. 보이스피싱의 문자 버전이려니 생각하고 문자 내용을 확인했다. 그런데…….

여기저기 들쑤시고 다니지 마시오. 충고하는 거요. 그렇게 들쑤시고 다니면 위험해질 거요. 명심해 두시오. 더 이상 들쑤시고 다니지 마시오.

누가 보냈을까? 문자를 보는 순간 재형의 머릿속을 그 생각이 점령했다. 문자 내용은 협박이었지만 재형은 전혀 협박으로 느끼지 않았다. 이 정도의 내용에 협박당할 재형이 아니다. 눈앞에서 흉기를 꺼내 들고 협박하는 것도 아니고, 고작 문자로 하는 협박이라니.

문자 내용보다 문자를 보낸 사람이 누군가가 더 궁금했다. 도대체 누가 보냈단 말인가. 문자 내용으로만 보면, 어제 만났던 노화가 병섭을 연결 지을 수 있었다. 그가 한 말과 똑같은 의미였으니. 그러나 그는 아니다. 70대 중반의 노화가가 발신자표시제한으로 문자를 보낸다는 건 현실에서 일어나기 힘들다. 조훈현이 알파고를 이기는 게 현실에서 일어나기 힘든 것처럼. 노화가는 이렇게 반칙을 사용하는 인물도 아니다. 할 말이 있으면 직접 하지, 실제 어제 재형에게 직접 말을 하기도 했고.

노화가보다는 강도형 쪽이 오히려 가능성이 높다. 강도형이라면 가능하다. 그가 발신자표시제한으로 문자를 보낼 수 있는 IT 실력을 갖추었는지는 알 수 없으나. 그가 갖고 있는 돈으로는 그런 전문가를 얼마든지 고용할 수 있으니. 그에게는 이유도 있다. 재형이 그가 민경숙의 집에 갔었다는 것을 의혹 형식으로 기사를 쓴다고도 했고. 그렇다면 강도형일까? 이 물음 앞에서 왠지 재형은 확신이 서질 않는다.

"이쪽으로 앉으세요."

미용실 원장이 지시했다. 좀 전까지 펌을 하던 여자가 앉았던 그 자리. 펌을 한 여자는 다른 자리로 가서 머리 위에 우주인들이 사용할 것 같은 이상한 도구를 쓰고 있다.

남성호르몬이 많이 함유된 신체를 가진 원장에게 자신은 머리를 하러 온 것이 아니라고 사실대로 말하는 게 두려웠지만, 재형은 사실대로 말했다. 그러면서 자신이 물어보는 것에 대해 얘기를 해 주면 그에 대한 금전적인 보상을 하겠다고 했다. 그건 자신이 주는 게 아니라 취재원에게 신문사가 제공하는 합법적인 보상이라고 덧붙여서 설명했다. 보상 액수가 많지는 않지만 섭섭하지 않을 만큼은 될 것이라고도 했다.

재형의 말을 잠자코 경청하던 원장이 묵직한 목소리로 자신의 의사를 표현했다.

"시바, 머리 안 할 거면 꺼져."

머리를 해머로 맞은 것 같았다. 이 세상 누구도 신문기자인 재형에게 이렇게 말한 사람은 없었다. 중학교 때 무리를 지어 다니던, 덩치는 크나 학교 성적은 낮은 친구들에게서 들어 본 적은 있다. 하지만 그 이후로, 더구나 성인이 되어 신문기자가 된 뒤로는 누구도 그렇게 말한 사람이 없었다.

당연히 보복을 해야 했다. 더 심한 말과 행동으로. 그런데 어쩐지 용기가 생기지 않는다. 재형은 한없이 작아지는 자신이 느껴졌다. 조용히 아까 펌을 하던 여자가 앉았던, 원장이 방금 전 앉으라며 손가락으로 가리켰던 자리에 가서 앉았다. 머리를 하겠다는 표정을 얼굴에 한껏 담아서.

재형이 영자가 작업하기 좋은 위치에 앉자, 영자는 "어떻게 해 줄까요?"라고 물었다. 방금 전과는 말투가 180도 바뀌었다. 이런 외모에서 이렇게 고운 목소리가 나올까 의심이 들 정도로. 그러나 해머로 한 대 얻어맞은 충격이 가시지 않은 재형은 얼른 대답이 나오질 않았다. 머리를 하려고 방문한 것이 아니기에 준비해 간 말도 없었다.

손님이 쉽게 결정하지 못하고 우물쭈물하면 주인은 자신이 원하는 방향으로 손님을 이끌기 마련이다. 주인이 리더십이 강한 사람이라면 더 말할 나위도 없다.

"아직 머리숱도 많고…… 염색하면 잘 나오겠어요. 드문드문 생겨난 흰머리도 감출 수 있고."

해머의 충격에서 깨어나지 못한 재형이 멍한 눈으로 거울 속에서 벙긋 웃고 있는 원장을 바라보았다. 원장은 그런 재형의 표정이 긍정의 표시라고 판단했다. 두 번 묻지 않고 바로 염색 작업에 돌입했다. 남성 호르몬이 많아 보이는 체형과는 달리 손놀림은 무척이나 섬세하고 경쾌했다. 그 점 하나는 재형의 마음에 들었다. 그런데 곧이어 다시 재형의 마음에 드는 말을 원장이 했다.

"말씀하세요. 하고 싶은 말이 있어서 오신 거잖아요. 기자시라면서요. 이제 물어보세요."

그냥 돈을 주고 물어보는 사람에게는 대답해 줄 수 없지만, 손님이 물어보는 것은 말해 줄 수 있다. 거울 속에 비친 영자의 얼굴은 그렇게 말하고 있었다. 이 사람 괜찮은 사람일세.

"민경숙에 대해서 듣고 싶어서 왔어요. 고등학교 동창인."

"아, 그 시발년."

이번에는 충격이 덜했다. 해머는 아니었다. 중학생이 찬 축구공에 맞은 정도였다. 자신에게 한 말이 아닐뿐더러 예방주사를 진하게 맞은 덕분이다.

재형의 표정을 읽은 영자는 자신이 평소에는 고운 말을 사용하는데, 고등학교 친구들 얘기가 나오면 입이 거칠어지는 경우가 아주 가끔씩 있다고 말했다. 그건 어디까지나 자신이 고등학교로 돌아간 것 같은 생각이 들기 때문에 그런 것이라고도 했다. 그러면서 입을 최대한 작게 오므려서 '호호호' 하고 웃었는데 그 입이 작아 보이지는 않았다.

"죽은 건 아시죠?"

"뉴스에서 봤어요. 그년 제명에 죽지 못할 줄 알았다니까."

왜 그렇게 생각했느냐고 물었다. 관상을 볼 줄 아느냐고도. 영자는 자신은 관상을 전혀 볼 줄 모른다고 했다. 하지만 한 사람의 과거를 알면 그 사람의 미래를 예측하는 것은 복잡한 문제가 아니라고 말했다. 그년이 저지른 과거의 반칙들로 인해서 그년이 일찍 죽을 것이라고 자신은 생각해 왔다고도 했다. 영자의 입에서 나올 것 같지 않은 명문장이어서 재형이 다시 한번 놀랐다. 영자는 재형이 더 이상 묻지 않았지만, 재형이 듣고 싶었던 민경숙의 과거, 즉 고등학교 시절 얘기를 들려줬다. 자기 주관을 흠뻑 적셔서.

경숙은 수원여상에서 가장 예쁜 년이었다. 영자의 표현이 그렇다. 공부를 잘하지 못했는데 성적이 좋은 것, 예술에 천재성을 갖지 못한 것 같은데도 음악과 미술 점수가 높게 나오는 것은 모두 경숙이 그년이 예뻤기 때문이다. 지금이야 학교 선생님들이 여자가 많지만, 삼십여 년 전에는 남자 선생님들이 더 많았다. 여자고등학교에도 남자 선생님들이 많이 있었는데, 경숙의 예쁜 얼굴은 남자 선생님들의 마음을 사로잡기에도 충분했다. 특히 음악 선생님은 경숙에게 늘 만점을 줬는데, 그건 말이 안 된다.

다른 건 몰라도 노래는 영자가 더 잘했기 때문이다. 영자는 어려서부터 노래를 잘한다는 말을 수도 없이 듣고 자랐다. 같은 골목에 살던 어른들은 그녀가 부르는 '밤차'를 들으면 이은하가 울고 갈 정도라고 했다. 그런데 음악 점수는 늘 경숙이 영자보다 높았다. 그것은 외모의 차이에서 오는 차별이었다.

경숙이 잘하는 게 딱 하나 있었는데, 그건 웃는 거였다. 그년은 잘 웃었는데, 특히 남자 선생님들을 보면서 잘 웃었다. 그런데 이상한 게 그년이 웃으면 남자 선생님들도 전염된 것처럼 같이 웃었다. 그렇게 정신없이 웃으면서 점수를 매기니 그런 년이 음악을 만점을 받는 거다. 이은하보다도 노래를 잘 부른다는 영자는 85점밖에 못 받는데 말이다. 선생님들이 웃음을 그치고 차분한 상태에서 채점했다면 두 여학생의 점수는 바뀌었을 것이다.

영자는 경숙이 싫었다. 당연하다. 정의감에 불타있는 영자에게 공부도 못하면서 좋은 점수를 받는 경숙이 좋을 리 없었다. 영자는 싫어했지만, 경숙을 따르는 많은 친구들이 있었다. 사실은 경숙을 따르는 게 아니라 그년이 주는 빵을 따르는 거지만.

경숙이 엄마는 빵집을 했다. 수원 시내에 이태리 빵집이라는 간판을 걸고 빵을 팔았는데, 장사가 잘됐다. 그럴 만도 했다. 시내 목 좋은 곳에 자리 잡고 있으니. 경숙은 반 아이들을 가끔씩 이태리 빵집에 데리고 가서 빵을 먹였다. 공짜로. 그것이 그년이 친구들 사이에서 인기를 유지하는 비결이었다. 영자도 이태리 빵이 먹고 싶었으나, 가지 않았다. 그년이 주는 것은 절대 먹지 않겠다고 다짐했기에……. 이태리 빵을 먹고 싶을 때는 바늘로 허벅지를 찔렀다.

"경숙 씨가 그때도 그림을 잘 그렸지요?"

재형의 물음에 영자가 개뿔 같은 소리 하지 말라는 표정으로 쳐다봤다. 재형이 움찔했다. 아직 해머의 충격에서 완전히 벗어나지 못했나보다. 아니면 트라우마거나.

"개뿔, 그년이 무슨 그림을 잘 그려요. 그년이 잘하는 건 졸라 웃는 것뿐이라니까."

"미술반에 있지 않았나요, 경숙 씨하고, 선미 씨하고."

"미술반에 들어 있다고 해서 다 그림을 잘 그리면, 여의도에 살면 다 정치를 잘하나?"

영자의 비유가 엉뚱한 것 같았지만, 재형은 그에 대해서 이의 제기를 하지 않았다.

"그림이야, 선미가 더 잘 그렸지."

이건 사실과 다른 얘기다. 민경숙은 이제 대한민국에서 알아주는 화가가 돼 있다. 선미는 지역에서도 알아주지 않는 화가다. 수상 경력은 비교도 안 되고. 그런데 경숙보다 선미가 그림을 더 잘 그렸다니. 이렇게 되면 지금까지 영자가 한 말에 심각한 진실 결핍의 의심이 따라온다. 그렇다고 여기서 대화를 그만둘 수는 없다. 아직 머리 염색이 끝나려면 시간이 많이 남았다. 이 지루한 걸 여자들은 어떻게 참고 할까.

"고등학교 때 경숙 씨가 미술대회에서 상도 받고 하지 않았나요? 화가 민경숙의 경력에서 그런 내용을 보았는데."

"아! 시발, 여태 뭔 얘길 들은 거예요?"

아, 또 왜 말투가 거칠어지냐? 무섭게.

"그년이 이룩한 모든 건, 그년의 눈웃음으로 이룬 거라니까요. 학교 성적도, 미술대회 상장도."

재형이 이해가 안 간다는 표정으로 거울 속의 영자를 보았다. 두려워서 다시 질문을 하지는 못했다. 물음이 담긴 재형의 애처로운 표정을 읽었는지 영자가 이어서 설명했다. 이번에도 자신의 주관을 흠뻑 적셔서.

미술 선생님이 경숙이를 예뻐했다. 왜 안 그렇겠나. 실제 예쁘게 생긴 게 웃어 주기까지 하니. 하여튼 그년의 눈웃음은 남자 선생님들을 포로로 만드는 필살기였다. 포로가 된 미술 선생님이 미술대회가 열리기 전 경숙에게 말했다. 다음 달에 열리는 미술대회에 네가 금상을 받을 수 있게 해 주겠다. 그러니 정성 들여서 그림을 그려 와라. 금상을 받아도 어색하지 않도록 그림을 잘 그려 와야 한다. 다른 사람한테 그려 달라고 해서 가져와도 된다.

경숙은 후자를 택했다. 다른 사람의 그림을 가져다 제출하는 것. 친구의 그림을 하나 얻어 오는 건 그 당시는 아주 쉬운 일이었다. 경숙이의 이태리 빵은 그림 하나가 아니라 열 장이라도 받아 낼 수 있었다. 경숙은 친구의 그림을 받아서 자기 것처럼 제출했고, 진짜로 금상을 받았다. 졸라 열 받는 일이다.

"그걸 어떻게 알았죠? 미술 선생님이 경숙 씨에게 금상을 받게 해 주겠다고 말했다는걸."

"여자고등학교잖아요. 여자들은 말하는 걸 즐겨요. 없었던 일도 있는 것처럼 말을 할 수 있는데, 있었던 사실을 말하는 건 여자들에게 어려운 일이 아니에요. 누가 말을 했는지는 모르지만, 많은 학생들이 알게 되는 데는 긴 세월이 필요하지도 않았어요."

"그럼 경숙 씨는 누구의 그림을 제출했죠?"

영자가 거울 속에서 재형을 쳐다보았다. 움찔. 내가 뭘 또 잘못 말했나?

"앞에 졸라 구체적으로 힌트를 드렸는데, 우리 기자님이 그걸 놓치셨네. 누구겠어요?"

아! 선미라는 말이구나. 그런데 이거는 더 말이 안 된다. 영자의 말이 사실이라면 고등학교 때는 그림을 더 잘 그렸던 선미가 성인이 되고 나서 실력이 줄었다는 말인가? 반대로 경숙은 고등학교 때는 그림 실력이 별로였는데, 성인이 되면서 그림 실력이 좋아졌다?

물론 말이 전혀 안 되는 건 아니다. 국보급 배구선수 김연경도 고등학교 때는 뛰어난 선수가 아니었지만, 성인이 되면서 세계적인 선수가 됐으니. 더구나 고등학교 1학년 때까지는 키가 작아서 수비수였는데, 그 이후에 키가 쑥쑥 커서 공격수가 됐고, 결과적으로 수비도 잘하는 공격수가 됐으니. 아무리 그런 사례가 있다고 해도 그림 그리는 실력도 그게 가능한가?

"어머, 컬러 기똥차게 나왔네!"

영자가 함박웃음을 머금고 거울 속의 재형을 쳐다보았다. 재형도 거울 속의 재형을 보았다. 슬픈 미소가 담긴 재형의 얼굴을.

염색하기 전에 분명 영자는 짙은 갈색으로 염색하겠다고 했다. 관심 있게 보지 않으면 검은색인지 갈색인지 잘 구분하기 어려울 것이라고도 했다. 그런데 아니다. 이건 짙은 갈색이 아니다. 내가 무슨 방탄소년단도 아니고. 아! 이 머리를 하고 어찌 다닐꼬.

"이 명함 받으세요. 제 말을 못 믿으시는 것 같아서 드리는 거니까. 이 친구도 미술반이었으니, 경숙이나 선미에 대해서 나보다 더 잘 알 거예요."

원장이 건넨 명함을 손에 들고, 어깨를 축 늘어뜨리고, 노랑머리의 사내가 미용실을 나섰다.

*　　　*　　　*

"오늘은 그림 얘기를 해 봅시다."

형사 철학과 화가 선미가 어제와 같이 마주 앉았다. 어제 선미를 조사한 철학은 선미라는 사람에 대해 도무지 정리가 되지 않았다. 경숙과 가장 친한 친구인 게 분명한데……. 경숙을 죽였을 것 같지는 않은 데……. 그런데 선미에게는 수상한 점이 많다. 그 수상한 점들은 도대체 뭐냐? 등짝에 붙은 사흘이 지난 파스처럼 선미의 그 수상한 점이 자꾸 철학의 신경을 거슬렀다. 무엇보다 먼저 그 수상한 점들을 확인해야 했다. 확인하지 않고는 등이 간질거려 미칠 것 같았다. 철학은 아침 일찍 선미에게 조사를 받으러 오라고 통보했다. 하지만 점심시간이 지나서야 선미는 경찰서로 왔다.

"지금 개인 전시회를 열고 있죠?"

"네."

몰라서 묻는 건 아니지? 선미의 표정은 이랬다. 아는 것도 물어서 확인하는 게 형사라는 직업이다. 철학이 표정으로 답했다.

"우리가 확인한 바로는 74점을 전시한 것 같은데."

"맞아요. 74점."

"개인전이 확실한가요?"

무슨 개소리냐? 선미가 표정으로 물었다. 의미 있는 질문이다. 철학이 표정으로 답했다.

"맞아요. 개인 전시회."

"개인 전시회는 한 사람의 그림만을 전시하는 것을 말하지요?"

형사! 왜 자꾸 이런 식으로 빙빙 도냐? 선미의 표정 속 물음에, '좀 지나면 알게 돼.'라는 표정으로 철학이 답했다.

"개인전과 단체전을 구분할 줄 아시죠? 둘 이상이 하는 걸 단체전이라고 한다는 것도."

"그래서 물어본 겁니다. 미술 전시회는 혹시 다른가 해서."

하고 싶은 말을 해라. 선미의 표정이 말했고, 이제 본론으로 들어간다. 철학의 표정이 답했다.

"그럼 왜 선미 씨 개인전에 다른 사람의 그림을 전시했죠? 관객들에게 그 사실은 말도 하지 않고."

고작 이 질문하려고 그렇게 빙빙 돌아왔냐.

"다른 사람의 그림을 전시하지 않았어요. 내 그림만 전시했지."

흐흐. 철학이 웃었다. 공포영화에 등장하는 악역의 웃음소리로. 이거 왜 이러시나. 형사가 그것도 확인해 보지 않고 묻는 줄 아나.

"이 두 그림 내 눈으로는 분명 같은 그림인데⋯⋯."

철학이 도록을 두 권 펼쳐서 내밀었다. 왼쪽에는 지난해 가을에 있었던 민경숙의 개인전 도록, 오른쪽에는 지금 전시회가 열리고 있는 선미의 도록. 두 도록에 나온 그림 가운데 대부도의 일몰을 그린 그림을 철학이 손으로 가리키고 있다.

"혹시 다른 그림인가요? 내가 그림은 잘 몰라서. 이렇게 쌍둥이처럼 똑같이 그려도 문제가 안 되는 건가?"

"같은 그림이에요."

선미가 힐끗 도록을 쳐다보았다.

"그러게요. 왜 민경숙의 개인전에 전시돼 있던 그림이 이번에는 선미 씨의 전시회에 걸려 있을까요? 이거 뭐 삼차 함수 같아서 난 풀기가 어렵네. 그리고 이 그림뿐이 아닙니다. 도록을 살펴보니 같은 그림이 여러 개 있던데⋯⋯."

선미는 말이 없었다. 멍한 눈으로 앞을 보고 있을 뿐. 어떻게 말을 해야 하나 생각하는 것 같기도 하고, 말을 하기 싫어서 그런 것 같기도 하고, 다른 생각을 하고 있는 것 같기도 하고.

"내가 보기에 이건 민경숙의 그림이요. 그러니 민경숙이 자기 전시회에 걸었겠지. 그런데 왜 선미 씨는 민경숙의 그림을 가져다 걸었을까? 그리고 하필 민경숙의 그림이 선미 씨 개인전에 전시될 때에 민경숙은 살해됐을까? 그리고 하필 민경숙의 실종신고를 선미 씨가 했을까? 이

어려운 문제 좀 풀어 봅시다. 선미 씨는 푸는 방법을 아는 것 같은데."

선미의 침묵은 계속됐다. 멍한 눈빛도 그대로, 무슨 생각을 하는지 읽을 수 없는 표정도 그대로. 한참을 그렇게 부동자세로 앉아 있던 선미의 입술이 조금 움직였다.

"얘기가 긴데……." 철학에게 들릴 듯 말 듯 혼자 말처럼 그렇게 속삭였다. 철학이 의자를 바짝 당겨 앉아 최대한 선미 가까이로 상체를 가져갔다. 청각은 더 가까이.

"긴 얘기가 될 텐데. 형사님, 시간 많아요?"

철학은 자기가 한가한 사람은 아니지만, 선미의 얘기를 듣기 위한 충분한 시간을 할애할 수 있다고 말했다. 하노이에서 트럼프와 마주 앉은 김정은처럼 시간이 촉박하지는 않다고 부연 설명을 했다. 그러니 천천히 얘기해도 되고, 오래도록 얘기해도 된다고. 김정은은 노회한 남성인 트럼프와 마주 앉아 있는 게 즐겁지 않은 일이라서 한시가 급하다고 말했는지 모르지만, 자신은 이성적인 매력을 품고 있는 여성과 마주 앉아 있는 게 충분히 즐거운 일이라서 얼마든지 시간을 낼 수 있다는 속마음은 말하지 않았다. 철학은 커피를 새로 두 잔 가져오라고 후배 형사에게 주문하고 의자에 등을 최대한 눕혀서 기댔다. 영화관 관람석에 앉은 것처럼. 팝콘도 있으면 좋으련만.

후배 형사가 블랙커피 두 잔을 놓고 나가자 선미가 긴 이야기를 시작했다.

*　　　*　　　*

　수영부동산. 미용실 원장이자 수원여상 28회 동창회 총무 이영자가
건넨 명함에 적혀 있는 상호와 일치했다. 재형이 문을 열고 들어서자,
수원여상 28회 졸업생일 것 같은 여자가 "어서 오세요." 하고 인사했다.
너무 밝게 웃어서 재형이 놀랄 정도였다. 상냥한 미소가 몸에 밴 여자
구나. 재형이 그렇게 생각하면서 이영자의 소개로 왔다고 말했다. 그리
고 서로 명함을 건네고 인사했다. 명함에 수영부동산 대표라고 적혀 있
었다.
　영자, 선미, 경숙의 동창인 이 여인은 가수 왁스와 외모가 흡사해서
왁스 언니라고 해도 믿을 것 같았다. 왁스 언니는 재형과 눈길이 마주
치는 내내 얼굴 가득 미소를 담고 있었고, 심지어 세상에서 가장 작은
카페의 커피를 준비하는 동안에도 웃고 있었다. 사무실 한쪽 구석의 싱
크대를 향해 뒤돌아서서 있는데 그녀의 어깨가 떨리는 것을 보고 알 수
있었다. 우는 것은 아닐 테니. 그리고 그 순간 재형은 또한 알 수 있었
다. 왁스 언니가 자신을 보고 밝게 웃은 이유가 상냥한 미소가 몸에 배
었기 때문이 아니라는 것을, 오늘 오전 그녀의 동창 이영자의 손끝에서
탄생한 밝은 빛깔의 머리 때문이라는 것을. 몸이 뜨거워지고 얼굴이 빨
개지는 게 느껴졌다. 재형은 질끈 눈을 감았다.

　"어떤 미친놈이 이런 짓을 하는지 알아봐 줘라."
　수영부동산을 향해 차를 운전해 오면서 재형이 오늘 아침에 확인한
협박 문자를 철학에게 전달한 후 전화를 걸어서 부탁했다.

"통신사에 부탁해서 알아보기는 하겠는데, 아마 쉽지 않을 거다."

왜 그러냐는 물음에 철학은 이런 문자를 보내는 사람들은 대부분 외국에 서버를 두고 있다면서 그것은 사실상 추적이 불가능하다고 말했다. 물론 아주 불가능한 건 아니지만, 비용과 시간이 많이 들기 때문에 단순한 이런 협박 문자가 왔다고 해서 경찰이 수사에 나서지는 않는다고 했다. 그러면서 철학은 "검찰에 있는 그 친구에게 부탁해 봐."라고 말했다. 검찰이라면 문제 해결이 더 쉬울 수도 있다면서.

철학과 전화를 끊고 재형은 학규에게 전화했다. 검찰 정보 담당 수사관으로 있는 친구 이학규.

"아이고! 바쁜 언론인께서 전화를 다 주시고, 어쩐 일이신가?"

학규는 늘 이렇게 밝고 친절한 말투로 전화를 받는다. 철학처럼 무뚝뚝하게 받는 게 아니라. 그럼에도 재형은 철학에게 더 정이 간다. 철학에게 한 것처럼 협박 문자를 복사해서 보내고, 질문한 후에 답을 기다렸다.

"내가 해결해 주지. 다른 사람 부탁도 아니고……. 요즘 세상에 언론인을 협박하는 그런 몰상식한 놈들이 있다는 게 말이 안 되지. 언론의 자유를 무시하거나 탄압하는 놈들은 다 집어넣어야 해. 세상 끝이 아니라 지옥까지라도 가서 잡아 올게. 아예 끝장내 버려야 해. 이런 놈들은."

학규는 자신이 고소장을 제출해서 정식으로 수사가 이뤄지도록 하겠다고 말했다. 그러면서 재형의 휴대폰을 제출해 달라고 했다. 그래야 정식 수사가 가능하다면서.

하지만 그건 안 될 일이었다. 휴대폰을 검찰에게 제출할 수는 없다. 그건 악어 아가리에 머리를 집어넣는 것처럼 위험하고도 바보 같은 짓이다. 아니, 그보다 더.

악어는 자기 아가리에 머리를 집어넣은 놈만 잡아먹지만, 검찰은 휴대폰을 제출한 놈만이 아니라 그 휴대폰에 등장하는 수상한 놈들을 모두 잡아먹으려 할 테니. 이건 기자인 재형만이 아는 사실이 아니다. 대한민국 국민 대부분이 믿고 있는 진리다. '수사기관에 전화기를 뺏기면 안 된다'는 명언으로 유권자들을 감동시켜서 도지사에 당선된 변호사가 있을 정도니.

커피를 두 잔 가져온 왁스 언니는 영자에게 얘기를 들었다고 했다. 재형이 경숙과 선미와 관련된 얘기를 듣고 싶어 한다는 것을. 왁스 언니는 자기가 두 사람과 고등학교 때 함께 미술반에 있었다고 말했다.

"영자 씨는 선미 씨가 경숙 씨보다 그림을 더 잘 그렸다고 하던데요. 고등학교 시절에."

왁스 언니는 그렇다고 말했다. 그 당시 선미의 그림 실력은 탁월했다고. 경숙이보다 잘 그리는 정도가 아니라 선미는 당시 미술반에서 그림을 가장 잘 그리는 학생이었다고 했다. 그렇기에 경숙이 선미가 그려 준 그림을 제출해서 금상을 받을 수 있었다. 왁스 언니도 경숙에게 그림을 줬다. 이태리 빵을 얻어먹은 대가로. 여러 명이 경숙에게 그림을 주었는데 그 가운데 경숙이 선미의 그림을 자신의 그림인 것처럼 제출했다. 당연했다. 선미의 그림이 가장 좋으니.

'그럼 그림을 경숙에게 준 학생들은 미술대회에 그림을 제출하지 않은 건가?' 그건 아니라고 왁스 언니는 설명했다. 빵을 얻어먹은 대가로 경숙에게 그림을 그려 준 친구들도 그림을 하나 더 그려서 자기 이름으로 미술대회에 제출했다. 당연히 경숙에게 준 그림보다는 더 정성을 들여서 그린 그림을. 다만 선미는 대회에 그림을 제출하지 않았다.

"선미 씨는 왜 자기 이름으로 미술대회에 그림을 제출하지 않았죠?"

선미의 부모님은 선미가 그림 그리는 것을 심하게 반대했다. 그림을 그려서는 밥 벌어먹기 힘들다면서 상고를 졸업하면 은행에 취직하라는 것이 선미 부모의 명이었다. 그러니 미술대회에 그림을 제출할 수가 없었다. 미술대회에 입상해서 상을 받아도 그걸 들고 집에 들어갈 수 없으니. 선미에게는 오히려 경숙의 이름으로 자신의 그림을 제출하고 그 것이 금상으로 선정된 것으로 대리만족을 느끼는 편이 나았다. 이태리 빵을 얻어먹는 건 덤이고.

선미가 그렇게 그림을 잘 그렸다면, 타고난 예술적인 재능이 있는 화가라면. 지금은 왜 평범한 화가일 뿐인가? 반대로 경숙은 어떻게 해서 실력 있는 화가가 됐나?

"경숙이는 미대를 갔어요. 손꼽히는 대학은 아니지만. 대학에서 뒤늦게 잠재력이 폭발했을 수는 있죠. 선미는 대학을 가지 못해서 실력이 더 이상 향상되지 않았을 수도 있고……."

왁스 언니는 말을 맺지 않았다. 겉으로 보기에는 그렇지만 다른 이유가 있을 거라는 암시로 보였다. 그래서 기다렸다. 이어서 무슨 말을 할 것이라 생각했기에. 하지만 왁스 언니는 그와 관련된 더 이상의 말을 하지 않았다. 마냥 기다릴 수만은 없으니, 다른 말이라도 하도록 해야 했다.

"경숙 씨와 친하게 지냈나요? 영자 씨는 경숙 씨를 무척 싫어했다던데."

"아주 친하게 지낸 건 아니지만 함께 어울리기는 했고 이태리빵도 몇 번 얻어먹기는 했어요. 알고 보면 경숙이가 불쌍한 애거든요."

어! 정말? 눈부신 미모에. 고등학교 시절 빵집을 하고 있는 부자 엄마를 둔 경숙이 불쌍했다니?

"경숙이는 형제자매가 없어요. 혼자였죠. 그 당시에는 다들 형제자매가 많던 시절인데. 그리고 아버지도 없었죠."

"일찍 돌아가셨다는 말인가요?"

"그게 아니라 아버지가 누군지 몰라요. 경숙이 엄마가 아버지에 대해서는 한 번도 얘기를 안 해 주셨대요. 그런데 소문으로는 아버지가 큰 회사를 갖고 있는 사장님이라고 들었어요. 경숙이 엄마가 밥값이 비싼 음식점 직원이었는데, 음식점에 자주 오는 큰 회사 사장님하고 눈이 맞아서 경숙이를 임신했고, 그래서 경숙이 엄마가 음식점을 그만두었다, 그래서 그 사장님이 이태리 빵집을 차려 주었다, 소문의 내용은 이랬어요."

왁스 언니는 그 시절 몇몇 친구들은 그 소문을 사실로 믿었다고 했다. 그래서 돈도 잘 쓰고 얼굴도 예쁘고 남자 선생님들의 사랑을 받는 경숙이었지만, 한편으로는 불쌍한 아이라는 생각이 들었다고.

재형은 왁스 언니가 말한 밥값이 비싼 음식점이라는 곳이 아마도 '요정'이라고 부르는 곳이었을 것이라고 추측했다. 당시 돈 많은 사장님들은 그런 곳을 드나들었으니. 경숙의 미모를 감안해 보면 경숙의 엄마가 요정에 근무할 수준 이상의 미모를 갖추었을 것이라고 판단하는 데 무리가 없다.

"경숙에 대한 건 선미가 저보다 더 잘 알아요. 걔가 가장 친한 친구였어요."

*　　*　　*

"경숙 씨 아버지, 그러니까 생부와 경숙 씨 엄마가 그렇게 만난 사이라는 건 어떻게 알게 됐죠?"

영화 관람 자세로 의자에 기대서 선미의 긴 얘기를 듣던 철학이 자세를 바로 하고 의자를 당겨 앉았다.

"오빠가 얘기해 줘서 알았어요. 그러면서 그런 애와 어울리지 말라고."

"오빠라면? 왁스 노래에 나오는 그런 오빠?"

선미가 철학을 째려보았다. 한 번만 더 이상한 소리 하면 죽는다. 철학이 눈을 아래로 깔았다.

"아니, 친오빠요."

"친오빠는 어떻게 그런 내용을 안 거죠? 그 얘기 좀 들어 봅시다. 재미있을 것 같은데."

선미가 철학을 쳐다보았고, 철학이 선미의 눈빛을 해독했다. 아! 얘기가 길구나. 철학이 다시 영화 관람 자세로 몸을 만들고, 커피 잔을 들었다. 커피가 없었다. 후배 형사에게 커피 리필을 부탁했다. 팝콘이 없는 게 무척이나 아쉽다.

*　　*　　*

"아까 얘기를 더 하시려다가 그만두셨는데, 그 얘기를 마저 해 주실수 있나요?"

경숙과 선미의 그림 실력 향상에 대한 얘기를 하다가 왁스 언니가 말줄임표를 남기고 그만둔 이후의 얘기가 재형은 몹시도 궁금했다. 기자라면 누구나 그렇다. 궁금한 것을 남겨 두고 그냥 일어서지 못한다. 재형은 그러면서 자기가 너무 많은 시간을 빼앗는 건 아닌지 모르겠다면서 미안한 표정을 얼굴에 담았다. 그러자 왁스 언니는 자신은 시간이 많다면서 요즘 부동산 거래가 별로 없어서 매우 한가한 편이라고 설명했다. 아마도 하노이에서 김정은과 마주 앉았던 트럼프보다 시간적으로 자신이 더 여유가 있을 것이라는 말도 했다. 이상한 헤어스타일에 뚱뚱한 몸집의 김정은과 마주 앉은 트럼프보다 방탄소년단 같은 세련된 헤어스타일에 날씬한 몸매를 유지하고 있는 신문기자와 앉아 있는 자신이 더 행복할 것이라는 생각은 말로 표현하지 않았다.

"성인이 된 후에도, 말하자면 지금까지 선미가 경숙이의 그림을 대신 그려 준 것이 아닌가 하는 생각을 해 봤어요."

재형의 귀가 쫑긋 세워졌다. 이게 무슨 말인가? 이건 말이 안 된다. 고등학교 시절에야 다른 학생의 그림을 제출해서 상을 받는 것이 가능했겠지만 성인이 된 후에 그런다는 건 비현실적이다. 더구나 지금은 삼십여 년 전과는 다르다. 휴대폰이 있고 인터넷이 있어서 그런 행위들이 금방 탄로 난다. 그럼에도 관심이 가는 건 어쩔 수 없다. 기자의 생리다.

"현실성은 없어 보이는데, 왜 그렇게 생각하죠?"

"고등학교 때 대신 그림을 그려 줬는데, 어른이 돼서 하지 않는다는 보장이 없잖아요."

재형이 관심이 가득 담긴 눈으로 왁스 언니를 바라보았다.

"그렇게 생각한다는 건 그렇게 생각할 만한 근거가 있다는 건데……."

"그렇겠죠?"

왁스 언니가 자신이 주로 앉아 있는 책상으로 돌아가서는 서랍에서 책을 한 권 가져다가 펼쳐 보였다. 재형의 사무실 책장에도 한 권 꽂혀 있는 책이다. 며칠 전에도 펼쳐 보았다. 도록, 민경숙의 개인전 도록이다. 왁스 언니가 그 도록을 펼치더니 재형의 눈에도 익숙한 그림 하나를 손끝으로 가리켰다. 대부도의 일몰을 그린 그림.

"이 그림 보셨을 것 같은데요. 경숙이 그 도시에서는 유명한 화가이니."

그렇다는 의미로 재형이 고개를 끄덕였다.

"저도 이 그림을 보고 알았어요. 제가 일몰을 좋아하거든요. 일출은 보러 다니지 않아도 일몰을 보러 간 적은 여러 번 있어요. 대부도로 갔었죠. 그래서 이 그림에 눈길이 갔던 건데……."

왁스 언니가 그러면서 그림의 오른쪽 하단, 그러니까 작가의 서명이 있는 곳을 가리켰다. 이거 확인하셨죠? 당연히 확인했다. K.S.M.

"고등학교 때 선미가 경숙이 대신 그림을 그려 줄 때도 이렇게 서명을 했어요."

이게 경숙의 그림을 선미가 대신 그려 줬다는 증거라는 것인가? 그건 너무 허약한 증거다. 지나친 비약이고.

"그걸로는 지금도 선미 씨가 경숙 씨의 그림을 그려 줬다고 의심하기는 어려운 데요."

씨익. 왁스 언니가 미소를 보였다. 재형은 자신도 모르게 오른손을 머리로 가져갔다. 하지만 왁스 언니의 이번 웃음은 그런 의미가 아니었다.

"기자님은 이 영문 이니셜이 누구의 이름이라고 생각하세요?"

두 번 생각할 것도 없는 질문이다. 당연히 경숙민, 민경숙이지. 아니면 누구의 이름이라는 말인가?

"다들 그렇게 생각했어요. 경숙이의 이름이라고. 그 시절에는 그렇게 이니셜을 썼으니까. 아마 기자님 이니셜도?"

재형은 그렇다고 했다. 재형구. J.H.K.

"그런데 그게 아니었어요."

아니라면. 누구의 이름이라는 말인가? 재형이 빠르게 머리를 회전시켰다. 회전이 걸린 당구공처럼. 어! 그렇다면!

"맞아요. 선미의 이니셜이에요. 권선미."

아! 그렇게도 되는구나. 그래도 의심스럽다. 다들 이름을 앞에 적고 성을 뒤에 적었다. 지금도 대부분 그렇게 한다. 미국에서 살다 온 박찬호도 그렇게 하지 않나. 찬호박.

"선미가 말했어요. 그렇게 적으면 다른 사람들이 민경숙의 이름으로 알 거고. 선미는 그렇게 이니셜을 적어 넣음으로써 내가 대신 그려 준 그림이라는 걸 표시하고."

"그럼 경숙 씨는 서명을 무엇으로 했죠?"

왁스 언니가 앞에 놓인 도록에서 그림 한 점을 가리켰다. 그 그림의 오른쪽 하단을. 거기에 서명이 있었다. 작가의 이니셜이. 재형이 자세히 봤다. 눈을 비비고 다시 한번 봤다. 눈을 한 번 더 비빌까 하다가 그만두었다. k.s.m. 재형이 왁스 언니를 쳐다보았다.

"그래요. 경숙이는 자신의 그림에는 소문자로 이니셜을 적어 넣었어요. 그건 경숙과 선미의 약속이었고요."

왁스 언니가 거짓말할 이유가 없다는 것을 알았지만 확인하지 않을 수 없었다. 그리고 사실로 확인된다면 이건 무척이나 흥미로운 이야기다. 기자의 시각에서뿐만 아니라 독자의 시각에서도.

"증명할 수 있나요?"

왁스 언니가 자리에서 일어서더니 자신의 책상으로 가서 컴퓨터 화면을 열어서 한참 이것저것을 찾는 것 같았다. 그러더니 재형에게 와서 보라고 했다. 재형이 다가가서 화면을 들여다보았다. 화면에 단발머리의 여고생이 있었다. 사진이 아니라 그림이었다. 왁스 언니는 그것이 자신의 여고생 시절 모습이라고 했다. 가만히 보고 있으니 닮은 것도 같았다. 그 그림은 경숙이 왁스 언니를 그려 준 것이다. 미술반에서 활동하면서 서로 상대를 그려 주곤 했는데 그중에 하나라고 했다. 왁스 언니도 경숙을 그려 주었단다. 왁스 언니가 그림을 확대했다. 확대하는 이유를 알았기에 재형은 그림의 오른쪽 하단을 신경 써서 보았다. 거기에 작가의 서명이 있었다. 영어 이니셜. k.s.m.

이렇게 되면 왁스 언니의 말에 신뢰도가 올라간다. 그렇다고 해서 100% 믿을 만한 상황은 아니다. 신뢰도 70% 정도?

"아직 완전히 믿지는 못하겠죠?"

재형이 오른손으로 자신의 뺨을 쓸었다. 표정을 들킨 것 같아서.

"그래도 어쩔 수 없어요. 제가 증명해 드릴 수 있는 건 이게 다라서."

모든 일에는 이유가 있다. 원인이 있거나. 그렇다면 선미는 왜 경숙 대신에 그림을 그려 준 것인가? 혹시 돈 때문에? 왁스 언니는 그럴 거라고 추측했다.

선미는 상고를 졸업하고 은행에 취직했다. 그림에 재능이 있었던 선미는 공부도 잘하는 편이었다. 어렵지 않게 은행에 취직해서 가난한 집에 경제적인 보탬이 되었다. 그림 그리는 일도 취미로 할 수 있었다. 같은 시기에 이태리 빵집 딸 경숙은 미대에 입학해 그림 공부를 계속했다. 인생에 운이라는 것이 있다면 선미는 운이 없는 편이었다.

선미가 다니던 은행이 1997년 IMF 외환위기 때 문을 닫았다. 취업한 지 8년 만이었다. 결혼한 지 2년 만이고. 남편도 돈을 넉넉히 버는 편은 아니었다. 다시 취업을 하지 못한 선미는 명퇴금을 2년 만에 다 썼다. 아이 두 명을 키우느라 경제적으로 어려움을 겪어야 했던 선미는 다시 경숙이의 그림을 대신 그리는 일을 했다. 대가로 빵이 아닌 돈을 받으면서.

*　　　*　　　*

철학이 자세를 바로 하고 의자를 당겨 앉았다. 선미가 거짓말하는 것 같지 않았다. 그렇다고 해도 그 말을 100% 다 믿기는 어려웠다. 어떻게 그 오랜 세월 그림을 대신 그려 줄 수 있다는 말인가? 정말 그게 가능한 일일까? 불가능한 것은 아닌 것 같았지만 그래도 현실적이지 않았다.

선미를 집으로 돌려보냈다. 그럴 수밖에 없다. 그녀에게서 민경숙의 살인과 관련된 단서가 하나도 발견되지 않았으니. 당분간 다시 부를 일도 없을 것이다. 아주 긴 시간 동안 긴 이야기를 들었지만 남는 게 별로 없다. 살인사건 수사에 도움이 되는 것도 없고. 커피를 세 잔이나 마셨더니 속만 쓰리다. 그나저나 선미가 한 말을 어떻게 확인하나? 죽은 민경숙에게 물어볼 수도 없고.

경찰 조서

세 글자만 첨가했을 뿐인데
문장의 의미가 그렇게 바뀌었다

오전 8시 10분. 과장은 빠른 걸음으로 시장실을 향했다. 뛰어가고 싶었으나, 실내에서 뛰면 안 된다는 것을 초등학교 시절에 이미 배웠다. 걸리면 화장실 청소를 한다는 것도. 여덟 시 전에 가서 줄을 서 있으면 결재를 일찍 받을 수 있다는 걸 알면서도 그게 잘 안 된다. 일이십 분 먼저 움직이는 게. 그랬으면 지금 이렇게 뛰다시피 걷지 않아도 되는 건데⋯⋯.

그런데 저 앞에 지난번에 보았던 그 생명체가 또 서 있다. 원래 출몰하는 시간이 아닌 걸 아는데, 오늘은 왜 또 왔지? 그날 저 생명체에게 시장님 결재 순서를 양보했다가 과장은 큰 피해를 입었다. 시장실에 들어가서 무슨 얘기를 했는지, 시장님의 심기가 매우 불편해져 있었다. 결재 서류를 꼼꼼히 보면서 이것저것을 지적했다. 심지어 오타까지 찾아냈다. 평소의 시장님이 아니셨다. 업무 시간이 되면 청사를 빠져나가야 하는 시장님은 아침 결재를 대충, 아니 융통성 있게 하신다. '내가 사인해도 아무 이상 없는 거지?' 한마디만 하면 끝이다. 결재를 맡는 사람이 "옛썰!" 하고 큰 소리로 대답하고 나면 시장님은 일필휘지로 서명을 하신다.

그런데 그날은 그렇지 않았다. 다 저 생명체 때문이다. 저 생명체가 무슨 말을 했는지는 몰라도 그날 시장님은 심기가 매우 불편하셨다. 그 불편한 심기를 해소할 대상이 재수 없게도 과장이 된 것이다. 저 인간이 나간 직후에 바로 결재를 받겠다고 활짝 웃는 얼굴을 하고 들어갔으니.

그런데 저 인간 오늘은 시장실에 들어가는 게 아닌가 보다. 벽을 보고 멍하니 서 있다. 뭐 하는 거지? 도를 닦는 것 같지는 않고. 어제 마신 술이 깨지 않았나? 그런가 보다. 저렇게 머리를 좌우로 도리질을 하고 있는 걸 보니.

확인해야 했다. 수원여상 28회 경숙, 선미와 함께 미술반에서 활동한 왁스 언니의 말이 거짓말 같지는 않았다. 그녀가 거짓말할 이유도 없어 보였다. 그런데 그녀가 한 말은 너무 놀라운 내용이었다. 현실적이지 않았다. 그래서 믿기가 힘들다. 그렇다면 확인하는 수밖에 없다. 밤새 그 생각을 하느라 늦게 잠이 들었는데, 얼마 자지 못하고 새벽에 깼다. 그러고는 다시 잠들지 못했다. 새벽 5시. 혹시나 하는 생각에 휴대폰을 열었다. 예상했던 문자가 와 있었다. 발신자표시제한으로.

남의 말을 잘 안 들으시는군. 그러다가 크게 다친다니까. 이게 마지막 경고요. 이 경고를 무시하면 끝장나는 거요. 더 이상 들쑤시고 다니지 마시오.

이렇게 되면 장난이 아닌 거다. 이건 분명한 협박이다. 가벼이 넘길 수 없는. 그렇지만 재형의 호기심을 가라앉힐 정도는 아니다. 재형은 궁금해 죽을 지경이다. 그러니 잠도 못 자고 이렇게 새벽에 깨어나 있지. 도대체 선미와 경숙 두 사람의 그림에는 어떤 비밀이 있는 거냐? 왁스 언니의 말처럼 지금도 대신 그려 주고 있는 거냐? 그게 말이나 되는 얘기냐? 정말 대신 그려 준 적이 있기는 있는 거냐? 그동안 알고 있던 것처럼 경숙이 그림을 잘 그리는 화가고, 선미는 평범한 화가인 게 아니냐? 확인하는 수밖에 없다. 이 물음의 해답을 찾으려면, 심장 주변을 꽉 채우고 있는 궁금증을 해결하려면, 확인하는 수밖에 없다.

이 궁금증을 해소해야 하는 또 다른 이유가 있다. 바로 어제저녁에 걸려온 편집국장의 전화 때문이다. 편집국장은 그냥 안부 차 전화했다고 했다. 하지만 그게 아니라는 걸 재형은 안다. 평소 살갑게 대하는 관계도 아닌데 편집국장이 저녁 시간에 전화를 했다는 건, 기사를 작성해서 올리라는 말과 다르지 않다. 재형이 주재기자로 있는 안산에서 살인사건이 일어났는데 재형의 기사가 없으니 재촉할 만도 했다. 지난 세월, 아무리 많은 기사를 작성하고, 아무리 좋은 기사를 써서 올렸다고 해도 지금은 놀고 있어도 되는 건 아니다. 월급을 받고 있으니 일을 해야 하는 거다. 편집국장은 그 점을 깨우쳐 주려 전화를 한 것이다. 밥값은 해야지.

"기다리시는 김에 며칠만 시간을 더 주세요. 재미있는 기삿거리를 취재하고 있으니까요."

"아…… 아냐. 내가 무슨 기사 써 올리라고 전화한 건가. 그거 아냐. 구 기자가 그동안 써 올린 좋은 기사가 얼만데. 경성일보가 지금의 이름값을 유지하는 데는 구 기자의 역할일 컸다는 걸 내가 다 아는데."

편집국장은 전혀 신경 쓰지 말라고 다시 한번 말했다. 그러면서 재형이 시간 되는 대로 기사를 작성해서 올리라고 했다. 며칠이 아니라 몇 달이라도 기다릴 수 있다면서. 그러고는 조만간 만나서 소주 한잔하자는 말로 전화를 끊었다. 편집국장이 전화를 끊을 때면 늘 하는 멘트다. 재형에게만 하는 멘트도 아닐 거다. 3년 동안 그 멘트를 들었지만 단둘이 소주 한잔한 적이 없다.

재형은 일찍 집을 나섰다. 시장실 앞 복도에 상록미술대전 역대 대상 수상자들의 작품이 걸려 있다는 것을 안다. 초대 대상 수상작은 바로 시장실 문 앞 복도에 걸려 있다. 일단 그 그림을 보고 나면 무언가 생각이 날 것 같았다. 잠을 이루지 못하게 한 그 물음에 대한 해답을 찾는 실마리라도……. 재형은 시장실 앞 복도에 걸린 그림 앞으로 다가갔다. 그리고 올려다보았다. 민경숙이 그린 상록미술대전 첫 회 대상 작품을. 설마 하는 마음으로 올려다본 그림에는 역시나 서명이 있었다.

영문 이니셜. K…… S…… M…….

이 서명은 무얼 의미하나. 만약 왁스 언니의 말이 사실이라면, 그녀의 예상이 맞는다면 이건 어떻게 설명해야 하나. 상록미술대전 초대 대상 작품을 선미가 대신 그려 줬다는 말인가? 이건 말이 안 된다. 말이 돼서는 안 된다. 이건 왁스 언니가 거짓말을 했다는 쪽으로 생각하는 게 정상이다. 왁스 언니의 추측이 억측이라고 생각하는 게 정상이고. 그런데 만약 그게 아니라면. 왁스 언니의 말이 사실이고, 그녀의 추측이 정확한 것이라면, 그럼 큰일이다. 아! 머리가 아프다. 재형이 머리를 좌우로 흔들었다. 도리질하듯이.

*　　*　　*

일이 안 풀릴 때, 난관에 봉착했을 때, 그때는 어떻게 해야 하나? 근본으로 돌아가야 한다. 처음부터 다시 시작해야 한다. 무언가 빠뜨렸거나 길을 잘못 들었을 수 있으니.

재형은 생각했다. 그럼 어디서부터 다시 시작해야 하나? 이 사건의 출발점은 어디인가? 길게 고민할 것도 없었다. 화가 민경숙이 시장 문도환을 고소한 사건, 그것이 출발점이다. 고소한 이유가 민경숙의 그림 때문이었으니. 바로 거기가 재형의 머리를 아프게 하고 있는, 삼각함수처럼 복잡한 그림 문제의 출발점이다.

"아니, 경찰 조서가 무슨 피자도 아니고, 주문하면 바로 배달되는 줄 아나? 기자 생활 20년이나 했다는 사람이 왜 그래?"

민경숙이 문도환을 고소한 사건 조서를 구해 달라는 말에 철학은 그렇게 대꾸했다. 경찰의 조서를 보는 건 경찰이 아니면 안 된다. 경찰이 보여 주지 않으면 볼 수가 없다. 조사를 받은 당사자나 변호사는 볼 수 있지만. 물론 경찰보다 더 힘이 센 기관은 볼 수도 있다. 같은 수사기관인 검찰이 그렇고, 국회의원도 볼 수 있을 거다. 방법은 모르겠지만. 그 외 몇몇 기관이 더 있을 거다. 그러나 기자가 달란다고 해서 주지는 않는다. 보통은 그렇다. 하지만 재형과 철학은 15년간 우정을 쌓아온 친구다. 서로가 서로에 대해서 잘 알 뿐 아니라 서로의 일에 대해서도 잘 안다. 철학이 조서를 복사해서 재형에게 넘겨줄 수 있다는 것까지.

"피자 배달원은 가져올 수는 없지만, 형사는 가져올 수 있잖아? 기자 생활 20년이나 한 사람이 그것도 모를까?"

철학이 건네준 조서 사본 가운데, 고소인 민경숙의 조사 자료에는 그림을 도환에게 건넨 이유, 건넨 그림의 개수, 그림을 건넨 시기, 그림의 가격 등에 대한 내용이 정리돼 있었다. 그런데 이상하게 오타가 많았다. 문장도 주어와 서술어가 일치하지 않는 등 한마디로 엉망이었다. 민경숙을 조사할 당시, 담당 형사가 딴 데 정신이 팔려 있거나 정신이 혼미한 상태였던 것은 아닌가 하는 의심이 들 정도였다.

시장 문도환을 조사한 조서도 있었다. 도환이 경찰 조사를 받은 적이 없는 걸로 알고 있던 재형에게는 다소 놀라운 사실이었다. 그런데 도환의 조서는 직접 경찰서에서 조사한 내용이 아니었다. 서면 조사로 이루어진 조서였다. 경찰의 질문은 밤하늘의 별처럼 다양했지만, 도환의 대답은 해고 뜨고 지는 것만큼 일관성이 있었다.

"민경숙에게서 그림을 언제 받았습니까?"

"그건 시립합창단 지휘자 임선휘가 했기 때문에 저는 아무것도 모릅니다."

"민경숙에게 받은 그림이 모두 몇 점입니까?"

"임선휘가 했기 때문에 저는 아무것도 모릅니다."

"민경숙의 그림을 받아서 선거자금을 마련하자는 아이디어는 누가 생각해 낸 겁니까?"

"임선휘가 했기 때문에 저는 아무것도 모릅니다."

"민경숙에게서 받은 그림 가운데 몇 점을 판매했습니까?"

"임선휘가 했기 때문에 저는 아무것도 모릅니다."

"그림 판 돈을 왜 바로 민경숙에게 지급하지 않았습니까?"

"임선휘가 했기 때문에 저는 아무것도 모릅니다."

"그림을 왜 민경숙에게 돌려주지 않았습니까?"

"임선휘가 했기 때문에 저는 아무것도 모릅니다."

경찰의 서면 질의에 모두 모르쇠로 일관했던 문도환도 자기 이름을 어디에 써야 하는지는 알았나 보다. 맨 마지막 페이지 진술자 확인란에는 문도환이라고 정확하게 적혀 있었다.

임선휘에 대한 조서는 민경숙의 조서 내용과 기초적인 면에서 모두 일치했다. 그림 개수, 받은 날짜, 그림 가격 등. 그런데 조서 내용 중 재형의 흥미를 끄는 부분이 있었다.

"그림을 몇 점을 팔았나요?"

"11점을 팔았습니다."

"27점 가운데 11점. 그러면 나머지는?"

"보관하고 있습니다."

"조금밖에 못 팔았네요? 그림이 잘 안 팔렸나요?"

"그렇습니다."

"왜 안 팔렸다고 생각하죠?"

"그림이 별로였습니다."

"그림이 별로였다는 건?"

"그림이 좋아야 사람들이 사지요. 그림이 별로 좋지 않았어요."

"민경숙이라면 유명한 화가인데, 그런 사람의 그림이 별로 좋지 않다는 건가요?"

"아마도 성의 없이 그림을 그리지 않았나 하는 생각이 듭니다."

"왜 그렇게 생각하죠?"

"저도 예술을 하는 사람이기에 그림 볼 줄 압니다. 제가 보기에도 좋은 그림이 아니었어요. 그러니까 그렇게 생각할 수밖에요. 대충 그렸구나…….”

그림이 별로 좋지 않았다. 그래서 그림이 몇 점밖에 팔리지 않았다. 경숙의 그림이 좋지 않았던 이유가 임선휘는 성의 없이 그렸기 때문이라고 판단했다는 건데…….

*　　*　　*

“민경숙의 그림이 별로였다고 말했다면서요?”

지휘자는 모처럼 쉬고 있었다. 지난 주말에 이틀에 걸쳐서 4회 공연을 했다. 사람들은 지휘자가 놀고먹는 줄 안다. 악기를 직접 연주하는 것도 아니고, 그냥 서서 팔만 움직이면 된다고 생각한다. 농담이라도 그렇게 말하는 놈들 보면 패 죽이고 싶다. 직접 지휘해 보라지. 10분만 해도 온몸에서 땀이 난다. 그런데 이번에는 한 번에 40분씩 하루에 두 차례, 이틀간 4회나 공연을 했다. 실제 공연을 하기 전에는 리허설도 했다. 그렇게 이틀을 지내고 나면 체력이 완전히 소진된다.

다행히 이번 주에는 예정된 공연이 하나도 없다. 합창 단원들은 각자 연습하라고 지시를 내리고 지휘자는 쉬기로 했다. 그냥 쉬는 것, 그것이 지휘자의 이번 주 스케줄이었다. 그런데 느닷없이 기자가 찾아와서는 몇 달 전에 경찰서에서 조사받을 때 한 내용을 다시 물어본다. 지난주에 최대한 친절하게 답변해 주었기 때문에 다시는 안 올 줄 알았다. 그런데 또 찾아와서 이것저것 묻는다. 거머리 같은 놈. 귀찮아서 묻는 말에 건성건성 대답하는데 이상하게 질문을 한다. 선휘는 자신의 귀에 거슬리는 질문을 그냥 넘기지 못했다. 이번에는 건성으로 대답할 수 없었다.

"누가 그래요?"

"경찰 조서에 그렇게 쓰여 있던데……."

선휘가 기자를 쩨려봤다. 의심이 가득한 눈빛을 담아. 경찰 조서를 봤다는 말인가? 기자는 그래도 되는 건가? 예전 같으면 기자는 경찰 조서를 볼 수 있다고 생각했을 거다. 기자에게는 그런 권한이 있는 줄 알았다. 하지만 3개월 전 경찰 조사를 받으면서 알았다. 기자라고 해도 경찰 조서를 마음대로 볼 수 있는 게 아니라는 걸.

기자의 얼굴이 빨개졌다. 당황하는 것 같았다. 선휘의 눈빛을 읽었을 테니 왜 안 그렇겠나. 그러나 앞에 앉은 기자는 경력이 풍부한 기자였다. 당황하는 표정을 금방 수습했다. 씨익. 미소를 얼굴에 담기까지 했다. 그러더니 직접 본 것은 아니라고 했다. 세 글자만 첨가했을 뿐인데 문장의 의미가 그렇게 바뀌었다.

"조서에 그렇게 쓰여 있다고 하던데……."

선휘가 다시 기자를 쩨려봤다. 이번에도 의심이 가득 담긴 눈빛으로. 그런 식으로 대충 넘어가려 하지 마.

"누가 그러던가요?"

기자도 선휘를 쩨려봤다. 그런 물음에 대답하는 바보 같은 기자는 없다. 그렇게 두 사람의 눈빛이 허공에서 부딪했다. 불꽃이 튀었다. 선휘는 이 눈싸움에서 자신이 이긴다고 생각했다. 실언한 것은 기자였으니. 거짓말일 수도 있고. 하지만 눈빛이 허공에서 맞부딪친 순간 선휘는 자신이 기자를 이길 수 없다는 것을 알았다. 자존심이 상했지만 먼저 눈을 깔았다.

"그림이 엿 같았어요."

괜히 민경숙의 그림에 화풀이를 했다. 그냥 그림이 별로였다고 하면 됐을 것을.

"그림 갖고 있죠? 팔고 남은 그림."

"없어요."

기자는 그럴 리가 없다는 눈빛으로 선휘를 쳐다보았다. 째리지는 않았다.

"없다니요?"

"갖다 줬어요. 민경숙에게."

"언제?"

경찰 조서에는 그런 내용이 없던데. 기자는 이렇게 말하려고 했던 것 같다. 말을 더듬었다.

"경찰 조사를 받고 나온 다음 날 바로 갖다 줬어요."

기자의 얼굴에는 실망한 기색이 역력했다. 왜 저렇게 실망하지? 내가 가지고 있으면 한 점 달라고 부탁하려 했나? 아니면 왜 여태 안 주냐고 따지려고 했나? 아! 그림을 보려고 했나 보다. 그렇다면 그림을 볼 수 있는 방법은 있다. 실물은 아니지만.

"사진을 찍어 놓았어요."

기자의 얼굴에 금방 화색이 돌았다. 그림을 보고 싶었던 거다. 그런데 왜 민경숙의 그림이 보고 싶을까? 선휘가 스마트폰을 열어서 갤러리에 있는 민경숙의 그림을 찾아내자 기자가 가져갔다.

"그런데 왜 사진을 찍어 놓았죠?"

"나중에 딴소리를 할까 봐, 그림을 돌려줬는데 민경숙이 받지 못했다고 할까 봐, 말하자면 증거를 남긴 거죠."

기자는 그림을 찬찬히 들여다보았다. 확대해 가면서. 그렇게 16점을 다 확인했다. 뭘 저렇게 꼼꼼히 볼까? 숨은그림찾기라도 하나? 뭘 찾는지는 모르겠지만 집중력 하나만은 인정해야겠다. 그림을 확인하는 동안 기자는 옆에 선휘가 있다는 것을 잊은 것 같았다. 고개를 들지도 돌리지도 않았고, 말을 한마디도 하지 않았다. 눈을 깜박거리지도 않는 것 같았다. 숨소리만이 들릴 뿐이었다. 집중하는 기자의 모습은 선휘를 놀라게 했다. 자신은 천 명이 넘는 관객 앞에서 시립합창단을 지휘할 때도 집중하지 못하고, 전날 TV로 본 프로야구 역전 장면을 떠올리고, 발가락을 꼼지락거리는데…….

*　　　*　　　*

건물이 웅장하고도 화려했다. 건설회사 건물이니 당연히 그러려니 하면서도 한없이 부러웠다. 대표이사실 입구부터 빨간색으로 카펫이 깔려 있다. 얼마나 쿠션이 좋은지 구름 위를 걷는 느낌이 이럴까 하는 생각이 들었다. 인테리어도 세련됐고, 조명도 적당히 밝았다. 다 마음에 들었다. 단 한 가지만 빼고. 강도형의 얼굴 표정. 무슨 생각을 하는지 가늠하기가 어려웠다. 그래서 기분이 나빴다. 미소를 담은 것 같은데, 그것이 환영하는 미소는 아니고. 뭔지 모를 미소였다.

재형은 강도형을 조사해 보라고 했다. 그러면 뭔가 나올 것이라고. 형사가 기자의 지시를 받는 것 같은 상황이 영 어색했지만, 철학은 그냥 재형의 말을 따르기로 했다. 그 녀석이 먼저 조사를, 아니 취재를 시작했으니. 그리고 어떻게 노인 회장 할머니를 구워삶았는지 증언도 받아 냈으니. 재형은 그러면서 한 가지 부탁을 했다. 강도형 책상 너머에 있는 그림을 휴대폰으로 찍어서 보내 달라고. 그래서 DHK건설 대표이 사실에 들어서자마자 철학은 그 그림부터 휴대폰으로 찍었다. 깜빡하기 전에.

"맘에 드시면 드릴까요?"

철학의 그런 행동을 보면서 강도형이 말했다. 약간 비꼬듯이. 실물을 보는 것보다 사진으로 보는 걸 더 좋아하는 편이라는 말로 철학이 사양 의사를 밝혔다.

"민경숙 씨가 그린 그림이죠?"

"지난번에 어떤 기자도 그렇게 물어보던데……. 민경숙 씨의 그림을 가지고 있으면 안 되나요?"

"아아, 안 될 건 없지요. 다만 저 그림을 그린 사람이 살해됐으니 형사가 관심을 갖는 것뿐이오."

"민경숙이 그려서 판매한 그림이 많을 텐데. 그거 다 관심 가지려면 형사님들 무척 바쁘시겠어요?"

첫인상부터 기분 나쁘더니……. 이 자식이 감히 대한민국 형사를 가지고 놀려 하네. 아무리 공권력이 땅에 떨어졌다고 해도 그렇지. 그렇지만 어떻게 할 수는 없다. 위법행위가 밝혀지지 않으면 공권력이 어떻게 할 수 있는 건 없다. 형사를 가지고 노는 건 위법도 아니다.

"지난주 화요일에 어디 있었어요?"

철학이 도형을 보았고, 도형의 눈도 철학을 향해 직진했다. 그렇게 마주치자 도형이 싱긋 웃었다. 도대체 그 웃음의 의미는 뭐냐?

"알리바이를 대라는 말이죠?"

"뭐, 그렇게 생각하는 게 편하시다면 그렇게 생각해도 되고."

"하루 종일 사무실에 있었어요. 바로 이 자리에. 비서에게 물어보시면 확인될 텐데."

"하루 종일이라면 밤중에도 여기에 있었다는 건가요?"

도형이 슬쩍 철학을 보았다. 뭐 하자는 거요? 그런 표정으로.

"하루 종일 농사일을 했다고 하면 해가 떠 있을 때 일을 했다는 것으로 배웠소만. 야간 조명을 밝히면서 일을 해야 하루 종일 일을 했다고 하는 건지는 몰랐네요."

말싸움으로는 이길 수 없다. 언변술은 나보다 한 수 위다. 여자들이 저 현란한 화술에 걸리면 헤어나기 힘들겠다.

"그럼 저녁에는 뭐 했어요?"

"호텔에 있었습니다."

"호텔이라면?"

"중앙역 앞에 있는 호텔."

아, 그 호텔. 철학도 가 봤다. 자 보지는 못했다. 집 놔두고 그렇게 비싼 곳에서 잠을 잘 이유가 없다. 그 돈이면 온 가족이 소고기를 실컷 먹을 수 있다.

"거기서 잠을 잤다는 말이요?"

"그렇습니다."

"누구와?"

"혼자서."

"허허, 그것참 궁금하네. 집 놔두고 그 비싼 호텔에서 혼자 잠을 잔 이유가."

"호텔에서 혼자 잠을 잔 것이 죄가 되는 건 아니죠?"

이 자식이 또 까분다. 그럼에도 어쩔 수 없다는 게 공권력 집행자로서 화가 난다.

"그럼 밤사이에는 알리바이가 없는 거네요?"

"호텔 드나드는 거는 CCTV에 다 찍혔을 테고. 호텔 프런트에서 직원들이 보고 있었으니 거기 가서 확인하시면 될 텐데요."

"다음 날은 몇 시에 나왔소?"

"오전 7시."

"그 시간에 회사로 온 건 아닐 테고?"

"사업상 약속이 있어서 사람을 만났어요. 누군지도 말할까요?"

그건 말하지 않아도 된다. 내가 궁금한 건 지금부터니까?

"그다음에는 뭘 했어요? 그러니까 지난주 수요일, 10월 16일 오전 9시 40분부터 10시 10분 사이에."

강도형의 눈빛이 반짝였다. 그 반짝이는 눈이 철학을 빤히 쳐다보았다. 이번에는 들켰다. 강도형의 눈빛이 빠르게 계산을 하고 있다는 것을 철학이 알아챘다. 당황한 것이다. 형사가 그 내용을 아는 줄 몰랐던 거다. 그렇겠지, 노인 회장을 협박해서 입을 막아 놓았으니. 머리를 굴리던 강도형이 소파 옆에 놓인 유선 전화의 수화기를 들고는 인터폰을 연결했다.

"구원투수 등판하세요."

뭐 하는 장난이냐. 여기가 무슨 야구장도 아니고.

대표이사실 문이 조용히 열리고 남자가 한 명 들어왔다. 다림질이 잘

된 감색 정장에 반짝이는 검은색 구두, 손에는 검은색 가죽 가방을 들었다. 저런 유니폼을 입은 사람이 뭐 하는 사람인지, 대한민국 국민 대부분이 안다. 야구선수는 아니라는 것도. 감색 정장이 명함을 내밀었다. 김과장 법무법인 소속 변호사였다. 시내에서 가장 큰 로펌이고, 수임료가 가장 비싼 로펌으로도 유명하다. 저런 든든한 후원군이 있으니 강도형이 강력팀 형사에게 기죽지 않고 말장난을 하는 거다.

"지금부터는 저를 통해서 답변을 들으실 수 있습니다."

김과장 소속 변호사가 말했다. 이렇게 되면 상황이 바뀌었다. 일대일 대결에서 상대가 선수를 한 명 추가했다면 이쪽도 전술을 바꾸어야 한다. 수적으로 불리한 상태에서는 맞붙어 봐야 피해만 입는다. 철학이 자리에서 일어섰다.

"곧 소환통보를 하죠. 아쉽지만 조금 전 질문에 대한 대답은 경찰서에서 들어야겠군요."

진실

이대로 덮어 둘 순 없다

기자가 걸어 들어온다. 지난번 그놈이다. 개인전을 열기 전에는 신문에 홍보해 주기를 바라는 마음에 기자가 오는 것이 반가웠지만 지금은 아니다. 지금 기자가 찾아오는 이유는 민경숙의 죽음과 관련된 것을 묻기 위해서다. 어제 오후 내내 경찰서에서 조사를 받아서 피곤한데, 또다시 기자에게 시달릴 생각을 하니 짜증이 확 밀려온다. 이럴 때는 꼭 거머리 같다는 생각이 든다.

어! 그런데 저놈 나한테 오지 않고 전시된 그림으로 곧장 걸어간다. 워라밸이 맞지 않는 삶을 사느라 피곤에 지친 모습으로 비척비척. 그런데 머리는 저게 뭐냐? 지가 아이돌인 줄 아나?

"이리 좀 와 보세요."

선미는 주위를 둘러보았다. 당연히 아무도 없었다. 전시장 안에는 여태껏 혼자 있었고, 이제 저놈과 둘이 됐을 뿐이다. 당연히 저놈은 선미를 부른 거다. 자신을 부른 줄 알지만 가기는 싫었다. 그림을 살 것도 아니고 뭔가 트집을 잡을 것이기 때문이다. 그렇다고 이미 호명된 이상

가지 않을 수는 없다. 저놈은 칼보다 더 강하다는 펜을 허리에 차고 다니는 놈이니. 그러나 마음속으로 다짐은 했다. 만약에 뭔가 트집을 잡으려고 하면 나도 가만히 있지 않겠다. 이제 나도 이판사판이다.

"이 그림 얼마에요?"

사지도 않을 거면서 그건 왜 물어보냐. 사지 않을 줄 알기에 정가보다 비싸게 불렀다. 정가의 두 배. 기자들이 전시회에서 그림을 사는 경우는 없으니.

"팔백만 원이요."

놈을 보던 시선을 벽에 걸린 그림으로 돌렸다. 놈을 똑바로 쳐다볼 용기가 나지 않았다. 너무 비싸게 불렀나? 하는 후회가 밀려들었다. 허리에 펜을 차고 다니는 저놈은 아는 것도 많을 거다. 당연히 지금 부른 그림 값이 터무니없다는 것도 알 것이다. 불안한 가슴을 진정시키면서 슬쩍 곁눈질로 놈을 보았다. 놈이 휴대폰으로 어딘가에 전화를 건다.

"네, 형님. 팔백만 원입니다…… 비싸긴 뭐가 비싸요…… 이 그림 사 놓으면 수천만 원짜리가 됩니다…… 글쎄, 내가 보장한다니까요. 대한민국 미술대전에서 대상을 받고도 남을 실력이 있는 화가의 그림입니다…… 뭘 언제 보내요. 지금 바로 보내야지. 그 돈 형님한테야 하룻저녁 술값도 안 될 텐데. 괜히 강남에 있는 이상한 클럽에 가서 돈 쓰지 말고 그림에 투자하세요."

놈이 전화기에서 잠깐 입을 떼더니 계좌번호를 알려 달란다. 그래서 불러 줬다. 또박또박. 그러자 놈도 전화기에 대고 불러 준다. 또박또박.

"이 그림 포장해 주세요."

그러더니 화장실을 갔다 오겠다면서 뛰어간다. 내가 그럴 줄 알았지.

그림을 사기는 개뿔. 저런 식으로 폼 다 잡은 다음에 화장실로 도망가서는 돌아오지 않을 거다. 그런 걸 알만큼의 세상 경험이 있다. 그렇게 생각하고 있는데……. 딩동. 휴대폰에서 문자 수신음이 들렸다. 설마 하는 생각으로 문자를 확인하는데. '8,000,000원이 입금됐습니다.'라고 쓰여 있다. 다시 한번 셌다. 동그라미 숫자를. 하나, 둘, 셋……. 맞다. 동그라미가 여섯 개 팔백만 원. 갑자기 죄를 지은 기분이 밀려들었다.

"얘기 좀 해요."

정가보다 훨씬 비싸게 판 그림을 포장해서 넘겨주는데 놈이, 아니 기자가 얘기 좀 하잔다. 미안하기도 하고, 죄를 지은 것 같기도 하고, 고마운 마음도 조금 들고 있던 터라서 같이 자자고 해도 들어줄 판이었다. 개막식을 하던 날 세 점을 판매하고 난 이후 처음 그림을 팔았다. 개막일에는 할인해서 팔았다. 한 점당 250만 원에. 그런데 오늘은 한 점에 8백만 원을 받았다. 지금 이 순간, 선미에게는 가장 소중한 고객이다. 그런데 얘기 좀 하는 거야 얼마든지 가능하지.

기자의 입에서 영자, 그림, 이태리 빵, 미술 선생님, 금상, 왁스 언니, 영문 이니셜까지 줄줄이 나왔다. 다 아는 거다. 언제 조사했는지는 모르지만, 기자는 모든 것을 알고 있었다. 기자의 얘기를 듣는 동안 가슴이 먹먹해 왔다. 선미의 모든 것을 알고 있는 기자가 물었다. 그게 궁금해서 찾아온 것 같았다.

"상록미술대전 초대 대상 작품도 선미 씨가 그려 준 거죠?"

헉! 갑자기 숨이 차올라 목구멍을 막았다. 반대로 눈물샘이 열려서 눈물이 주르르 흘러내렸다. 눈물이 그렁그렁한 눈으로 기자를 쳐다보았다. 그는 알고 있다고 표정으로 말했다. 그래서 그렇다고 했다. 대신 그려 주었다고 고개를 끄덕끄덕.

"그렇다면 상금은?"

이어진 말을 하지 않았지만, 상금은 선미 씨가 받았느냐는 물음이라는 걸 알았다. 그래서 또 고개를 끄덕였다. 고개를 끄덕이는 선미를 바라보는 기자의 눈에도 동정의 빛이 어려 있었다. 기자는 동정할 줄 모르는 생명체인 줄 알았다. 항상 냉정하게 사건을 바라보고 냉정하게 글을 쓰는 줄만 알았다. 그런데 기자에게도 동정이 있었다. 기자는 한참이 생각 저 생각을 하는 것 같았다. 몇 번 입을 열려다가 다시 닫고 그렇게 몇 번을 망설이더니 가장 알고 싶었던 질문을 했다.

"그럼 사전에 경숙 씨가 대상을 받을 것이라는 걸 알았다는 건가요?"

선미가 눈물을 닦았다. 이건 고개를 끄덕여서 답해 줄 수 있는 질문이 아니다. 자세를 바로 하고 선미가 얘기를 시작했다.

"이번에는 정말 잘 그려 줘야 해. 상록미술대전에 출품할 거거든. 대상을 받아도 손색이 없을 만큼. 정성을 다해서 그려 줘."

2000년 8월 중순의 어느 날, 첫 회 상록미술대전 개막이 2개월 정도 남았을 때 경숙이 선미에게 말했다.

"너도 알다시피 상금이 무려 2천만 원이야. 그거 다 너 줄게."

대상을 받는다는 걸 어떻게 확신하느냐고 묻자 경숙은 방긋 웃어 보였다. 13년 전 고등학생 때도 보았던 그 미소였다. 그래서 선미는 확신했다. 이미 작업이 끝났구나.

그림은 이미 그려 놓은 게 있었다. 전국미술대회에 출품하려는 생각으로 선미가 정성을 다해 그려 놓았던 그림을 경숙에게 주었다. 그림을 본 경숙이 만족해했고, 그 그림을 출품했다. 심사위원들도 경숙만큼 만족했나 보다. 만족하지 않아도 결과가 달라지지 않았겠지만.

경숙이 첫 회 상록미술대전의 대상을 수상했고, 미술계의 신데렐라로 떠올랐다. 경숙이 대상을 받은 3일 뒤 선미의 통장으로는 2천만 원이 입금됐다.

"경숙 씨가 사전에 작업을 했다는 건?"

"심사위원들을 구워삶았겠죠? 걔가 웃어 주면 안 되는 일이 없어요."

"아무리 그래도 다른 사람은 몰라도 당시 심사위원장이 천병섭인데 그게 가능했겠어요?"

선미가 재형의 두 눈을 쳐다보았다. 이건 몰랐구나, 기자가.

"그 사람을 포섭했어요. 아니, 포로로 만들었어요. 경숙이가."

재형이 놀라는 표정을 지었다. 어이가 없다는 표정, 믿을 수 없다는 표정도.

"어떻게 그게 가능하죠?"

"자세한 방법은 얘기해 주지 않았지만, 분명한 건 심사위원장이 대상을 결정했다는 겁니다. 다른 위원들이 반대하지 않았고."

아! 그런 것인가. 이제는 사실로 받아들일 수밖에 없는 것인가?

"그럼 이 사실은 두 사람하고 천병섭 화백, 세 사람만 아는 사실인가요?"

선미가 크게 한숨을 쉬었다. 그러고는 잠시 가만히 있었다.

"한 사람이 더 있었어요."

그게 누구냐? 얼른 알려다오. 재형이 선미의 입술을 뚫어져라 쳐다보았다.

"남편, 경숙이 남편이요."

"대상을 받은 지 한 달 정도 지났을 시점에 경숙이가 말했어요. 남편이 아는 것 같다고."

"남편이 무얼 안다는 거죠?"

"대상을 받은 그림이 경숙이 그림이 아니라는 걸."

"그럼 그림을 그려 준 사람도 알았어요, 남편이?"

"그건 모르는 것 같았대요."

"근데 남편이 안다는 걸 경숙 씨는 어떻게 알았죠?"

"경숙이 남편이 천병섭 화백을 찾아갔었대요. 어떻게 자기 부인이 대상을 받았는지 알고 싶다고 했대요."

"그래서 천병섭은?"

"자신은 규정대로 심사했다고 말했다는 것 같아요. 더 이상 자세한 건 모르고요. 경숙이도 더 이상 자세히 말해 주지 않았어요. 사실 그럴 필요도 없었죠. 그 후 한 달도 안 돼서 남편이 죽었으니."

기자는 더 자세하게 알고 싶어 하는 것 같았다. 하지만 선미는 더 이상 말해 줄 수 없었다. 더 이상 아는 것이 없었다. 그림도 비싸게 사 주고, 자신의 그림에 대해서도 알아주는 것 같은 기자가 고마워서 알고 있는 건 무엇이든지 다 말해 주고 싶었는데…….

*   *   *

이런 내용을 안 상태에서 찾아오기는 싫었다. 이런 물음에 대한 답을 듣기 위해서 이곳을 찾기는 싫었다. 진실을 알고 싶은 호기심 때문에 찾아와야만 했던 건 아니다. 기자로서 당연히 파헤쳐 사건의 진실을 밝혀야 한다는 의무감 때문만도 아니다. 그냥 와야 했다, 그냥. 이대로 덮어 둘 순 없다. 자신이 존경했던 몇 안 되는 사람 중 한 명의 명예가 파괴될 것을 알면서도 재형은 사실을 확인하기 위해, 물음에 대한 답을 듣기 위해 차를 몰았다.

경숙이 문도환의 선거 비용으로 사용하라고 임선휘에게 준 그림은 모두 민경숙이 그린 그림이었다. 그림에 'k.s.m.'이라고 소문자로 이니셜이 적혀 있었다. 철학이 보낸 강도형의 사무실에 걸려 있는 그림도 민경숙이 그린 그림이었다. 당연히 그럴 것이다. 그건 민경숙이 강도형에게 선물로 준 것일 테니. 지금까지 재형이 확인한 모든 증거들은 선미는 천재적인 화가, 민경숙은 그림 소질이 없는 화가라고 말하고 있다. 임선휘가 민경숙의 그림이 별로였다고 평가한 건 그림을 대충 그려서가 아니라 민경숙의 그림 실력이 원래 그 정도였기 때문이다. 이제 확실해졌다. 그래도 한 번 더 확인해야 했다. 확인하는 일이 가슴 아프고 괴로운 일이지만.

화음의 문을 열고 들어섰다. 노화백 병섭은 차를 마시고 있었다. 쉬는 시간이라는 의미다. 병섭의 앞자리에 앉아 얼굴을 마주 보았다. 두 사람의 눈이 마주쳤다. 한참 동안 그렇게 가만히 눈을 맞추고 서로를 바라보았다. 속마음을 드러내지 않으려 했지만 그게 안 됐나 보다. 병섭이 자리에서 일어섰다.

"막걸리 한잔하겠나?"

운전해야 한다는 말로 사양했다. 알코올에 의존한 상태에서 진실을 듣고 싶지 않았다. 온전히 맑은 정신 상태에서 진실을 확인하고 싶었다. 그것이 자신에게도 병섭에게도 힘든 일이겠지만, 지금은 그래야 한다고 생각했다.

노화백이 냉장고에서 꺼내온 하얀 플라스틱 병에 담긴 막걸리 한 병과 김치 한 접시를 두 사람이 마주 앉아 있는 탁자에 내려놓았다.

"2000년도 얘기 좀 해 주시죠. 상록미술대전 첫 회 대상작 선정에 대한 이야기."

온몸의 에너지를 모아서 힘들게 질문을 꺼낸 재형은 병섭을 바라보는 시선을 돌리지 않았다. 제대로 들으리라. 똑바로 확인하리라. 스스로 그렇게 다짐했다. 병섭은 국그릇처럼 보이는 하얀색 도자기 그릇에 막걸리를 한 잔 부었다. 젓가락으로 휘휘 젓더니 오른손으로 들어서 한 번에 쭉 마셨다.

"7월 초였을 거네. 장마철이라는 걸 확인해 주려는 듯이 아침부터 비가 내렸지. 당시 시장이 야심을 갖고 제정한 첫 회 상록미술대전 개막일이 100일 앞으로 다가온 날이었네. 시장은 D-100일이라고 표현하더군. 그날이 일어나서는 안 될 일이 잉태된 날이네."

시장이 상록미술대전 심사위원들과 지역 미술협회에서 활동하는 주요 화가들을 불러서 점심을 대접했다. 심사위원장인 병섭이 당연히 참석했고, 미술협회 소속 화가로 경숙도 참석했다. 시장이 막걸리를 주문해서는 한 잔씩 따라 주고서 상록미술대전의 대성공을 기원한다고 건배를 했다. 그리고 원샷했다. 시장의 원샷을 보고 병섭이 원샷을 했다. 술을 마다하는 병섭이 아니다. 심사위원 전원이 원샷을 했고, 화가들도 전원 원샷을 했다. 지금은 낮술을 마시는 것이 흔하지 않은 광경이지만, 그 당시에는 두 명 이상이 식사하는 자리에서는 낮술을 하는 것이 흔한 풍경이었다. 더구나 스무 명이 넘는 사람이 모여서 D-100일을 기념하는 오찬 자리에서는 술잔이 돌지 않으면 그게 이상한 거였다. 아침부터 내리는 비는 멈출 줄을 몰랐고, 시장이 발동을 건 오찬 술자리도 멈출 줄 몰랐다. 시장이 다음 스케줄 때문에 일어서야 한다면서 먼저 자리를 뜬 뒤로도 두 시간 가까이 오찬 술자리가 이어졌다.

네 시경에 오찬장 술자리가 끝났다. 그런데 아직도 비는 내리고 있었다. 누군가 내리는 비를 핑계로 2차를 제안했고, 누군가 자신이 아는 술집으로 일행을 이끌었다. 그 누군가는 출발 전에 술집 주인에게 전화를 걸어 술자리를 준비시키는 치밀함까지 보였다. 2차 술자리에서는 음주가무가 복합적으로 이뤄졌다. 2차 자리가 끝날 무렵에는 대부분의 참석자들의 정신을 술이 마셔 버린 상태가 됐다.

2차 술자리를 끝내고 나오자 하루 종일 구름 뒤에 숨어 있던 해가 방금 전 서쪽 하늘 아래로 사라졌음을 알리는 노을이 서쪽 하늘 가장자리를 붉게 물들였다. 알코올에 뇌를 점령당한 사람들은 자기 몸을 가누기도 힘들었다. 가까스로 택시를 타거나 누군가에게 전화로 구조 요청을 했다. 당연히 누군가 자신을 챙길 것으로 생각했던 병섭은 낭패였다. 50대 중반으로 아직은 건강한 몸이었으나, 그래도 누군가 챙겨 줬으면 하는 바람이 있었다. 자신이 지역 미술계에서 차지하는 위치도 있으니. 그렇게 생각하고 있는데, 누군가 와서 팔짱을 끼었다. 술 취한 상태에서도 향수 냄새가 느껴졌다. 기분이 나쁘지 않았다. 평소 친하게 지내는 사이는 아니었다.

몇 번 얼굴을 본 젊은 화가였다. 무척 미인이라는 생각은 했었다. 눈에 띄는 미인이 아니었다면 전혀 기억되지 않았을 정도로 평소 만날 일이 없는 화가였다. 미인이 택시를 잡았고, 병섭과 함께 탔다. 택시에서 잠이 들었는데, 내리고 보니 자기 집이 아니었다. 당연했다. 이 화가가 자신의 집을 모를 테니. 화가는 자신의 집으로 모시겠다고 했다. 차 한 잔하면서 조금 쉬었다 가시라고. 집에는 아무도 없다는 말도 덧붙였다. 영화를 보자는 말을 한 것도 같다. 그 집에 들어가지 말았어야 했다. 술에 취하지 않았다면 절대 들어가지 않았을 것이다. 택시를 타고 그 집 앞으로 갈 일도 없었겠지.

집으로 들어간 화가는 차는 줄 생각을 하지 않고 샤워실로 들어갔다. 잠시 후 샤워 가운을 걸치고 나온 화가는 병섭을 재워 주겠다면서 침대로 이끌었다.

자신이 먼저 유혹한 것은 아니었지만, 그럼에도 병섭은 찜찜했다. 나이 차이가 20년이 넘는 데다가, 같은 미술계에서 활동하는 여성이었기 때문이다. 찜찜한 가운데 하루 이틀 시간이 지났다. 경숙에게서는 아무런 반응이 없었다. 다행이라고 생각했다. 한순간의 실수라면 실수였고, 꿈같은 로맨스였다면 또한 그것이었고.

그렇게 2주가 지났을 때 경숙에게서 전화가 왔다. 커피를 한잔하자고 했다. 중앙역 부근 호텔로 오라고 했다. 거절할까 생각도 해 보았지만 거절하는 것이 더 이상했다. 일단 만나서 경숙의 반응을 보아야겠다고 생각했다. 솔직히 마음이 경숙에게 끌리고 있기도 했다. 호텔로 가는 동안 심장이 쿵쿵 뛰었다. 호텔 로비에서 경숙이 기다리고 있었다. 보고 싶었다고 속삭이면서 병섭의 팔을 이끌었다. 두 사람은 엘리베이터를 탔다. 1층에도 커피숍이 있는데, 엘리베이터를 타자고 하기에 25층 스카이라운지 커피숍으로 가는 줄 알았다. '거기는 커피값이 더 비싼

데…….'라고 생각하는데, 엘리베이터가 15층에서 섰다. 경숙을 따라서 내렸고, 이상하게 자석에 끌리듯이 호텔방으로 들어갔다.

다시 2주가 지났다. 다시 커피를 한잔하자는 전화가 왔다. 이번에는 호텔이 아닌 한적한 시 외곽에 있는 카페에서 만났다. 경숙이 상록미술대전의 대상을 요구했다. 병섭은 경숙의 무리한 요구를 단칼에 거절하지 못하는 병섭답지 못한 자신을 발견했다. 그렇지만 약속해 줄 수도 없는 요구였다.

"심사는 나 혼자서 하는 게 아니야."

"심사위원장이 선정하려고 마음만 먹으면 안 될 것도 없잖아요."

심사위원장이 대상 작품을 선정하는 데 가장 큰 영향력이 있는 것은 분명하다. 그렇다고 해도 아무 그림이나 대상으로 만들어 줄 수 있는 건 아니다. 다른 심사위원들이 장님이 아니다. 그림에 문외한도 아니고. 그럼에도 경숙은 집요하게 요구했다. 반드시 대상을 받아야겠다고. 그녀의 눈빛은 소름이 끼칠 정도로 매력적인 동시에 무서웠다.

병섭은 자신이 빠져나올 수 없는 덫에 걸렸다는 것을 알았다. 혹은 수렁에 빠졌거나. 일단 약속을 했다. 대상작으로 선정하도록 해 보겠다고. 그러나 자신은 없었다. 다른 심사위원들이 반대하거나 이의를 제기하면 대상 선정이 불가능하다. 실제 그럴 가능성이 훨씬 높았다.

그런 가운데 예상하지 못한 돌발변수가 비집고 들어왔다. 시장이 특정인의 작품을 대상으로 선정하라는 지시를 내린 것이다. 시장의 지시가 부당하다는 걸 알았지만 심사위원 누구도 그에 대해 반박하지 못했다. 시장의 지시를 거부하면 다음부터는 심사위원을 할 수 없으니. 어쩔 수 없이 병섭이 나섰다. 시장의 보복이 두려웠지만 경숙의 보복은 더 무서웠다. 시장의 보복이란 건 심사위원장직에서 내려오는 것이지만, 경숙의 보복은 병섭의 명예가 끝나는 것이었다. 기자회견을 열었더니 예상외로 쉽게 시장이 항복했다.

K.S.M.이라는 이니셜이 새겨진 그림을 지적하면서 대상작으로 어떠냐고 심사위원들에게 의견을 물었다. 참 신선하고 완성도 높은 그림이라는 칭찬도 곁들였다. 몇 명의 심사위원들이 대상작으로서 손색이 없는 작품이라고 했고, 몇 명의 심사위원들은 심사위원장님의 의견이 그렇다면 자신들은 그 의견에 따르겠다고 했다. 별문제 없이 경숙의 그림이 대상작으로 선정됐다. 병섭이 보기에도 대상작으로서 손색이 없는 그림이었다. 다행이었다. 상록미술대전이 끝난 후 경숙은 고맙다고 전화를 걸어왔다. 평생 은혜를 잊지 않겠다고 했다. 하지만 그 이후로 경숙에게서는 연락이 없었다. 은혜는 잊지 않았지만, 전화번호는 잊은 모양이다.

한 달이 훌쩍 지나서 경숙이 연락을 해 왔다. 그런데 그녀보다 먼저 그녀의 남편이 전화를 걸어왔다.

전화를 건 사람은 남자였다. 처음 듣는 목소리였는데, 이상하게도 병섭의 몸에 난 솜털들이 일어섰다. 남자는 경숙의 남편이라고 했다. 커피를 한잔하자고 했다. 떨렸다. 무슨 말을 하려는지 감이 왔기 때문이다. 어떻게 알았을까? 경숙이 말을 했을 리는 없고. 그렇다고 만날 수 없다고 거절하고 싶지는 않았다. 그렇게 피하는 겁쟁이 병섭이 아니다. 그런데, 그런 얘기를 하자면서 커피를 마신다? 조금 이상했다. 막걸리라면 모를까. 아니면 거기 가만있으라면서 내가 가서 가만두지 않겠다는 식으로 겁을 주어야 한다. 그럼 뭐지, 커피를 마시자는 이유가?

그렇게 복잡한 생각을 하면서 병섭은 경숙의 남편을 만나 커피를 마셨다. 이름이 조명수라고 했다. 명수는 대뜸 상록미술대전의 대상을 어떻게 선정하느냐고 물었다. 그래서 되물었다. 그걸 왜 묻냐?

"제 부인의 그림은 제가 압니다. 그림 실력도 알고. 대상 작품은 제 부인의 그림이 아닙니다."

망치로 머리를 맞은 느낌이었다. 정신이 하나도 없었다. 이거 뭐냐? 다행인 건 병섭이 걱정하는 로맨스에 대한 얘기는 아니었다는 거다. 그건 모르는가 보다. 조명수는 다른 사람의 그림이라고 했다. 민경숙의 이름으로 제출돼서 대상을 받은 그림이 경숙의 그림이 아니란다. 그러면서 또 물었다. 도대체 대상 작품 선정을 어떻게 하냐고. 말투가 매우 점잖았다. 요즘 보기 드물 게 선비 같은 말투였고, 그런 사람이었다.

"작가들이 작품을 제출하면 그 그림을 심사위원들이 심사합니다. 그렇게 해서 수상자를 선정하고요. 누가 그렸는지 그것까지는 조사하지 않습니다. 왼손으로 그렸는지, 오른손으로 그렸는지, 또는 발로 그렸는지도."

조명수는, 그러면 다른 사람이 그린 그림을 제출해서 상을 받을 수도 있냐고 물었다. 병섭은 이론적으로는 가능하지만 실제로는 일어나지 않는 일이라고 설명했다. 전국대회에서 상을 받을 정도면 화가 중에서도 최고수에 속하는데, 누가 그런 그림을 대신 그려 줄 수 있겠냐고.

그럼에도 조명수는 분명 대상 작품은 자신의 부인 민경숙의 그림이 아니라고 강하게 말했다. 자신도 그림 그리기를 좋아해서 중학교 때 미술반에서 활동하기도 했는데, 부모님의 반대가 거세서 그만두었다는 것이다.

사내자식이 그림이나 그려서 도대체 뭐가 되려고 하느냐, 사내라면 장가가서 한 집안을 책임져야 하는데 그림을 그려서 어떻게 가족들을 먹여 살리려고 하느냐. 농촌에서 태어나고 자라서 어른이 된 조명수의 부모는 그렇게 그림 그리는 아들을 꾸짖었다. 명수도 그림을 그려서는 먹고살기 힘들다는 것을 알았기에 화가가 되려는 꿈은 고등학교에 입학하기 전에 포기했다고 했다. 자신이 화가가 되지는 않았지만 지금도 그림을 좋아하고, 그렇기 때문에 화가인 민경숙과 결혼했다고 했다. 중학교 때까지 미술반에서 활동했고, 지금도 가끔 미술 전시회에 가기 때문에 그림을 볼 줄은 안다는 설명도 곁들였다. 자신의 부인 민경숙의 그림 실력이 어느 정도라는 것은 분명하게 안다고도 했다.

"제 부인의 그림이 아닙니다."

조명수는 신문지에 둘둘 말아온 그림을 두 장 펼쳐 보였다. 그 그림들이 그의 아내 경숙이 그린 것이라면서. 대상작을 직접 보셨으니 아시지 않겠냐면서 이 그림과 대상작이 어떻게 같은 사람이 그린 그림이겠냐고 말했다.

이번에는 망치가 아니라 비수였다. 심장을 파고들었다. 속은 것이다. 경숙에게 철저하게 속은 것이다. 심사위원장으로 상록미술대전에 출품된 작품들을 심사하면서 병섭은 걱정이 앞섰다. 경숙이 자신의 그림을 대상작으로 선정해 달라고 했고, 어쩔 수 없이 그렇게 하겠다고 약속은 했지만, 그것이 쉬운 일이 아니기 때문이었다. 아니, 사실상 불가능한 일이었다.

출품된 작품들 가운데 경숙이 알려 준 그림을 찾았다. 오른쪽 하단에 K.S.M. 이라고 이니셜로 서명이 돼 있었다. 그림을 찬찬히 살피던 병섭의 입가에 자신도 모르게 미소가 피어났다. 완벽했다. 이만하면 대상으로 선정해도 전혀 문제가 없는 그림이었다. 아니, 자신이 내세우지 않아도 대상으로 선정될 수 있는 좋은 작품이었다. 병섭의 비정상적인 개입에 의해서 대상으로 선정된 것이 아니라, 좋은 작품이었기에 대상으로 선정된 거나 다름이 없는 작품이었다. 그래서 경숙에게 더 큰 매력을 느꼈다. 눈부신 외모에, 모나리자 같은 미소, 현란한 테크닉, 그런데 이런 천재적인 예술적 감각까지 소유했다니. 병섭은 경숙이 완벽한 여성이라고 생각했다. 협박할 때의 소름 끼치도록 차가운 그 눈빛만 제외하면. 그런데 그게 아니었다.

"그 그림을 대신 그려 준 사람이 누군지는 아세요? 상록미술대전 첫회 대상 작품의 진짜 주인?"

긴 얘기를 듣고 난 뒤 재형이 물었다. 병섭은 천천히 막걸리를 한 잔 더 마셨다. 모른다고 했다. 누구인지 모른다고. 알려고 하면 알아내는 건 어려운 일이 아니었을 것이다. 하지만 어떻게 알아낼 수 있었겠나. 누구에게 사실을 말을 할 수도 없었을 텐데. 재형은 그 그림을 그린 진짜 화가가 누구인지 말해 주려다가 참았다. 진짜 화가는 선미라고 목구멍까지 차오른 말을 도로 삼켜 버렸다. 병섭이 알고 싶어 하는 것 같지 않았다. 알려 주는 것이 그를 더 괴롭게 하는 것이라는 생각도 들었다.

"남편이 안다는 사실을 민경숙이 알았던 것 같은데요."

병섭이 막걸리 병을 들어서 남은 술을 탈탈 털어서 그릇에 부었다. 천천히 마지막 술잔을 비웠다.

"남편이 찾아오고 나서 사흘 뒤에 경숙에게서 전화가 왔네."

지난번에 만났던 한적한 카페에서 다시 만났다. 경숙은 물었다. 자기 남편이 무슨 얘기를 하고 갔는지. 사실대로 말해 주었다. 그림에 대해서 아는 것 같다고. 경숙의 얼굴이 험상궂게 일그러졌다. 저렇게 예쁜 얼굴도 저렇게 무섭게 변할 수 있다는 것을 병섭은 그때 처음 알았다. 가만히 있으라고 했다. 모른 척하고 있으라고도 했다. 경숙은 자신이 알아서 하겠다고 했다. 그렇게 말하고 간 경숙은 그 이후로 병섭에게 다시 연락해 오지 않았다. 그리고 그해가 다 가기 전에 조명수가 교통사고로 죽었다는 것을 병섭은 신문을 보고서 알았다.

마지막 경고

이 세상이 끝장날 때까지

그 여자 집은 여전히 폴리스라인이 쳐져 있다. 더 이상 경찰은 오지 않는다. 경찰이 여기에 올 필요야 없겠지. 이제 집 안에 사람이 아무도 없는데, 사람이 죽은 집에 무서워서 누가 들어갈 것도 아니고. 아직 범인은 잡히지 않았나 보다. 그렇겠지. 신문에도 뉴스에도 잡혔다는 소식이 없었으니. 그 여자는 지난주 화요일에 살해돼서 자기 차로 실려 나간 것 같다고 경찰이 밝혔다. 신문에 그렇게 났으니 그런 거다. 그런데 내가 왜 못 보았지? 이 골목에서 일어나는 일은 내가 다 알아야 하는데, 하필 그때 그 여자가 죽어서 나갈 때 보지 못했다. 그때 무엇을 하고 있었지? 모르겠다. 하여튼 내가 보지 못한 건 사실이다. 기억에 없으니. 무척 기분 나쁜 일이다. 어떤 놈이 내 눈에도 띄지 않고 이 골목에서 살인을 저지르고 도망을 갔다니.

　'딩동'

　그런데 이 시간에 누구냐? 찾아올 사람이 없는데. 창문으로 골목을 내려다보던 노인 회장이 몸을 돌렸다.

'딩동'

"누구시유."

"택배입니다."

주문한 게 있었나? 없는 것 같은데 웬 택배가 왔지? 그렇게 생각하면서 노인 회장은 문을 열었다. 한번 들어 본 목소리라서 이 지역을 담당하는 택배기사인가 보다 하는 생각도 했다. 문을 열고 나서야 알았다. 택배기사가 아니라는 걸. 택배기사는 세 놈씩 모여 다니지 않는다. 더구나 맨 앞에 서 있는 놈은 지난번에도 택배기사라고 속이고서 무단 침입했던 놈이다.

이번에도 노인 회장보다 놈이 빨랐다. 집 안으로 쳐들어온 놈들 중에 두 놈이 노인 회장의 양팔을 잡았고, 두목 같은 놈이 식탁 의자를 거실 중앙으로 가져왔다. 양팔을 잡은 두 놈이 강제로 노인 회장을 의자에 앉혔다. 두 놈은 의자 뒤에서 노인 회장의 어깨를 누르고 섰다.

"할머니, 지난번에 나하고 약속하신 걸 지키지 않으셨던데. 그럼 어떻게 된다고 내가 분명히 말씀드렸을 텐데. 기억하시죠?"

다짜고짜 두목 놈이 골프채를 휘둘렀다. 빗나간 건지 아니면 원래 실력이 그 정도인지, 골프채는 노인 회장이 아니라 노인 회장 뒤에 서 있던 놈의 왼쪽 어깨를 때렸다. 맞은 놈이 억! 소리를 내면서 바닥에 엎어졌다. 많이 아픈가 보다. 아프겠지. 쇳덩어리에 맞았으니.

"제기랄, 아이언 4번은 아무리 연습해도 제대로 안 맞는단 말이야."

두목 놈이 소리를 질렀다. 그러더니 왜 말하지 않겠다고 약속하고서는 기자 놈에게 말을 했냐고 따졌다. 노인 회장은 말을 한 적이 없다고 했다. 말 안 한다고 약속했기에 분명히 약속을 지켰다고. 그러자 놈은 거짓말하지 말라면서 또다시 소리를 질렀다. 이번에는 골프채를 휘두르지는 않았다. 휘둘러 봐야 자기편만 다친다는 걸 깨달은 모양이다. 놈이 다시 한번 물었다. 진짜로 말하지 않았냐고. 그래서 그렇다고 했다. 놈이 잠시 생각하는 것 같았다. 놈은 머리가 좋았다. 아이큐가 높은 가 보다. 몇 분 만에 노인 회장과 기자가 했던 의사소통 방법을 알아냈다.

"말은 하지 않았지만 다른 식으로 의사소통을 했다는 거군. 머리를 끄덕이는 식으로. 할망구, 그렇지?"

놈이 이번에는 존댓말이 아니라 반말로 했다. 무척 기분이 상했다. 후레자식 같으니라구. 하지만 지금은 그것에 대해 불만을 표출할 수 있는 상황이 아니라는 걸 알기에 뭐라 불평하지 않았다. 그냥 그렇다고 대답만 했다.

대답을 들은 놈이 제안했다. 한 번만 더 기회를 주겠다면서. 다음에 누가 와서 물어보면 그때는 말만 안 해서 되는 게 아니라, 고개를 끄덕여서도, 가로로 도리질을 해서도, 눈을 깜빡여서도 안 된다고. 그 어떤 방식의 의사소통을 해서는 안 된다고. 가장 좋은 방법이 있는데 그건 아예 문을 열어 주지 않는 것이라는 친절한 설명도 곁들였다.

그건 말하지 않아도 된다, 이놈아. 앞으로는 택배기사가 와도 안 열어 줄 거다. 노인 회장은 놈이 제안한 모든 것에 동의한다는 의사표시를 했다. 놈은 이번이 마지막 기회라는 것을 다시 한번 각인시키고는 싸늘한 미소를 보여 주고서 떠났다.

　　　　　　*　　　*　　　*

　아파트 주차장에서 차에 시동을 걸고, 휴대폰 문자를 확인했다. 늘
이런 식이다. 재형은 출근 전 집에서 문자를 확인하지 않는다. 문자의
내용에 따라서 표정이 달라지는 것을 가족들에게 보여 주고 싶지 않아
서다. 밖에서 하는 일로 인해서 다른 가족들이 영향을 받는 것을 원하
지 않는다. 물론 좋은 일이 있다면 그것은 공유하지만. 문자가 와 있었
다, 협박 문자가. 강도가 더 세졌다.

　　이제 행동에 들어갈 거요. 그렇게 경고를 했건만, 안 들으니 어쩔 수 없
　　지. 지금까지 여기저기 들쑤시고 다닌 걸 지겹도록 후회하게 만들 거
　　요. 이 세상이 끝장날 때까지.

　재형은 차를 출발시켰다. 이런 협박에 겁을 낼 재형이 아니다. 20년
기자 생활을 해 왔는데 협박에 굴복할 줄 아냐. 그런데 궁금했다. 도대
체 누가 이런 협박 문자를 보내는 건가? 그리고 왜 보내는 건가? 내가
취재하고 있는 어떤 것이 이놈의 비위를 상하게 한 건가? 협박 문자와
재형이 취재하고 다닌 것을 연결 지으면 협박 문자를 보낸 사람은 노화
백 천병섭이어야 한다. 재형의 취재로 인해서 명예가 실추될 상황에 몰
렸으니. 하지만 병섭은 아니다. 병섭이 아니면 누구란 말인가? 지금 취
재하고 있는 것과 연관된 사람이 누구란 말인가?
　재형의 상의 주머니에서 아이유의 노래가 흘러나왔다. 휴대폰을 꺼
내 화면을 보았다. 운전 중에 그러면 안 되는 줄 알지만, 기자라는 직업

이 그렇다. 운전 중이라고 해서 전화를 받지 않을 수는 없다. 화면에 편집국장의 이름이 떴다. 아! 며칠만 더 기다려 달라고 했건만 이틀도 안 돼서 또 전화냐. 평소 안 그러던 사람이 자꾸 왜 이러냐. 그런데 이 시간에 편집국장은 근무 시간이 아닌데……. 오후 늦게까지 일을 해야 하는 편집국장은 출근 시간도 늦다. 그런데 왜 이 시간에 전화를 했지? 오늘은 단단히 마음먹고 전화를 한 건가 보다.

"구 기자 잘 지내지?"

이거 왜 뜬금없는 인사냐. 빨리 하고 싶은 말이나 하지.

"네. 뭐 그냥저냥."

형식적인 인사를 해 놓고서는 국장이 말이 없다. 기사를 빨리 써서 올리라는 말을 하는 게 불편한가 보다. 하기야, 국장이 성격상 그런 말을 하는 게 어려울 거다. 국장이라는 직책 때문에 어쩔 수 없이 취재기자들을 닦달하는 거라는 걸 재형은 안다.

"선배님, 며칠 더 기다려 주세요. 지금 아는 것만으로 기사를 작성하기는 조금 부족합니다. 아예 결말을 보고 난 다음에 몇 회 연재할 수 있을 정도의 장편을 써서 올릴게요."

편집국장은 재형의 고등학교 4년 선배다.

"구 기자."

"네, 선배님."

"음…… 구 기자 말이야. 다른 곳에서 일해 볼 생각 없나? 화성이든 부천이든."

이거 무슨 소리냐. 안산에서 20년째 근무 잘하고 있는 후배에게 다른 곳에서 일할 생각은 없냐니. 무슨 일이 있는 건가?

"왜 그러세요. 선배님."

"아니, 구 기자 거기서 일한 지 오래됐잖아. 오래되면 싫증이 나기도 하고, 그렇지 않아? 어디든지 말해. 원하는 지역으로 보내 줄 테니."

이거 이상하다. 뭔가 있다. 아침에 전화해서 갑자기 다른 지역으로 옮길 생각이 없냐고 묻는 거. 이거 분명 이상한 거다.

"갑자기 왜 그래요? 무슨 일 있어요? 이거 강제사항입니까? 제가 반드시 다른 지역으로 옮겨야 하는 거냐고요?"

"아냐, 아냐. 그런 거 아냐. 구 기자가 옮기기 싫으면 안 옮겨도 돼."

"선배님. 저 그냥 여기서 일할 거고요. 다른 데로 안 옮깁니다. 만약 옮겨야 한다면, 그냥 사표 쓸게요."

"알았어. 구 기자 마음 알았으니까, 신경 쓰지 마."

"누구 뜻입니까? 누가 저보고 다른 곳으로 옮기라고 하는 거냐구요?"

"구 기자 마음 알았다니까. 신경 쓰지 말라니까. 내가 막아 줄 테니까, 구 기자는 그냥 지금처럼 그 지역 맡아서 해."

윗선에서 하달된 것이다. 구재형을 다른 곳으로 배치하라. 그렇다면 사장이나, 회장의 지시라는 말인데. 도대체 왜 그런 지시가 내려온 건가. 편집국장은 정말 막을 수 있는 건가?

"구 기자, 요즘 별일은 없지?"

이건 또 뭐냐? 오늘 국장은 평소답지 않다. 왜 그럴까? 도대체 왜?

"별일이 있어야 돼요?"

"그럼 됐어. 몸조심하고. 혹시 어려운 일 생기면 바로 연락해."

모든 게 이상하다. 오늘 아침 편집국장은 평소의 그가 아니다. 왜 그럴까? 도대체 무슨 일이 있는 걸까?

*   *   *

"오늘은 그 답변을 들을 수 있는 거지요? 지난주 수요일 10월 16일 오전 9시 40분부터 10시 10분 사이에 어디서 무엇을 하셨나요?"

철학이 강도형과 그 옆에 앉아 있는 김과장 소속 변호사를 번갈아 쳐다보았다. 어느 놈이 답을 할지 모르니. 지난번에는 이 질문에 당황해하던 강도형이 오늘은 당황해하지 않는다.

"사무실에 있었어요. 오전 일찍 사업상 미팅을 한 뒤에 바로 사무실로 들어와서 오전 내내 사무실에 있었습니다."

이 자식들 알리바이를 맞춰 놓았구나. 그러나 그거 소용없다.

"우리가 갖고 있는 정보하고는 다른데."

"경찰 정보가 항상 맞는 건 아니잖아요."

옆에 앉은 김과장 변호사가 강도형에게 너무 대들지 말라는 사인을 보내고 있지만 강도형은 상관하지 않고 제 맘대로 지껄였다.

"다시 한번 생각해 봐요. 그 시간에 다른 곳에 있었던 건 아닌지."

"다시 생각할 것도 없어요. 오늘 아침에 여기 오기 전에도 직원들에게 다시 한번 확인한 내용이니까."

분명히 노인 회장은 저놈이 그 시간에 민경숙의 집에 왔었다고 했다. 말하지 말라고 협박도 했고. 물론 말을 한 것은 아니고 고개를 끄덕인 것이지만. 강도형이 민경숙의 집에 갔었던 사실이 바뀌지는 않는다. 어제는 분명 그 시간에 어디 있었느냐는 질문을 받자 당황해했었다. 그렇다면 재형의 말이 사실인 거다. 노인 회장이 저놈을 보았고, 저놈이 본 것을 말하지 말라고 협박했다는 것이. 그런데 저놈은 뭘 믿고 저렇게 큰소리치는 거냐?

"그렇게 자신만만하다가 우리가 증거를 내밀면 어쩌려고 그러시나?"

증거라는 말이 철학의 입에서 나오자, 피식 강도형이 웃었다.

"그 증거 참 빨리 보고 싶네."

"증거는 차차 보여 주기로 하고, 그런데 왜 민경숙의 집에 갔다가 나온 걸 숨기는 거요? 그날은 이미 민경숙이 살해된 다음 날인데. 오히려 민경숙의 집에 갔었다는 게 밝혀지면, 그건 민경숙이 죽은 것을 몰랐다는 뜻이니 살인혐의가 벗겨질 수도 있는 건데 그게 궁금하네. 도대체 왜 그걸 숨기려 하는지."

강도형이 철학을 뚫어지게 쳐다보았다. 철학도 지지 않으려고 두 눈에 힘을 주었다. 조사실에서 형사가 눈싸움에서 질 수는 없다.

"그리고 두 사람이 만난다고 해도, 아니 사귄다고 해도 지역사회에서 별 이슈가 되지 않을 텐데 말이요. 민경숙은 혼자 사는 여자고, 강도형 당신도 사실상 혼자나 마찬가지 아니오. 부인과 자녀는 미국에 가서 살고 있으니. 유명인도 아니고……. 그런데 왜 숨기려 하는 거요. 다른 사람들은 별 관심이 없는데. 두 사람이 만나든지 사귀든지. 그 얘기 좀 한번 들어 봅시다. 도대체 왜 숨기려 한 것인지."

강도형이 눈을 돌렸다. 시선을 천장으로 향했다. 철학은 시선을 그대로 두었다. 강도형에게 꽂혀 있는 그대로.

"혹시…… 정치할 생각인 거요? 그래서 혹시라도 스캔들이 생기면 정치하는데 지장이 생길까 봐? 강도형 대표가 정치를 할 것이라는 소문을 듣기는 했소만. 설마, 진짜로 정치를 할 생각인 거요?"

"정치라도 하시게요?"

올해 6월 넷째 주 화요일 저녁, 정기 회합일에 만난 도형이 사업을 오래 해서 이제 사업이 재미도 없고, 다른 것을 해 보고 싶다고 말하자 경숙이 물었다. 정치를 하겠다는 생각은 강도형이 갑자기 한 것이 아니다. 지난해 선거에서 문도환이 시장에 당선되는 것을 보고서 정치를 해야겠다고 생각했다. 가장 큰 이유는 문도환보다 자신이 못난 게 없다고 생각했기 때문이다. 말솜씨가 부족한 것도 아니고, 인맥이 적은 것도 아니고, 선거자금이 넉넉하지 않은 것도 아니고. 그래서 민경숙에게 더 관심이 있었는지 모르겠다. 자신이 되고자 하는 시장과 특별한 관계라고 하니.

"나는 정치하면 안 되나?"

"누가 안 된대요? 정치하는 게 쉬운 일이 아니라서 그렇지. 그거 엄청 험한 일이던데. 돈도 많이 들고."

"건설업은 험한 일이 아니라고 생각하나 보지. 그리고 나 돈은 많아."

"남자들은 이상해요. 돈 많으면 그거 쓰면서 편하게 살지. 왜 정치를 하려고 해요?"

여자들은 이해 못 하는 거다. 이해하는 여자들도 있겠지만. 정치, 그건 도박이다. 아주 큰 도박. 나 강도형에게 사업도 도박이었다. 그래서 죽기 살기로 했다. 이기려고. 도박은 무조건 이겨야 한다. 지면 아무것도 없는 거다. 이기면 모든 것을 차지하고.

건설업이 그래서 좋다. 사업을 따내면 엄청난 돈이 따라온다. 수많은 사람들의 일자리도 제공한다. 공사 하나를 따내는 건 거대한 도박판에서 판돈을 싹쓸이하는 것과 같다.

그런데 이제 건설업이라는 도박에 흥미를 잃었다. 판을 빤히 읽을 정도의 실력이 되니, 이건 너무 쉽다. 더 이상 긴장감이 없다. 새로운 도박을 찾아야 한다. 그것은 바로 정치다. 정치는 건설업과는 비교가 안되는 큰 도박이다. 이기면 그야말로 모든 것을 갖고, 지면 아무것도 없는 것이다. 올 오아 낫씽. 그래서 좋다. 긴장감이 대단할 테니. 더구나이 도박은 수시로 할 수 있는 게 아니다. 4년에 한 번밖에 기회가 없다. 건설업 수주를 하는 건 이번에 안 되면 다음을 기약할 수 있다. 다음 달일 수도 있고, 길면 내년일 수도 있다. 하지만 선거는 4년에 한 번밖에차례가 오지 않는다. 판돈은 어마어마하고. 그야말로 건곤일척. 최고의도박이다. 생각만 해도 온몸이 짜릿하다. 이제는 정치라는 도박을 할것이다. 건설업이라는 도박을 통해서 판돈도 충분히 마련했으니 걱정도 없다. 시작도 하지 않았는데 몸이 근질근질하다.

"정치도 여러 가지인데, 국회의원도 있고, 시의원도 있고……."

"시장을 할 거야."

경숙의 눈이 토끼 눈처럼 동그래졌다. 눈동자에는 관심이 가득 담겼다.

"하긴 쪼다 문도환보다야 우리 강도형님이 훨씬 낫지. 정치를 해도훨씬 잘할 거야. 그렇죠?"

경숙이 배시시 웃었다. 복숭아의 보고는 정확했다. 민경숙이 문도환을 쪼다라고 생각할 것이라는 보고. 생각해 보니 그때 너무 심했다. 복숭아에게는 가짜 양주를 주는 게 아닌데. 복숭아 그놈이 이틀이나 설사를 하면서 고생한 걸 생각하면 지금도 심장이 아리다. 늘 가짜 양주만줘 봐서 습관처럼 가짜를 주고 말았다. 진짜 양주를 상으로 내렸어야하는 건데, 미안하다 복숭아야.

"그럼 문도환하고 강도형이 이제는 경쟁자네. 호호."

경숙은 웃었다. 재미있을 것이다. 현직 시장과 사귀었고, 지금은 미래의 시장과 사귀고 있으니. 그 미래의 시장이 진짜로 미래의 시장이 되려면 시장에 당선돼야겠지만.

"문도환은 돈이 없는데 어떻게 시장 선거운동을 할 수 있었을까?"

민경숙, 너는 아니? 강도형의 말에는 이런 질문이 포함돼 있다. 경숙이 강도형을 쳐다보았다. 내가 조금은 안다. 그런 표정으로.

"내가 재미있는 얘기 해 줄까요?"

경숙은 자신의 그림을 임선휘가 가지고 간 이야기. 그 그림을 팔아서 일부는 문도환의 선거자금으로 사용하고, 일부는 그림 값으로 돌려주기로 한 세 사람 간의 밀약의 내용을 얘기해 줬다. 자신의 그림이 실제로는 별 가치가 없는 그림이라는 얘기는 하지 않았다. 진짜 가치가 있는 민경숙의 그림은 선미가 그려 준 것이라는 사실은 생각조차 하지 않았다. 실수로라도 말하지 않도록. 경숙의 얘기를 다 들은 강도형의 눈빛이 반짝였다. 입가에는 미소가 번졌다.

"그래서 그림 값은 받았어?"

"개뿔, 무슨 그림 값을 받아요. 한 푼도 못 받았어요. 그거 그냥 돈 없는 놈 선거자금 대 줬다고 생각하려고요. 아! 그런데 이놈들 왜 남은 그림도 안 가져오는지 모르겠네?"

"그게 무슨 말이야. 그림을 안 가져오다니."

"그림이 다 팔린 건 아닌가 봐요. 그럼 남은 그림이 있을 텐데. 그것도 여태 돌려주지 않고 있단 말이죠."

판매하는 게 아니라, 실제로는 강매하는 것이라는 것은 말하지 않았다. 말 안 해도 알 거다. 강매했는데도 다 팔리지 않았다는 건, 경숙으로서는 매우 불쾌한 일이다. 선미년이 그려 주면 강매하지 않아도 그림이 잘 팔리는데.

"그게 언제야? 그림을 가져간 게?"

"작년 2월이요."

이건 뭔가 사건이 될 것 같다. 선거법은 잘 모르지만, 정치인은 무언가를 주거나 받으면 안 된다는 걸 도형은 알고 있다. 올 초 도형은 구원투수와 정치를 하는 문제에 대해 논의한 적이 있다. 그때 구원투수가 선거법에 대해 설명해 줬다. 정치를 하려면 선거법은 꼭 알아야 한다면서. 도형이 못 알아들을까 봐 예를 들면서 설명했는데 역시나 쉽게 설명했다. 도형이 다 이해를 했으니.

혹시 축구는 하고 싶은데 축구공 살 돈이 없다. 그러면 매장에 가서 공을 훔치세요. 그렇게 훔쳐서 갖고 나오다 걸리면 별로 죄가 안 됩니다. 기껏해야 5만 원짜리 축구공을 훔친 것이니. 훔친 게 발각되고 난 다음에 돈을 갖다 주면 별문제가 되지도 않습니다. 하지만 유권자에게 5만 원짜리 축구공을 주면 큰일 납니다. 그건 중대한 선거법 위반입니다. 그리고 유권자가 주는 5만 원짜리 축구공을 그냥 받아서도 안 돼요. 그럴 경우에도 중대한 선거법 위반이 될 수 있습니다. 정치자금법 위반이 될 수도 있고. 구원투수의 설명을 지금 민경숙의 얘기에 대입해 보면, 문도환은 중대한 위법행위를 한 거다. 내일 당장 구원투수를 만나야겠다.

"정치를 하려고 생각했었나 보네. 그렇게 말 잘하던 사람이 꿀 먹은 벙어리인 걸 보니. 이거 뭐 정치를 개나 소나 다 하려고 하니……."

잠시 생각에 잠겼던 강도형의 눈빛이 날카로워졌다.

"개나 소나 다 하는 걸, 아마도 형사님은 못 하실 것 같은데…… 그렇다고 대한민국 형사님에게 개나 소보다 못하다고 할 수도 없고."

철학이 눈빛에 살기를 띠었다. 이 자식 봐라. 보자 보자 하니까. 그러나 네가 그래 봤자다. 너보다는 형사가 한 수 위다. 이미 우리는 너에 대한 많은 것을 알고 있다.

"형사의 정보력의 수준을 잘 모르시는 것 같으니 한 가지만 알려 드리지. 강도형과 민경숙이 보통 사이가 아니라는 걸 우리가 알지. 어떻게 그렇게 단정하느냐고? 매월 두 번씩 중앙역 앞 호텔에서 정기적으로 만난다는 걸 우리가 확인했으니까. 그렇게 만난 게 벌써 1년이 됐다지. 오전이나 오후가 아니라 밤중에. 밤에 만나서 다음 날 아침까지 같이 있었다니까 1박 2일간 만나는 거지. 거기서 두 사람이 뭐 했는지도 말해 볼까?"

피식. 강도형이 웃었다. 하지만 그 웃음의 의미가 아까와는 달랐다. 들킨 것을 숨기려는 웃음이다.

"경찰의 정보력을 가동할 필요도 없더라고. 두 사람이 그 호텔에서 밤새 뭘 했는지를 알아내는 건. 호텔 프런트 직원의 표정만으로도 알 수 있겠더라고."

아! 그래. 이제 보니 그렇게 된 거다. 강도형은 민경숙과 사귀었다. 아주 진한 관계로. 그리고 강도형은 정치를 하려는 생각을 갖고 있다. 그 물음에 답을 피한 것으로 유추할 수 있다. 민경숙의 집을 방문한 것을 숨기는 것으로도 유추가 가능하고. 그렇다면 강도형이 민경숙을 부추겨서, 또는 강요해서 문도환을 고소하도록 한 것이다. 자신이 정치를 하려면 현직 시장인 문도환이 가장 강력한 경쟁 상대이니. 흠집을 내놓을 필요가 있는 거다. 아웃이 되면 더 좋고. 충분히 가능한 시나리오다. 철학이 만면에 미소를 지었다. 왜 그러냐? 강도형이 그런 표정으로 철학을 보았다.

"이제 알겠네. 민경숙이 왜 문도환을 고소했는지. 그림을 돌려받지 못한 지 1년이나 지난 시점에서 뒤늦게 고소한 이유를."

강도형이 일어섰다. 형사가 돌아가도 된다고 말하지 않았음에도 그 자식은 그냥 일어섰다. 원래 형사 말을 잘 안 듣는 놈이니. 아마도 일어서라고 말을 했으면, 꼼짝 않고 그냥 앉아 있었을 거다. 놈이 구원투수라고 부르는 김과장 소속 변호사도 일어섰다. 형사가 범행과 관련된 질문은 하지 않고 이상한 얘기만 늘어놓는 걸 보니 더 이상 앉아 있을 필요가 없는 것 같다고 놈이 지껄였다. 자기 의뢰인은 참고인 신분이기 때문에 의뢰인이 원하면 언제든지 일어서서 돌아갈 수 있다고 김과장 변호사는 말했다. 누가 그걸 모르냐? 그러더니 두 놈이 조사실에서 나갔다. 나가던지 말던 지. 철학은 앉은 채로 놈들이 나가는 걸 보기만 했다. 어쨌든 한 가지는 얻었다. 강도형이 민경숙을 시켜서 문도환을 고소하게 했다. 이게 이번 살인사건과 무슨 연관이 있을 것이다. 아니면 말고.

19년 전 교통사고

반대 차로에서 직진하던 SUV가 중앙선을 넘어와
신호 대기 중이던 그랜저의 옆구리를 들이받았다

지난 14일 저녁 10시 30분경 대형 SUV 차량이 신호대기 중이던 그랜저 승용차를 덮쳤다. 중앙선을 침범한 SUV에 부딪힌 그랜저는 도로 옆으로 굴러떨어졌고, 연료통에서 기름이 새어 나와 불이 붙었다. 이 사고로 그랜저 승용차 운전자 조 모 씨(남 38세)가 숨졌다. 경찰 조사에 의하면 사고 당시 그랜저 승용차는 화성에서 안산으로 진입하는 사거리에서 신호를 기다리고 있었다. 그런데 반대 차로에서 직진하던 SUV가 중앙선을 넘어와 신호 대기 중이던 그랜저의 옆구리를 들이받았다. 그랜저 운전자 조 씨는 현장에서 즉사한 것으로 보인다고 경찰은 밝혔다. 충돌로 인한 충격으로 숨진 것인지, 충돌 이후 발생한 화재로 숨진 것인지는 부검을 해 봐야 한다고 경찰은 밝혔다. 사고를 낸 천 씨는 직접 112에 전화를 걸어 자신이 사고를 낸 것 같다고 신고했다고 경찰은 밝혔다. 경찰은 SUV 운전자 천 모 씨를 현장에서 체포하여 자세한 사건 경위를 조사 중이라고 밝혔다.

2000년 12월 15일 자 신문에는 당시 사고기사가 간단하게 실려 있었다. 이 기사는 당시 신참 기자였던 재형이 직접 작성해서 신문에 실린 기사다. 그 이후에는 이 사고와 관련한 기사가 신문에는 더 이상 없다. 재형의 기억 속에서도 기사를 더 이상 작성한 기억이 없다. 교통사고 기사를 이틀 연속해서 싣는 경우는 사실 거의 없다. 연예인이나, 정치인 또는 스포츠 스타 같은 유명인들이 아니면 교통사고 기사는 한 번으로 끝이다. 사망자가 여러 명인 경우는 다를 수 있지만, 이 사고는 사망자가 단 한 명이었고, 가해자도 현장에서 잡혔다. 여러 번 기사로 쓸 만한 사건이 아니고, 독자들이 관심 가질만한 사고도 아니었다. 지금 재형에게는 무척이나 관심이 있는 사건이지만. 신문기사만 가지고는 사고에 대한 자세한 내용을 알 수가 없었다. 더 자세한 내용이 필요한 재형이 휴대폰을 들어 전화를 걸었다.

톡, 톡, 톡.

오른손에 쥔 뚜껑이 닫힌 검은색 플러스펜 끝으로 책상을 두드리다가, 그 플러스펜을 엄지, 검지, 중지 세 손가락으로 헬기의 프로펠러처럼 돌리기를 수십 번. 그리고 다시 톡, 톡, 톡. 책상을 두드리고. 이런 과정을 20분 넘게 반복하고 있을 때 형사의 휴대폰이 울렸다. 그를 귀찮게 하는 전화였다.

단서가 없다, 단서가. 형사는 단서가 없으면 아무것도 할 수 있는 게 없다. 단서가 없으면 해운대 백사장에서 바늘 찾는 것처럼 사건 수사가 어렵다. 단서가 있어야 엉킨 실타래를 풀어 갈 수가 있는데, 이번 사건은 단서가 없다. 단서만 있으면 현장을 뛰어다니고, 연관된 사람들을 만나 물어보면서 사건을 해결하는 건데. 단서가 없으니 어디서부터 시작해야 할지 막막하다.

가장 유력한 용의자인 문도환과 강도형은 알리바이가 확실하다. 그들이 대리인을 내세워서 살인할 수 있는 충분한 영향력이 있는 사람들이지만 단서가 없는 상태에서는 어떻게 할 수가 없다. 아주 옛날처럼 무조건 잡아다가 강압적으로 추궁할 수도 없고.

확실한 단서가 없는 지금 형사들이 하는 일이라곤 하루 종일 CCTV 화면을 뒤지고 또 뒤지는 일이다. 시내에 거미줄처럼 연결돼 있는 CCTV 어딘가에 범인이 모습을 드러냈을 것이기 때문이다. 민경숙의 집을 중심으로 주변 CCTV 녹화기록을 전부 받아서 확인하고 있고, 시체가 발견된 수암봉주차장 부근의 CCTV 녹화기록도 전부 확보해서 살펴보고 있다. 사건이 발생한 지난주 화요일 10월 15일 오전 8시 21분에 민경숙의 승용차가 민경숙의 집 부근 CCTV에 촬영됐다. 그 차량은 그곳에서 곧장 수암봉주차장으로 향했고, 수암봉 주차장에 진입하는 것이 CCTV 영상에 기록돼 있다. 그런데 범인의 모습은 없다.

수암봉 주차장에 민경숙의 차를 주차한 범인은 차에서 내렸을 것이다. 차를 주차한 곳은 CCTV가 비추지 않는 구역이다. 그 주차장은 절반 이상이 CCTV가 닿지 않는다. 차에서 내리는 범인의 모습을 확인할 수 없지만, 그 범인이 차에서 내린 다음에 어디론가 이동한 모습이 있어야 하는데 그것이 없다. 사실 없는 게 아니라, 발견되지 않는 것이다.

10월, 한창 단풍이 무르익을 계절이라서 수암봉 주차장이 아침부터 등산객들로 붐볐다. 그 등산객들 중 한 명이 민경숙을 살해한 범인이고, 민경숙의 차에서 내린 범인인데 누구인지 알 수가 없다. 등산 점퍼에 이름표가 붙어 있는 것이 아니니.

후배 형사들은 모두 CCTV 화면 분석에 매달려 있는 동안 철학은 할일이 없었다. 노안이 오기 시작한 철학의 시력은 화면 속에서 무언가를 찾기도 힘들뿐더러, 십분 이상을 화면을 쳐다보지 못한다. 그렇게 하면 눈에서 눈물이 난다. 고등학교 다닐 때 10분 이상 꾸준히 책을 보기 힘들었던 것과 증상이 비슷하다. 그때도 10분 이상 책을 보면 눈물이 났다. 하품을 해서 난 것이기는 하지만. 그래서 철학은 오후 내내 이렇게 펜 돌리기 묘기를 연마하고 있다. 이렇게 열심히 하면 노후에 동춘서 커스단에 입단해서 용돈을 벌어 쓸 수 있지 않을까 하는 엉뚱한 상상을 하면서.

어느새 퇴근 시간이 지났다. 평소 같으면 그렇다는 말이다. 살인사건을 수사하는 지금 퇴근 시간이 따로 없다. 범인을 잡기 전에는 아홉 시 뉴스 전에 퇴근하는 건 상상할 수 없다. 강력팀 형사들이 다 같이 저녁을 배달시켜 먹고 야근을 하고 있다. 모두가 CCTV 화면 속에 눈의 초점을 맞추고서 범인을 찾고 있다. 펜 돌리기 묘기를 연마하고 있는 한 사람만 빼고. 그런데 범인을 컴퓨터 화면 속에서 찾는다는 게 참 아니러니하다. 이제는 강력팀 형사를 선발할 때 모니터요원 경력이 있는 사람을 우선 채용해야 할까 보다.

"왜?"

"뭔 공무원이 전화를 그따위로 불친절하게 받냐?"

"공무원도 공무원 나름이지. 나는 형사야 강력팀 형사. 그리고 이 전화는 공무 전화가 아니다. 내 개인 전화다."

"부탁 좀 하자."

"부탁하는 사람이 전화를 불친절하게 받는다고 불평을 하냐? 기분 나빠서 전화 끊으련다."

"이번 사건과 관련해서 아주 결정적인 걸 내가 알아냈는데…… 바쁘면 전화를 끊던지."

아! 또 졌다. 하긴, 형사가 말로써 어찌 기자를 이기리. 이놈은 허구한 날 글을 쓰는 놈인데. 그것도 논리적으로. 형사보다 더 많은 사람들을 만나고, 더 다양한 직업의 인간들을 만나고, 더 많은 사람과 대화하는데. 책도 더 많이 읽을 거고.

"뭐냐? 빨리 말해."

재형은 2000년 12월 14일에 발생한 교통사고 조사 자료를 복사해 오라고 했다. 사망자 이름이 조명수라고 했다. 그 자료를 뭐 하려고 하느냐는 철학의 물음에는 그냥 가지고 오면 그때 설명해 주겠다고 했다. 그런데 요즘 들어서 기자가 형사를 자주 부려 먹는다. 형사가 기자의 심부름을 한다고 생각하니 기분이 나빴다. 하지만 그렇게 생각할 것만은 아니었다. 가만 생각해 보니 둘도 없는 친구의 부탁을 들어주는 것이었다. 그렇게 생각하니 기분이 나쁘지 않았다. 오히려 즐거웠다. 명색이 강력팀 형사로서 사무실에 숨죽이고 앉아서 CCTV 화면 분석이나 하는 것이 무척이나 고통스러운 일이었는데, 밖으로 나갈 핑계가 생겼다고 생각하니 한층 더 즐거웠다. 역시 뭐든지 생각하기 나름이라니까.

"굳이 원본을 가져올 필요는 없었는데…… 하긴 원본이 더 확실하기는 하지."

이런 제길. 급하게 복사해서 나오느라 서류보관함에 사본을 넣고, 원본을 손에 들고 나왔다.

"그런데 이 사람 어디서 본 적이 있는데……."

"누구, 이 사람 가해 차량 운전자?"

재형은 어디서 본 것 같은데, 생각이 안 난다고 했다. 이름은 들어 본 이름이냐는 물음에는 처음 들어 본 이름이란다. 이 녀석도 나이를 먹는구나. 원래 그렇단다. 나이를 먹으면 그렇게 헷갈리는 거야.

"그런데 이 시간에 어디 가냐?"

9시가 넘었다. 재형이 이 녀석이 이 시간에 하는 일은 대개 술을 마시는 일이다. 아니면 집에 들어가 있거나. 이렇게 늦은 시간에 돌아다니는 인간이 아니다. 술을 마셔도 1차만 하고 일찍 귀가하기 때문에 재형은 어찌 보면 아침형 인간이다. 그런데 오늘은 이 시간까지 귀가하지 않고 어디를 가자는 건지?

재형은 사고 현장에 가자고 했다. 사고 현장? 아! 2000년도에 일어났던 그 사고 현장을 말하나 보다. 그런데 거기는 왜 가자는 거지?

"가 보면 안다."

가 보면 아는 걸 누가 모르냐? 가기 전에 알고 싶으니까 그렇지.

재형이 차를 세웠고, 두 사람은 내렸다.

"그러니까 이 지점에 조명수의 그랜저가 정차해 있었던 거지?"

재형이 사고조사기록을 보면서 철학에게 물었다. 묻기는 했지만, 답변을 듣지는 않았다. 바로 반대쪽으로 50여 미터를 걸어가서는 돌아섰다.

"천민규의 SUV는 이쪽에서 달려온 거고."

재형이 다시 처음의 자리로 걸어왔다.

"그리고 이리로 달려와서는 쾅!"

재형이 온몸으로 자동차가 부딪치는 모습을 연기했다. 연기가 형편없어서 전혀 비슷하지 않았지만, 의미는 이해할 수 있었다.

이상한 점은 없었다. 조사기록에는 가해 차량 운전자가 깜빡 졸았다고 했다. 그래서 정차해 있는 그랜저를 보지도 못했고, 피할 생각도 못했다고. 이상한 점이라면 가해 차량 운전자가 너무나도 순순히 자신의 과실을 인정했다는 점이다. 졸면서 시속 100㎞로 달렸다는 것이 의심스럽기는 했지만 그건 불가능한 게 아니니, 특별히 의심할 내용은 아니었다. 운전자는 음주 상태도 아니었다. 그런데…… 재형이 이놈은 왜 이걸 조사하는 거냐?

*　　*　　*

한밤중에 한 사내가 민경숙의 집 앞에 나타났다. 주위를 두리번거리던 사내는 폴리스라인을 들치고 도어록의 비밀번호를 입력한 후 민경숙의 집 안으로 들어갔다. 그 바람에 폴리스라인이 끊어졌다. 그렇게 집 안으로 들어간 사내는 삼십여 분 후 빈손으로 다시 나왔다. 폴리스라인을 이전처럼 되돌리려 했지만 잘 안됐다. 사내는 즉시 어둠 속으로 사라졌다.

*　　*　　*

슈퍼마켓에 라면을 사러 가는 사람들 같은 걸음걸이로 두 사람이 장례식장 정문을 향해 걸어오고 있다. 그 모습을 지켜보고 있던 장례식장 사장의 눈에는 그들이 조문객으로 보이지 않았다. 장례식장에 근무한 지 30년에서 1년이 딱 빠진다. 그 오랜 시간 장례식장을 찾은 조문객 수를 합하면 수십만 명이 넘는다. 그 많은 사람들을 보아 왔기에 사장은 한 눈에 알 수 있었다. 저 두 사람은 조문객이 아니다. 조문객이라고 해서 꼭 검은 옷을 입고 오는 것은 아니다. 바쁜 사람들은 일터에서 일하던 복장으로 그냥 와서 조문을 하고 간다. 밝은색, 빨간 계열의 색을 입는 것만 피할 뿐이다.

저 두 사람은 매우 평범한 옷차림이다. 눈에 잘 띄지 않는. 한 사람은 가을에 입을 만한 코트를 입었고, 한 사람은 점퍼를 입었다. 아! 그래, 형사다. 그런데 한 사람은 형사가 맞는 것 같은데, 한 사람은 뭐냐? 아무리 개성을 존중하는 시대라고 해도 형사가 머리를 저렇게 물들이고 다녀도 되나?

안내데스크에 가서 무언가를 물어본 두 사람이 사장에게 다가온다. 사장이 누구냐고 물었던 건가 보다.

"이 장례식장 사장님이신가요?"

그렇다고 대답했다. 내가 사장인 게 분명하니까. 두 달만 지나면 사장이 된 지 만 19년이다. 두 사람 중 더 형사같이 생긴 사람이 형사라고 밝히면서 신분증을 보여 줬다. 노랑머리는 신분증을 보여 주지 않았다. 하긴 두 명의 신분증을 다 볼 필요는 없다. 한 사람이 형사면 나머지 한 사람도 형사겠지. 우리 관내 형사는 아니었다. 그래도 형사라고 하면 왠지 긴장하게 된다. 형사에게 조사받을 만한 죄를 지은 것도 아닌데.

형사의 입에서 조명수라는 이름이 나왔다. 순간 사장의 눈시울이 뜨거워졌다. 조명수, 사장의 머릿속에 늘 기억되는 존경하는 인물이다. 안타까운 인물이기도 하고. 형사는 그날의 얘기를 듣고 싶다고 했다. 지금 사장의 사장님이 돌아가시던 그날의 얘기. 왜 그날의 얘기가 듣고 싶냐고 되물었다. 형사는 안산에서 일어난 사건과 관련해서 연관성이 있는지 없는지를 알아보려고 그런다고 했다. 이번에는 노랑머리 형사가 말했다.

걸어오는 모습을 보면서 형사라고 생각한 순간에 동시에 떠오른 것이 조명수 사장님이었다. 그의 부인이 죽었다는 뉴스를 보았기 때문이다. 뉴스에서는 그의 부인이라고 하지 않았지만 사장님의 부인 이름을 알고 있었다. 혹시 그 사건 때문에 형사가 오는 것이 아닌가 하는 생각을 순간적으로 했는데, 진짜로 그 사건 때문에 온 거다.

"혹시 그날 조명수 사장님이 다른 날과 달라 보이지는 않았나요?"

달랐다. 많이 달랐다. 그날 사장님은 많이 이상했다. 그날만 이상했던 것도 아니다. 사장님이 돌아가신 다음에 생각해 보니, 돌아가시기 한 달 전부터 사장님이 이상했다. 늘 다정하고 인자한 표정으로 직원들을 대하던 사장님이셨다. 그런데 한 달 전쯤부터 달라졌다. 한 달이 더 됐을 수도 있다. 기억력은 늘 자신이 없다. 중학교 다닐 때도 배운 걸 배운 적이 없다고 우겼다가 선생님한테 돼지도록 매 맞은 적이 있다. 배운 기억이 없어서 배운 적이 없다고 했던 건데.

사장님은 평소에도 말이 많은 편은 아니셨지만, 그 당시 말이 더욱 줄었다. 무슨 걱정이 그리 많은지 얼굴에는 근심이 넘쳤다. 그렇다고 당신의 근심을 다른 사람에게 말을 하고 의논하는 성격도 아니시다. 혼자서만 그렇게 가슴에 담고서 고민을 하시는 분이기에 뭐라고 물어보지도 못했다. 그냥 눈치만 살폈다. 그렇게 지내다가 돌아가시던 그날.

평소와 마찬가지로 사장님과 마주 앉아 저녁을 먹었다. 사장님은 늘 저녁 8시면 부장과 둘이 저녁을 먹었다. 부장은 지금의 사장을 말한다.

다른 직원들은 각자 시간에 맞춰서 편한 시간에 먹었다. 장례식장에는 늘 밥이 있으니. 사장님이 소주를 한잔하자고 했다. 술을 전혀 못 하는 걸 알기에 부장은 깜짝 놀랐다. "정말 드시게요?"라고 물었다. 한번 마셔 보게. 사장님은 그렇게 말했다. 부장이 냉장고에서 소주를 한 병 꺼내 왔다. 참이슬인지, 그린인지, 처음처럼인지 그것까지는 기억나지 않는다. 부장이 소주병의 뚜껑을 열고 사장님의 잔을 채웠다. 그리고 자기 잔에도 채웠다. 그때나 지금이나 소주를 잔에 채우는 일은 즐겁다. 콸콸콸. 소주가 잔에 채워지는 소리는 청각을 자극하고 뇌를 자극하고, 엔도르핀을 생성한다. 사장님이 소주잔을 들어서 입에 가져다 댔다.

아이 써. 반도 안 마시고는 도로 내려놓으셨다. 그럼 소주가 단 줄 알았나? 이렇게 쓴 걸 부장님은 어떻게 마셔요? 사장님이 물었다. 사장님은 늘 존댓말을 하셨다. 부장이 사장보다 세 살이 많다는 이유로. 쓴맛으로 마시지요. 술을 단맛으로 마시는 사람이 어디 있어요. 그럴 거면 콜라를 먹지. 사장님은 차라리 콜라를 먹는 게 낫겠다고 하셨다. 그래서 콜라를 가져다드렸다. 평소에는 콜라도 잘 안 마시는 사장님이다.

그러고 보니 사장님이 그날은 참 이상했다. 콜라를 한 컵 시원하게 마신 사장님이 물었다. 부장님은 사는 게 행복해요? 갑자기 물어봐서 대답이 망설여졌다. 생각해 보라. 누군가 갑자기 당신 행복합니까? 물으면 뭐라고 바로 답해야 하나. 아주 행복하다고 말할 수는 없지만 불행하지는 않은 것 같다고 말했다. 저보다야 사장님이 더 행복하시지 않냐고도 말했다. 아부하려고 그렇게 말한 것은 아니다. 사장님은 돈도 많고, 사모님도 절세미인이신데, 라고 덧붙였다.

속았어. 사장님이 그렇게 말했다. 무슨 말인지 몰라서 어리둥절했다.

그런데 다시 "속았어."라고 하셨다. 괜히 뜨끔했다. 사장님을 속인 적은 없는 것 같은데, 라고 생각하면서도. 사장님이 먼저 퇴근하신 날 직원들하고 가끔씩 고스톱을 친 걸 가지고 그러시나 하는 생각도 해 보았다. 하지만 그건 아닐 거다. 그런 취미 생활은 인정해 주시는 사장님이시니. 혹시 지난번에 사모님을 뵀을 때 내 마누라였으면 좋겠다고 생각했는데, 그걸 가지고 말하시는 건가 하는 생각도 들었다. 사모님이 가슴이 깊이 파인 옷을 입으셨는데, 자꾸 그곳에 눈길이 갔었다. 그곳을 보지 않으려고 눈을 돌렸다가도 금방 다시 그곳을 보는 자신을 발견했다. 침을 흘리지는 않은 것 같았다. 침을 닦은 적이 없으니. 그걸 혹시 사장님이 보셨나?

거짓말을 하는 거. 남을 속이는 건 나는 못 참아. 그런데 내가 속았어. 그 사람이 그런 사람인 줄 몰랐어.

아! 이건 부장에게 하는 얘기가 아니었다. 사장님이 부장을 그 사람이라고 부르지는 않는다. 추측하건대 사모님에 대한 얘기인 것 같았다.

'그런데 사모님이 무얼 속였다는 건가. 무얼 속였는지 몰라도 나 같으면 기분 나쁘지 않을 거다. 사모님 같은 미인이면 거짓말을 좀 해도 이해할 수 있을 것 같다. 속이면 속아 넘어가 줄 수도 있을 것 같고. 아마도 사모님은 거짓말하는 모습도 아름다울 거다.' 부장은 그렇게 생각했다.

영 기분이 안 좋아. 너무 안 좋아. 사장님은 괴로워했다. 콜라를 한 컵 마신 사장님은 폭탄주를 여러 컵 마신 사람 같았다. 평소보다 말이 많았다. 많이 괴로워하시기에. 얼마나 기분이 안 좋으시냐고 물었다. 무척 안 좋다고 하셨다. 다시 물었다. 그 무척이 무지하게 많은 것을 뜻하느냐고. 사장님은 그렇다고 했다. 너무너무 많이 안 좋다고 했다. 그래서 기분이 그렇게 무지하게 안 좋을 때는 욕을 하면 조금 기분이 풀린다고 말씀드렸다. 욕을 해 본 적이 없으시단다. 그럴 거다. 사장님이 욕하는 걸 한 번도 들어 본 적이 없다. 큰소리를 치신 적도 없다. 그래도 중학교 때는 욕을 해 보지 않았느냐고 물었다. "최소한 중2 때는 하셨을 것 아녜요?" 그때도 안 했단다. 지금은 중학생도 아니고 다 큰 어른이 어떻게 욕을 하냐고 덧붙였다. 그래도 설득했다. 이럴 때는 욕을 해야 한다면서, 욕을 하고 나면 가슴이 조금은 후련해질 거라고 말씀드렸다. 사장님의 얼굴은 동의하는 표정이 아니었다. 그래서 일단 욕을 해 보기로 했다.

선창을 할 테니 따라서 하시라고 했다. 그랬더니 그럼 한번 해 보겠다고 하셨다. 부장의 말을 믿는 것 같지는 않았다. 시발, 기분 엿 같네. 사장님이 머뭇거렸다. 고개를 떨구고 어찌할 줄을 몰랐다. 다시 한번 선창했다. 이번에는 더 큰 소리로. 시발, 기분 엿 같네……

시발, 기분 엿 같네. 사장님이 따라 했다. 다시 한번 선창했다. 이번에는 즉시 후창이 따라왔다. 그러더니 선창을 하지도 않았는데 혼자서 하셨다. 시발, 기분 엿 같네. 그러더니 한 번 더 하셨다. 시발, 기분 엿 같네. 하하하. 사장님이 웃으셨다. 아주 오랜만이다. 그러더니 또 하신다. 시발, 기분 엿 같네. 야! 이거 괜찮은데요. 시발, 기분 엿 같네. 역시 배움에는 끝이 없다니까. 어른이 돼도 계속해서 새로운 걸 배워야 한다니까. 시발, 기분 엿 같네. 시발, 기분 엿 같네. 하하하.

그렇게 웃으시면서 늘 가지고 다니는 검은색 가죽 가방을 챙기고, 자동차 키를 한 손에 들고, 사장님이 퇴근하셨다. 그리고 다시는 돌아오시지 않았다. 다음 날 아침, 사모님이 전화로 알려 주셨다. 사장님이 전날 밤 교통사고로 돌아가셨다고. 정말 기분 엿 같았다.

"조명수 사장이 그날 여기를 몇 시에 떠났죠?"

"저녁 10시요?"

"정확히 10시라는 말인가요?"

"그렇습니다. 1분 1초의 오차도 없는 정확히 저녁 10시."

"어떻게 그렇게 장담하시죠? 전자시계라도 보고 계셨나?"

조명수 사장님의 별명은 시계였다. 1초의 오차가 없는 정확한 시계. 오전 10시에 출근해서 오후 10시에 퇴근하는 게 사장님의 일과였다. 부장은 사장님의 늦은 퇴근이 이해가 안 됐다. 눈부시게 아름다운 미인이 집에서 기다리고 있으면 빨리 퇴근하고 싶을 것 같은데 사장님은 그렇지 않았다. 퇴근 시간에는 길이 막혀. 아깝게 왜 시간을 길 위에서 낭비해. 사장님은 저녁을 장례식장에서 드시고 퇴근하는 이유를 그렇게 말씀하셨다. 하지만 꼭 그것만은 아닐 거라고 부장은 생각했다. 그렇게 부장과 함께 저녁을 먹고 난 후 한 손에 가방을, 한 손에 차 키를 들고 정확히 10시에 장례식장을 나서서 퇴근하셨다.

출근 시각은 오전 10시. 1분도 차이 나지 않는 정확히 10시가 사장님 출근 시간이었다. 출근 시간에 차가 막히는 것을 피해서 조금 늦게 출근하신다고 말씀은 하시지만, 직원들이 출근 시간에 여유를 갖도록 하려고 그러는 것임을 부장은 그때 이미 알고 있었다. 사장님의 출퇴근 시각이 너무 정확해서 직원들이 붙여 준 별명이다. 시계.

사장님이 장례식장 현관문을 열고 출근하시면 그때가 정확히 오전 10시고, 가방과 차 키를 챙긴 후 현관문을 열고 퇴근하시면 그때가 정확히 오후 10시인 거다. 술을 한 잔도 마시지 못하는 사장님은 숙취 때

문에 늦게 출근하신 적이 없고, 술자리가 길어져서 늦게 퇴근하신 적도
없다. 뇌 속 어딘가에 전자시계를 심어 놓고 있는 것처럼, 사장님의 일
과는 시계처럼 정확했다.

출퇴근 시간이 일정했던 조명수는 출퇴근 때 이용하는 도로도 일정
했을 것이다. 매일 같은 도로를 이용해서 출근하고 퇴근했을 것이다.
화성에 있는 장례식장에서 사고가 난 안산 입구 사거리까지의 거리를
계산해 보면, 조명수는 아주 빠르지도, 아주 느리지도 않은 속도로 운
전을 한 것이다. 법규에서 정한 규정 속도 안에서 차를 몰았던 것이다.
재형과 철학은 서로의 얼굴을 마주 보았다. 서로의 얼굴에 담긴 표정이
같은 의미를 나타내고 있음을 알았다. 조명수의 생활 패턴은, 누군가
조명수를 대상으로 범죄를 성공시키기에 딱 좋은 패턴이었던 거다.

"언제부터 이 장례식장의 사장이 되신 건가요? 그러니까 장례식장을
언제 샀느냐? 이 말입니다."

형사가 또 물었다.

2000년 12월, 사장님의 삼일장을 치르고, 삼우제까지 지내고 난 다음
날 사모님이 보자고 했다. 사모님은 자신은 이 장례식장을 경영할 능력
이 없다면서 부장에게 맡아 달라고 했다. 처음에는 경영을 잘해 달라는
걸로 들었다. 그런데 사모님의 말은 그게 아니었다. 부장에게 장례식장
을 인수하라는 말이었다. 당장 장례식장을 인수할 돈이 없었지만, 부장
은 이것을 인수하고 싶은 생각이 컸다. 지금도 이익이 많이 남지만, 그
당시에는 수익이 더 좋았다. 만약 부동산중개사무소에 장례식장을 판
다고 내놓으면 많은 사람들이 달려들 정도로 수익이 좋은 사업체였다.
더구나 사모님이 제시한 조건이 부장에게 매우 유리했다. 사모님은 조

용히 매각하고 싶다면서 그런 조건을 제시했다. 그래서 일단 알았다고
답했다.

　은행에 문의했더니 장례식장 인수 가격의 90%를 대출해 주겠다고 했
다. 그래도 돈이 모자랐다. 사모님에게 사정 얘기를 했더니 나머지 잔
금은 분할해서 납부하도록 해 주겠다고 했다. 그래서 2년에 걸쳐서 나
머지 잔금 10%를 분할납부 했다. 은행에서 대출받은 돈도 장례식장을
인수한 지 10년 만에 다 갚았다. 지금 이 장례식장은 100% 당시의 부장
이자 지금 사장의 소유다.

일기장

매년 12월 말일에 일기장을 태우는 것은
그녀의 연례행사

올해 7월 초, 구원투수는 시장 문도환을 고소하는 고소장을 작성했다. 그리고 경찰서에 제출했다. 고소인은 민경숙이다. 고소장을 작성하면서 구원투수는 자세한 날짜가 필요하다고 했다. 언제 그림을 주었고, 그림을 팔아서 선거자금을 마련하기로 밀약한 날짜가 언제인지 등등. 민경숙은 그건 걱정하지 않아도 된다고 했다. 일기장에 다 쓰여 있다고. 중요한 일이 있을 때마다 일기를 써 왔다고 했다. 그러면 일기장이 수십 권은 되겠네? 강도형이 묻자, 그녀는 아니라고 했다. 해마다 일기장을 새로 사서 쓰는데, 매년 12월 31일에 그해에 쓴 일기장은 태워 버린다고 했다. 매년 12월 말일에 일기장을 태우는 것은 그녀의 연례행사란다. 그렇게 연말에 태워 버릴 일기를 뭐 하러 매년 쓰냐고 강도형이 묻자, 경숙은 매년 자신의 과거를 역사 속으로 태워 보내는 것이라고 했다. 그렇게 과거를 보내고 새해에는 새로운 시간을 맞이하는 것이라고. 그러는 경숙의 행동이 이해되지 않았고, 무슨 말을 하는지도 이해하기 어려웠지만, 강도형은 경숙의 마음은 이해하려고 애썼다.

그랬다. 분명 경숙은 일기를 썼다. 올해에도 일기를 쓰고 있다는 것을 안다. 그녀의 침실 협탁 위에 다이어리 형태의 일기장이 놓여 있는 것을 연초에 분명히 보았다. 그건 그녀가 올해도 어김없이 일기를 쓰고 있다는 것을 증명한다. 그런데 그게 없다. 일기장이.

　경찰이 갖고 있는 것 같지는 않다. 경찰이 그녀의 일기장을 확보했다면 그렇게 엉성하게 강도형을 취조하지는 않을 것이다. 더 강하게 더 자세하게 물었을 것이고, 답변을 요구했을 것이다. 경숙의 일기장에는 도형에 대한 얘기가 아주 많이 등장할 거다. 한 달에 두 번 정기적으로 만나고, 만나서는 무엇을 하는지도. 경숙의 일기가 그림일기가 아닌 게 다행이다. 그들 일당이 문도환을 고소하기 위해 모의한 내용까지도 그 일기장에 들어 있을 거다. 민경숙의 습관으로 볼 때 충분히 가능한 얘기다.

　그런데 경찰은 그런 얘기를 하지 않았다. 그와 비슷한 것도 묻지 않았다. 그저 할망구가 발설한 내용만을 물었을 뿐이다. 이제는 더 이상 발설하지 않게 된 할망구. 이건 경찰이 경숙의 일기장을 확보하지 못했다는 확실한 정황이다. 그런데 그녀의 집에 일기장이 없다. 늘 놓아두는 협탁은 물론이고, 다른 방에도, 책장에도, 거실에도, 장식장에도, 그 어디에서 일기장이 없다. 그렇다면 누군가 가져간 것인데. 도대체 누구일까?

*　　　*　　　*

　"거 웬만하면 타이어 좀 갈지. 이렇게 낡았으니 바람이 빠지지."

철학이 재형의 승용차 왼쪽 앞바퀴가 주저앉은 것을 보고서 말했다. 그러면서 얼른 보험회사에 전화하라고 했다. 철학은 별것 아니라는 듯이 그렇게 말했지만, 순간 재형은 온몸에 소름이 돋았다. 이건 타이어가 낡아서 바람이 빠진 게 아니다. 아무리 타이어가 낡았다고 해도 저절로 바람이 빠지는 타이어는 없다. 미세먼지를 실은 바람이 불어오는 나라에서 생산된 제품이라면 몰라도. 재형의 차에 장착된 타이어는 국산이다. 그리고 재형의 눈에는 금방 들어왔다. 바람 빠진 타이어의 옆구리가 날카로운 무엇으로 인해 찢어져 있음이. 이건 누군가 의도적으로 그렇게 한 거다.

장례식장 안의 주차장이 혼잡할 것 같아서, 정문 앞 도로변에 세워 놓고 갔다 온 것이 잘못이라면 잘못이다. 하지만 교통에 방해되는 것이 아니고, 재형의 차만 그렇게 주차돼 있던 것도 아니다. 수십 대의 차들이 그렇게 정문 앞 도로변에 주차돼 있었다. 그 차들 가운데 재형의 차량 타이어만 바람이 빠져 있다. 재형의 머릿속에서는 금방 퍼즐이 맞춰졌다. 협박 문자에 이어서 타이어 펑크, 그리고 편집국장의 전화. 이 모든 게 서로 연관이 있는 것이다.

편집국장에게 전화를 해 볼까? 도대체 왜 아침에 그런 전화를 했는지. 그러면 뭔지 몰라도 어떤 실마리가 보일 것도 같았다. 하지만 그렇게 생각했다가 그만두었다. 괜히 일만 키우게 될 수도 있고, 편집국장이 솔직하게 말해 줄 것 같지도 않았다.

"네가 의심하는 거. 그거 지나친 의심이다."

보험회사에 연락하자, 가까운 카센터에서 직원이 새 타이어를 가지고 와서 갈아 끼웠다. 새 타이어를 장착한 재형의 차를 타고 안산을 향해 출발하자 철학이 말했다.

"무슨 생각을 하는 것 같은데, 그거 영화에서나 그렇지 현실은 그렇지 않아."

그렇게 말하면서도 철학은 물었다. 도대체 왜 그런 생각을 하는 것이냐고. 재형은 상록미술대전 초대 대상 수상작에 얽힌 이야기를 들려줬다. 선미와 병섭을 통해 들은 이야기를. 그리고 남편이 사망한 것과의 연관성에 대해서도 들려줬다. 철학이 입을 쩍 벌리고 다물지 못했다.

"그러다 벌레 들어간다."

한동안 입을 벌리고 있던 철학이 말했다.

"그래도 이건 아니다. 조명수가 사고로 죽은 게 아니라, 살해당했다는 건데. 그런 건 현실에서는 일어나기 힘든 일이다. 민경숙이 사이코패스라면 몰라도."

철학은 그렇게 생각은 하지만 관심은 있다고 했다. 그러면서 본격적으로 한번 조사를 해 보자고 했다. 본격적으로 조사를 하는 것에 나와 관련돼서 일어나는 일들도 포함시켜야 하나? 재형의 머릿속이 그 생각으로 다시 복잡해졌다.

*   *   *

자정이 10분쯤 지난 시각. 대추가 경성일보 안산지사 사무실 문 앞에 섰다. 자신에게 맡겨진 임무를 수행하기 위해.

어? 그런데 문이 조금 열려 있다. 사무실 안에서 불빛도 새어 나오고. 이러면 안 되는 건데. 분명 이 시간에는 기자 놈이 퇴근하고 없을 거라고 했는데…….

대추가 숨을 죽이고 사무실 안을 들여다보았다. 기자 놈이 책장을 바라보고 서 있다. 그냥 서 있는 게 아니라 뭔가를 찾고 있다. 찾는 책이 어디 꽂혀 있는지 기억하지 못하는가 보다. 저놈이나 나나 마찬가지구나. 대추는 기자의 행동에 큰 위안을 받았다. 다른 사람들은 책을 많이, 그리고 자주 읽는 줄 알았다. 하지만 자기가 읽은 책을 어디 꽂아 놓았는지 기억하지 못해서 저렇게 찾아야 한다면, 평소에 책을 자주 읽는 것은 아닐 것이다. 그럼 그렇지. 책 읽는 게 무슨 재미가 있다고 평소에 책을 자주 읽겠어. 다들 거짓말을 하는 거다. 책을 읽지도 않으면서 1년에 열 권도 넘게 읽는다고.

어쨌든 지금 예상하지 못한 임무가 하나 더 생겼는데, 그건 저 기자 놈을 제압하는 거다. 갑자기 발생한 새로운 임무 수행을 위해 대추는 머릿속으로 전투 가상도를 그려 봤다.

첫 번째는 번개와 같은 스피드로 문을 확 열고 들어가서 놈이 누군가 들어왔다는 것을 알아차리고 고개를 뒤로 돌리는 순간, 놈의 턱을 주먹으로 가격해서 기절시키는 것이다. 아주 간단하고도 효과가 좋은 전술이다. 두 번째는 소리가 안 나게 천천히 문을 열고서, 역시 소리가 안 나게 살금살금 다가가서는 무방비 상태에 있는 놈의 뒤통수를 주먹으로 가격해 기절시키는 것이다. 시간이 좀 걸리고, 그에 따라서 실패 위험이 있는 전술이다. 이 가운데 대추는 두 번째 전술을 구사하기로 했다.

첫 번째 전술을 구사하려면 자신에게 번개와 같은 스피드가 있어야 하는데, 지금 대추에게는 그것이 없다. 10년 전쯤이면 가능했겠지만, 아랫배가 살짝 나온 지금의 체형으로는 그런 스피드를 생산해 낼 만한 운동

능력이 발휘되지 않는다. 장시간이 필요한, 위험 부담이 따르는 전술이었지만 대추는 어쩔 수 없이 두 번째 전술을 활용해야만 했다. 10년 전보다 스피드는 줄었지만 소리 안 나게 다가가는 실력은 줄지 않았다.

아주 천천히, 실바람에 문이 열리는 것처럼 조용히 문을 열었다. 살금살금. 발뒤꿈치를 들고 고양이처럼 소리 안 나게 기자 놈의 바로 뒤까지 다가갔다. 사전에 예상하지 못한 임무를 완수하는 9부 능선을 넘은 거나 다름없다. 이제 주먹을 들어서 놈의 뒤통수를 내려치면 되는데, 그 순간 놈이 머리를 홱 돌렸다.

깜짝 놀란 대추가 뒤로 한 걸음 물러난 찰나, 기자 놈의 주먹이 대추의 왼쪽 광대뼈에 날아들었다. 대추가 뒤로 벌렁 나자빠졌다. 하지만 큰 충격을 받지는 않았다. 기절하지도 않았다. 맷집 하나는 타고난 대추다. 중학생 시절에는 때리던 놈이 지쳐서 기권한 적도 있다. 주먹 한 번 뻗지 않고, 맞기만 하고서도 싸움에 이겼던 대추다. 평소에 글이나 쓰는 기자의 주먹에 맞고 기절할 대추가 아니다.

대추가 벌떡 일어났다. 그러자 이번에는 턱 오른쪽에 놈의 주먹이 날아들었다. 젊었을 때 싸움 좀 했나 보다. 주먹을 내미는 속도가 빠르다. 대추가 피하기 힘들 정도다. 이번에 턱에 맞은 주먹은 충격도 조금 있었다. 그렇다고 누워 있어야 할 정도는 아니었다.

대추가 다시 벌떡 일어났다. 일어나는 속도는 네놈보다 내가 빠를 거다. 그렇게 생각하는데, 이번에는 놈의 발이 날아왔다. 운동을 아주 잘하는 놈은 아닌가 보다. 발이 높이 날지 못하고 저공비행을 했다. 저공비행을 한 놈의 오른발이 대추의 정강이를 걷어찼다. 아악! 정강이를 두 손으로 움켜쥐고 대추가 나뒹굴었다. 눈물이 나도록 아팠다. 개새끼. 입에서 저절로 욕이 튀어나왔다. 지난번에 부러졌던 곳을 가격당했다. 이제 두 발로 다시 걸은 지 6개월밖에 안 됐는데. 개새끼. 거길 발로 차냐. 차라리 머리 쪽을 차던가 하지.

그런데 대추를 걷어찬 놈이 후다닥 사무실을 뛰쳐나갔다. 어! 왜 저러지. 도둑놈은 난데, 왜 제 놈이 도망을 가냐? 가만! 저놈…… 혹시…… 무슨…… 무기라도…… 가지러 가는 거 아냐? 예를 들면 아이언 4번 같은 거…….

대추가 벌떡 일어났다. 이번에는 정말 번개처럼 빨리 움직였다. 5층에서 계단으로 내려온 것 같은데, 어느새 1층 주차장에 내려와 있었다. 이렇게 번개처럼 빠른 줄 알았으면 첫 번째 전술로 기자 놈을 공격하는 건데.

대추가 자동차 손잡이의 작은 버튼을 눌렀다. 차가 응답하지 않는다. 다시 눌렀다. 그래도 응답하지 않는다. 시발, 왜 이래. 다급해진 대추가 주머니에서 자동차 스마트키를 꺼내서 열림 버튼을 눌렀다. 뒤쪽 라인에 주차돼 있던 자동차에 불이 들어왔다. 시발, 내 차가 아니었구나.

*　　*　　*

경찰이 가지고 있지 않다면 민경숙의 일기장을 누가 가지고 있을까? 그 물음에 대한 답을 강도형은 찾아냈다. 기자 놈이다. 구재형, 그놈이 민경숙의 집에서 슬쩍 일기장을 들고나온 것이다. 아마도 몰래 들어가지는 않았을 거다. 놈이 도어록의 비밀번호를 모를 테니. 아마도 경찰이 열어 줬을 것이다. 놈과 임철학 형사가 매우 친한 친구 사이라는 건

두 놈을 아는 사람들은 모두 알고 있는 사실이니. 지금 놈은 친구에게도 알리지 않은 채 민경숙의 일기장을 갖고 있는 거다.

상황 분석을 마친 강도형은 행동에 들어갔다. 방법은 하나 기자 놈의 사무실에 가서 민경숙의 일기장을 가지고 나오는 거다. 제 놈도 훔쳐 간 거니, 우리가 다시 훔친다고 해서 문제가 될 건 없다. 놈이 신고하지도 못할 테니. 따지고 보면 기자 놈보다는 내가 가지고 있는 게 논리적으로도 맞는 말이다. 민경숙과의 친분 관계로 보면 내가 훨씬 더 가깝다. 죽기 전에 민경숙과 가장 가까웠던 사람은 다른 사람이 아니라 바로 강도형이다. 민경숙이 자신의 일기장을 누군가에게 줄 수 있었다면 바로 강도형에게 줬을 거다. 그러니 기자 놈이 훔쳐 간 일기장을 다시 가져오는 것은 비정상의 정상화 같은 거다.

강도형은 대추를 불러 임무를 지시했다. 복숭아가 더 믿음직했으나, 이번 임무는 복잡한 것이 아니기에, 대추가 충분히 할 수 있을 것이라고 판단했다. 하지만 그 판단은 오판이었다.

임무를 수행하지 못하고 돌아온 대추의 보고는 이번에도 틀렸다. 물론 대추의 잘못은 아니다. 대추가 게을렀던 것도 아니고. 대추가 일을 대충 처리한 것도 아니다. 대추는 할 만큼 했다. 자신이 할 수 있는 최선을 다해서 한 것이리라. 틀린 보고를 했지만 이번에는 대추에게 벌을 내리지 않으리라. 그렇게 다짐하고서 강도형은 자리에 앉아 있다. 두 손은 아이언 4번의 손잡이에 올려놓고서. 그 앞에는 대추가 사시나무 떨듯이 떨고 있다. 강도형이 손에 쥐고 있는 아이언 4번을 보고서. 다시 왼쪽 정강이가 아파 왔다.

대추가 본 기자 놈은 기자가 아니다. 강도형이 아는 재형은 그렇게 빠른 놈이 아니다. 강도형이 알기로 재형의 100미터 최고 기록은 27초다. 그건 여자고등학교에서도 나오기 힘든 기록이다. 느리다는 면에서. 100미터 달리기 속도가 느린 놈이 주먹이 빠를 리가 없다. 재형은 평소에 주먹을 쓰는 놈이 아니라, 손에 볼펜을 쥐고 글을 쓰는 놈이다. 글을 쓰는 건 빠를지 몰라도, 주먹은 빠르지 않을 거다. 주먹이 세지도 않고.

놈은 대추의 정강이를 정확히 찼다. 대추는 그것이 놈의 발차기가 실력이 부족해서 높이 차지 못한 것이라고 하는데, 천만의 말씀이다. 그건 놈이 정확히 대추의 약점을 찾아서 걷어찬 거다. 발을 잘 쓰는 놈이니 분명, 놈은 재형이 아니다.

대추를 때려눕힌(이 대목에서 대추는 큰 충격이 있었던 건 아니라고 했지만) 놈은 도망치듯이 사무실을 뛰어나갔다. 그렇다면 무기를 가지러 간 것이 아니라 진짜로 도망을 간 거다. 사무실의 주인, 즉 구재형이 아니기 때문이다.

그렇다면 누군가? 그놈이 그 시간에 거기에 있었다는 건 무언가를 훔치려 했다는 것인데. 찾아보려 했거나. 도대체 누가 그러는 건가? 더구나 놈은 프로다. 대추가 뛰어난 싸움꾼은 아니지만, 보통 사람을 어렵지 않게 제압할 수 있는 무력은 갖추고 있다. 그런 대추가 한 대 때리지도 못하고 얻어맞기만 했다면 놈은 분명 프로다.

누가 이런 일을 벌이고 있는 건가? 그놈도 같은 물건을 찾고 있는 건가?

＊　　　＊　　　＊

문이 열려 있다. 어? 이거 뭐지? 왜 문이 열려 있지? 20년 동안 이 사무실을 사용하고 있지만 한 번도 문이 열려 있던 적이 없다. 사무실을 비울 때는 항상 문을 잠가 놓는다. 사무실에 도둑이 탐낼 만한 물건이 있는 건 아니지만, 그래도 문을 잠그지 않고 퇴근한 적이 없다.

사무실 안은 크게 달라진 것이 없다. 책장에 책들도 그대로 있고, 소파도 제자리에 있고. 아니, 소파 한쪽이 약간 비뚤어져 있다. 누군가 뒤로 벌렁 자빠지면서 한 손으로 소파를 잡았던 것처럼. 그 외에 다른 이상한 점은 없다. 사무실이 작아서 물건이 많이 있는 것도 아니다. 그러나 분명 누군가 몰래 사무실에 다녀갔다는 것은 알 수 있었다. 혹시나 하는 생각에 책상 서랍을 열어 봤다. 모든 것이 그대로 있었다. 두 번째 서랍에 민경숙의 일기장도. 갈 곳 없는 노숙자가 들어와서 소파에 누워 잠을 자고 나갔나? 그건 아닐 거다. 길거리에서도 잠을 잘 수 있는 노숙자가 좀 더 편한 잠자리를 찾으려고 5층까지 올라와서 잠긴 문을 열고 들어온다는 건 상상하기 힘들다. 거지가 호텔 스카이라운지까지 올라가서 구걸하는 걸 상상하기 힘든 것처럼.

누군가 몰래 들어왔던 건 분명하다. 누군가가 단수인지 복수인지는 모르겠지만. 그리고 분명 무언가를 찾으러 왔을 거다. 뭘 찾으려 왔을까? 그럼 왜 없어진 게 없는 걸까? 다른 사무실을 잘못 알고 찾아온 걸까? 아니면 단순 절도범일까?

분명한 건 지금 내 주위에서 뭔가 일어나고 있다는 거다. 민경숙과 관련된 것들을 취재하기 시작한 이후부터. 누군가 사무실에 몰래 들어

왔던 것도 그와 관련됐다면 일기장을 찾으러 온 것일 수가 있다. 책상 두 번째 서랍에 있는 일기장을 찾아내지 못한 것이 이해가 안 되기는 하지만.

재형은 서랍을 열고 일기장을 꺼냈다. 또다시 누군가 이 사무실을 몰래 들어온다고 해도 찾을 수 없는 곳에 숨기기 위해. 일기장을 서류봉투에 담은 뒤, 무거워서 혼자서는 들기 힘든 소파 바닥에 밀어 넣었다. 일기장을 찾겠다고 소파 바닥까지 뒤지지는 않으리라.

*　　　*　　　*

SUV 운전자 천민규는 집행유예를 선고받았다. 징역 8개월에 집행유예 2년. 과실치사로 구속돼 재판을 받았는데, 전과 기록이 없고, 피해자와 합의한 것이 정상 참작돼 1심 판결에서 집행유예로 풀려났다. 합의금은 2천만 원이었다. 돈을 많이 버는 30대 가장의 사망 합의금으로는 적은 액수였다. 가해자 천민규에게는 큰돈이겠지만. 민경숙에게는 합의금이 2천만 원이 별 의미가 없을 수도 있다. 남편의 장례식장을 60억 원이나 받고 팔았으니.

철학의 관심을 끈 것은 그다음 자료였다. 천민규가 구치소에 수감돼 있을 때 면회를 세 번이나 간 사람이 있다. 바로 민경숙이다. 과실치사라고는 하지만 어찌 됐든 자신의 남편을 살해한 사람의 면회를 간다는 건 이해하기 어렵다. 그것도 세 번이다. 민경숙이 부처님도 아니고.

이러면 의심할 수밖에 없다. 일반인들에게는 믿기 힘든 일이지만, 강력팀 형사에게는 믿기 힘든 일도 아니다. 살인사건을 수사하다 보면 믿기 힘든 일들을 수시로 만나게 된다. 아주 사소한 일이 발화가 돼서 살인이 일어나기도 한다. 친구 사이가 살인자와 피해자로 바뀌고, 가족 간에도 살인이 발생해 가정이 파탄 난다. 그런 사건들에 비하면 민경숙에게는 살인의 이유가 있다. 보통 사람들은 살인의 이유로 생각하기 힘든 이유지만.

이쯤 되면 천민규를 만나지 않을 수 없다. 도대체 천민규와 민경숙 사이에 무슨 일이 있었던 건가? 천민규와 조명수 사이에는 또한 무슨 일이 있었던 걸까? 그것에 대해 아는 사람은 이제 단 한 사람 천민규밖에 없다.

*   *   *

"어딜 가자는 거냐?"

"거기 그 사람."

운전석에 앉은 철학이 고갯짓으로 재형이 손에 들고 있는 서류를 가리켰다.

"천혁수? 이 사람은 왜?"

"네가 이상하게 생각하는 조명수 사건에 대해 조사하러 가는 거야?"

"이 사람하고 그 사건이 무슨 관계가 있는데?"

"그 사람이 가해자니까."

재형이 다시 서류를 보았다. 이름이 분명 천혁수다. 요즘 형사들이 정신 줄을 놓고 다니나 보다. 어떻게 가해자 이름을 혼동하냐? 그래서 한마디 해 줬다. 차 돌려. 철학이 못 돌린다면서 속도를 높였다.

"이 사람 아니다. 가해자는 천민규라고. 네가 준 교통사고 조사기록에 정확하게 이름이 적혀 있다. 그러니 차 돌려라."

"그 사람이 그 사람이다."

뭐? …… 그러면? 이 사람 개명했구나! 다시 서류를 보았다. 개명했다는 설명은 없다. 그러면 어떻게 알았냐. 개명한걸.

"이름은 바꿔도 주민번호는 못 바꾼다."

그렇구나. 그쪽은 형사가 기자보다 잘 알지. 그런데 천혁수, 이 이름 낯설지 않다. 어디서 들어 봤지? 5년 전만 해도 기억력 하나는 끝내줬는데. 요즘은 하루하루가 다르다. 기억력이 감퇴하는 게 시계 초침이 움직이는 것만큼이나 실감 나게 느껴진다. 예전에는 나이트클럽에서 한 번 만난 여성의 휴대폰 번호를 외우고 다녔다. 그런데 지금은 21년째 같이 사는 마누라 전화번호도 헷갈린다.

쉰 살을 넘겼거나, 아니면 쉰 살에서 약간 빠지거나 하는 나이로 보이는 여성이 문을 열고 재형과 철학을 쳐다보았다. 문을 열기 전에 인터폰으로 경찰임을 확인한 여성은 의아한 눈으로 두 사람을 바라보았다. 두 사람 가운데 한 사람만 의아하게 생각됐을 거다. 경찰이 노랑머리를 하고 있으니.

천혁수의 부인이라고 했다. 예상했던 대로 남편은 출근했단다. 백수가 아닌 다음에야 한낮에 일터에 나가 있는 건 당연한 거다. 일터가 어딘지 모르니 이렇게 집으로 찾아온 것뿐. 주민등록초본에는 직장이 어디인지는 기록돼 있지 않다. 철학이 확보해서 재형이 들여다본 서류가 천민규의 주민등록초본이었다. 남편의 직장이 어디냐고 물었다. 시청 공무원이란다. 공무원? 교통사고 과실치사로 유죄판결을 받은 사람이 공무원이 될 수 있나? 그래서 물었다.

"시청 어느 부서에서 근무하나요?"

"그건 모르겠어요. 남편은 자기가 밖에서 무슨 일을 하는지 자세히 말해 주지 않아요. 나도 꼬치꼬치 물어보지 않고."

"공무원이 확실한가요?"

부인이 재형을 뚫어져라 쳐다보았다. 너는 경찰이 맞냐? 눈빛에는 그런 물음이 담겼다. 재형이 부인의 눈길을 피했다.

"월급이 시청에서 나오니까 시청 공무원이 맞겠죠? 공무원이 아닌 사람을 시청에서 월급을 주나요?"

그렇지는 않다. 시청에서 일하지 않는 사람을 시청에서 월급을 주지는 않는다. 그렇다면 공무원이라는 말인데.

"그럼 이따가 저녁에는 퇴근해서 돌아오실 거잖아요?"

"대개는 집으로 돌아오지요."

"저녁에 돌아오시면 전화 좀 부탁드린다고 전해 주세요."

철학이 명함을 한 장 꺼내 부인에게 건넸다. 철학의 명함을 받아 든 부인이 재형을 쳐다보았다. 너는 명함 없냐? 재형이 딴청을 부렸다.

"저녁에 늦게 들어오는 경우가 많아서 그건 장담 못 해요. 명함은 전할게요."

시청 공무원이 그렇게 할 일이 많나? 퇴근이 늦은 경우가 많다니. 하긴 늦게 퇴근하면 추가근무수당을 받을 수 있으니, 가정 경제를 위해서는 늦게 퇴근하는 것도 나쁘지 않다.

명함을 받아 쥔 부인이 현관문을 닫았고, 두 사람은 뒤돌아 계단을 내려왔다. 저 부인이 누구를 닮았는데……. 재형의 전두엽을 그 생각이

스치고 지나갔다.

*　　　*　　　*

저녁 10시 30분. 천혁수는 집에 돌아와 있었다. 재형과 철학은 그가 집에 돌아와 있는 걸 알고 찾아왔다. 10시쯤이면 천혁수가 집에 돌아올 것이라고 판단한 두 사람은 10시 30분에 그의 집을 찾아왔다. 낮에 찾아왔을 때처럼, 그의 부인이 현관문을 열었다.

낮에 천혁수 부인을 만난 재형과 철학은 시청 총무과로 가서 총무과장을 만났다. 시청 공무원에 대한 인사기록을 관리하는 곳이 총무과니. '천혁수'라는 이름을 대자 총무과장은 인사기록을 찾아보지도 않고 그 사람의 근무부서와 직책을 말해 주었다. 그럴 만도 했다. 2천 명 가까이 되는 시청 공무원 가운데 시장 관용차를 운전하는 사람은 딱 한 사람뿐이니. 천혁수는 시장의 운전기사였다. 그래서 재형이 천혁수의 얼굴이 낯익어 보였던 거다. 시장 운전기사와 기자가 마주친 경우가 여러 번 있었을 것이다.

"언제부터 시장 차를 운전했나요?"

주민등록초본에 70년생이라고 적혀 있는 천혁수는 무척 긴장해 있었다. 대부분의 사람들이 그렇다. 형사가 찾아와서 물어보면 긴장한다. 더구나 야밤에 찾아왔으니.

"시장에 당선되고부터 계속 운전했습니다."

"어떻게 시장 차를 운전하게 됐죠?"

"시장님이 운전해 달라고 했으니까 했죠."

그렇겠구나. 시장이 운전을 해 달라고 했겠지.

"언제 그랬어요? 시장이 자기 차를 운전해 달라고."

"시장에 당선되기 전에 그랬어요. 그러니까 작년 1월부터."

"작년 1월에 시장이 부탁했는데, 시장에 당선되고부터 그러니까 작년 7월부터 문도환의 차를 운전했다는 말인가요?"

"아니요, 작년 1월부터 했죠."

"아까는 시장에 당선되고부터 시장 차를 운전했다고 했잖아요?"

"작년 1월에는 시장이 아니었으니 그렇게 말했죠."

아! 그 당시에는 문도환 시장이 아닌 문도환 후보의 차를 운전했다! 이 사람 영리한 거냐? 고지식한 거냐?

"문도환의 운전기사로 취직한 건 누구 소개가 있었나요?"

"그건 모르겠어요. 시장님이 후보 시절에 그쪽에서 연락이 왔던 거니까? 운전할 수 있느냐고 해서 할 수 있다고 했죠. 그랬더니 후보 사무실로 오라고 했고, 그날부터 운전을 했어요."

"민경숙이라고 알죠? 얼마 전에 죽은 화가."

천혁수의 얼굴이 굳어졌다. 표정이 어두워졌다. 대답하는 데 시간이 조금 걸렸다. 그럴 만도 하지. 그녀의 남편을 사망하게 했으니. 19년 전이지만.

"네…… 압니다."

천혁수가 어렵게 대답을 했다. 철학도 한 템포 쉬었다가 질문을 이어 갔다.

"민경숙 씨가 면회를 세 번이나 갔던데……."

"모르겠어요. 왜 그랬는지. 오히려 미안한 사람은 저고, 죄를 지은 사

람도 전데. 면회를 와서 돈도 넣어 주고 가고 그랬어요. 지금도 모르겠
어요. 왜 그랬는지."

그런데 이 사람, 왜 이렇게 떠냐? 어리숙해 보이는 천혁수는 철학이
묻는 내내 잔뜩 긴장해 있었다. 목소리는 떨렸고, 얼굴에는 땀이 흘렀
다. 겁이 많은 사람이구나. 천성은 착한 사람 같은데.

"그 뒤로는 연락이 없었나요? 민경숙과 천혁수 씨 두 사람 사이에."

"네…… 연락할 관계도 아니고."

마지막 물음에 답을 하면서도 천혁수의 목소리는 떨고 있었다. 아무
리 형사 앞이라고 해도 너무 떤다. 철학과 재형은 천혁수의 집을 나섰
다. 천혁수가 어떻게 시장의 운전기사로 채용됐는지는 시장에게 물어
보면 된다. 누가 추천했는지도. 그리고 이 시간 이후로도 두 사람에게
는 오늘 할 일이 하나 더 남아 있다.

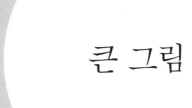

큰 그림

차를 타고 10분 넘게 이동하면서까지
그림을 그곳에만 맡겼던 이유

자정을 10분 넘긴 시각. 대추가 다시 경성일보 사무실 문 앞에 섰다. 오늘은 문이 열려 있지 않았다. 이것이 정상이다. 문이 열려 있었던 어제가 비정상이다.

0000. 대추가 도어록에 비밀번호를 입력했다. 경쾌한 소리를 내면서 도어록이 스르르 열리면 좋으련만. 도어록은 전혀 반응이 없었다. 당연한 거다. 대추가 비밀번호를 잘못 입력했으니. 1234. 다시 도어록에 비밀번호를 입력했다. 이번에도 도어록이 반응이 없다. 대추가 점퍼 오른쪽 주머니에 손을 넣어 드라이버를 꺼내 들었다. 골프채가 아니라 공구 드라이버다. 도어록이 열리지 않을 경우를 대비해서 가져왔다. 도어록을 뜯어내고 강제로 문을 열고 침입하려고. 영화에서 보면 도둑들이 기가 막히게도 도어록의 비밀번호를 알아내서는 열고 들어가는데 대추는 아직 그런 기술을 배우지는 못했다.

드라이버를 도어록에 가져다 대려다가 혹시나 하는 생각에 다시 비밀번호를 입력했다. 스르르. 도어록이 해제되는 소리가 났다. 손잡이를 돌리고 문을 천천히 열어봤다. 열린다. 언론인들은 대단한 줄 알았는데, 별것 아니라는 걸 어제오늘 이틀에 걸쳐서 제대로 알게 됐다. 도어록 비밀번호를 이렇게 간단한 것으로 지정했다니. 언론인도 비밀번호 외우는 건 힘든 일인가 보다. 헷갈리는 일이고.

조용히 문을 열고 안으로 들어간 대추가 등 뒤로 천천히 다시 문을 닫았다. 오늘은 실패하지 않으리라. 반드시 맡겨진 임무를 완수하리라. 대추는 그렇게 자신에게 주문을 걸었다.

기자 놈인 줄 알았지만 기자 놈이 아닌 것으로 밝혀진 그 도둑놈이 어젯밤 책장 앞에서 서성거렸던 것이 생각났다. 그럼 저 책장부터 찾아보는 게 순서일 거다. 이 조그만 사무실에서 일기장을 꽂아 놓을 곳은 책장밖에 없다.

대추가 책장을 바라본 채로 천천히 발걸음을 옮기는데, 누군가 있는 것 같다. 그럴 리가? 대추가 두 손으로 눈을 비볐다. 그러고는 다시 쳐다보았다. 그런데…… 분명히 있다. 업무용 책상 뒤에 누군가 앉아 있다. 어두워서 형체만 보이지만 그건 분명 사람이 앉아 있는 거다. 그럴 리가? 다시 눈을 비볐다. 그리고 다시 쳐다보았다. 분명히 사람이다. 헉, 대추가 발걸음을 멈췄다.

"누…… 누구냐?"

"그러는 너는 누구냐?"

앉아 있는 형체가 말했다.

"여기는 내 사무실인데 너는 누구냐?"

검은 형체가 다시 물었다. 놀라서 입이 떨어지지 않는데, 어느 순간 대추의 두 손이 저절로 등 뒤로 돌아갔다. 그러고는 철컥, 수갑이 채워졌다. 사무실 안이 환하게 조명에 불이 들어왔다.

천혁수의 집을 나선 재형과 철학은 재형의 일터, 경성일보 안산지사 사무실로 왔다. 어젯밤에 도둑이 든 것 같다는 설명을 들은 철학이 아이디어를 냈다. 어제 침입한 도둑이 아무것도 가져가지 않았다면 그 도둑이 또 올 수 있으니 오늘 밤에 잠복을 해 보자고. 그래서 두 사람은 자정이 되기 전부터 이 사무실에서 잠복하고 있었다. 불을 끄고, 완전한 어둠 속에서. 그렇게 도둑을 기다리고 있는데, 예상대로 도둑이 찾아왔다. 보통은 도둑이 오는 것이 반갑지 않지만, 이들에게는 야심한 시각에 사무실을 방문해 준 도둑이 그렇게 반가울 수가 없었다. 한번 안아 주고 싶은 생각이 들 정도였다. 잠복한 보람이 있었다.

"누구냐 너?"

철학이 영화 〈올드보이〉에 나오는 주인공 목소리를 흉내 냈다.

"대춘데요."

두 손을 등 뒤로 수갑을 찬 채 의자에 앉은 대추가 말했다.

"대추? 이름이 대추냐?"

"본명은 아닌데 사람들이 그렇게 불러요."

"그래 대추, 이 야심한 시각에 너는 왜 이 사무실을 무단침입 했지?"

말을 안 한다. 하긴 도둑질하는 놈이 자기가 물건 훔치러 왔다고 순순히 자백할 리가 없지. 그러면 자백을 하게 만들 수밖에.

"말을 안 한다. 지금 상황이 그런 거지?"

철학이 일어서서 사무실을 두리번거렸다.

"재형아, 여기 뭐 고문 도구로 쓸 만한 거 없냐?"

대추가 철학을 쳐다봤다. 정말 고문하려고? 그러지 못한다는 거 나는 안다. 내가 명석한 편은 아니지만, 21세기 대한민국 경찰이 고문을 하지 않는다는 것 정도는 안다. 괜히 겁주지 마라. 그거 안 통한다.

"글쎄 우리 사무실에는 뭐 고문 도구로 쓸 만한 게 없는데……."

재형도 두리번거렸다. 이 자식들 뭐 하는 거냐. 진짜 고문이라도 하겠다는 건가. 대추의 뇌 속에서 이놈들이 고문을 할지도 모른다는 생각이 아주 조금씩 싹트기 시작했다. 여기는 경찰서도 아니다. 지금 여기에는 자신과 이 두 놈 외에는 아무도 없다. CCTV가 있는 것 같지도 않다. 이놈들이 고문을 해도 어쩔 수 없는 상황이라는 거다. 그렇다고 설마 고문을 하겠어.

"어이, 대추 씨. 아직도 말할 생각이 없는 건가?"

"불리한 진술을 하지 않아도 된다는 것 정도는 나도 압니다. 경찰이 고문할 수 없다는 것도."

대추가 느긋한 표정을 지었다.

"대추 씨, 그거 다 거짓말이야. 영화에 나오는 거, 그거 사실이 아냐. 형사가 고문 안 하면 어떻게 자백을 받아 내. 요즘 형사들도 다 고문해요. 조금만 기다려 보면 알게 됩니다. 형사가 고문을 하는지 안 하는지."

"재형이 네 차 트렁크에는 뭐 없냐? 야구방망이 같은 거?"

"그래, 뭐가 있기는 있지. 나 차에 좀 내려갔다 올게."

재형이 자리에서 일어섰다.

"뭐가 있는데?"

"골프채가 있어. 한 번도 쳐 본 적은 없지만, 2년 전부터 그렇게 트렁크를 차지하고 있지. 배운다, 배운다 하면서 여태 배우질 못하고 있네. 골프채 정도면 고문 도구로는 그런대로 쓸 만하지 않을까?"

"골프채 좋지. 하나 가져와 봐."

골프채? 안 된다. 골프채는 안 된다. 재형이 막 문을 열고 나가려는 순간, 대추가 소리쳤다.

"스톱!"

재형이 행동을 멈추었고, 철학은 대추를 쳐다보았다.

"다 말할게요. 전부 다."

*   *   *

"대추 아시죠?"

어제 임무를 수행하러 간 대추는 오지 않고, 아침 댓바람부터 형사가 찾아왔다. 슈퍼마켓에 라면을 사러 가는 특유의 걸음걸이로 들어오는 저 형사, 영 마음에 들지 않는다. 하지만 저 형사 놈이 실력이 뛰어나다는 말은 많이 들었다. 만만하게 상대할 놈이 아니다. 형사 놈이 아침부터 찾아왔다는 건 대추에게 무슨 일이 생겼다는 것을 의미한다. 하긴 어젯밤에 돌아오지 않았다는 게 대추의 신변에 무슨 문제가 생겼다는 것이지. 그 간단한 임무조차 제대로 해내지 못하다니. 한심한 놈. 아마도 경찰에 체포됐나 보다. 형사 놈이 아침부터 찾아와서는 대추를 아냐고 묻는 걸 보니.

"당연히 알죠. 어제 점심에 먹은 삼계탕에도 들어 있던데?"

형사가 웃었다. 강도형도 웃었다. 형사가 웃는데 못 웃을 게 없다.

"강 대표님 농담이 많이 느셨네. 그런데 어쩌나 별로 웃기지는 않네요. 대추 지금 어디 있는지 아세요?"

"직원들이 어디에서 무얼 하는지 그걸 일일이 감시하는 그런 몰상식한 사람 아닙니다. 어디선가 자신이 할 일을 하고 있겠죠."

"어제 아주 중요한 임무를 맡기셨던데, 대추에게."

철학이 강도형을 똑바로 쳐다보았다. 강도형도 마주 보았다. 눈싸움에는 늘 자신이 있다.

"왜 그랬어요?"

강도형은 대답하지 않았다. 이런 물음에 대답하는 바보는 아니다. 대답하는 순간 인정하는 거다. 대추에게 절도행위를 지시했음을.

"저한테 지금 물으신 건가요?"

"여기 누가 또 있나요?"

"글쎄 저는 질문의 의미를 모르겠는데요?"

철학이 자기가 직접 알려주겠다면서 대추가 어제저녁에 한 일을 브리핑했다. 도둑질하러 신문사 사무실을 무단 침입했다가 잠복해 있는 형사에게 잡혔다고.

"왜 그랬어요? 왜 대추에게 도둑질을 시켰냐는 말입니다."

"누가 그래요? 제가 시켰다고."

"이거 왜 이러시나. 누군 누구야, 대추가 다 불었다니까."

"형사님이 뭔가 착각하시는 것 같은데, 제가 악덕 사업주가 아닙니다. 사원들의 복지를 매우 중요하게 생각하는 사람이라고요. 직원들에게 워라밸이 유지되는 삶을 살게 하려고 노력하는 사람입니다. 그런 제가 도둑질을 시키겠습니까?"

"그럼 왜 대추는 당신이 시켰다고 했을까?"

"대추가 실언을 했을 수 있죠. 가끔씩 실언을 하는 놈입니다. 형사님,

그러지 말고 대질을 시켜 주세요. 대질을."

형사는 강하게 몰아세우지 못할 거다. 대추가 무엇을 훔치러 갔는지 알지만, 형사가 그걸 말할 수 없다는 걸 강도형은 안다. 민경숙의 일기장을 훔치러 침입했다고 대추가 말했을 텐데 형사는 지금 그것을 구체적으로 말하지 않고 있다. 왜 그렇겠나? 민경숙의 일기장은 원래 민경숙의 집에 있어야 하는 거다. 그런데 그걸 기자 놈이 가지고 있다면 그건 기자 놈이 민경숙의 집에서 훔쳐 왔다는 것이다. 기자 놈이 도둑놈이 되는 거다. 그러니 지금 형사는 이러지도 저러지도 못하는 상황일 거다. 대추가 도둑질하는 것을 현장에서 잡았지만, 대추가 훔치려던 물건이 무엇인지 밝힐 수는 없다. 모든 걸 사실대로 밝히는 순간, 강도형만 다치는 게 아니라 형사 놈의 절친, 기자 놈도 다치게 되는 거다. 그러니 어쩌겠나.

"정, 이런 식으로 나온다면, 할 수 없네. 경찰서로 불러서 조사하는 수밖에."

철학이 자리에서 일어섰다.

*　　*　　*

이번에는 반대쪽 타이어에 바람이 빠져 있다. 어제와 똑같다. 누군가 의도적으로 타이어에 바람구멍을 냈다. 철학과 함께 강도형을 만나러 가자고 했는데, 철학에게 혼자 가라고 했다. 타이어가 구멍 난 차를 몰고 달려갈 수는 없으니. 누군지 알아야겠다. 감히 기자의 차 타이어를 구멍 내고 다니는 놈이 누군지. 아파트 주차장에 주차돼 있었으니 CCTV에 찍혔을 거다. 주차장을 비추는 모든 CCTV를 뒤져서라도 놈을 찾아내고야 말겠다. 한번 해 보겠다 이거지. 이제는 정말 끝을 보는 거다.

재형은 관리사무소로 갔다. 자신의 차 타이어가 구멍 난 얘기를 해 주고서 CCTV를 보자고 했다.

"녹화기록이 없어요."

이게 무슨 소리냐? 분명히 CCTV가 설치돼 있는 걸 확인하고서 녹화기록을 보자고 한 건데. 관리사무소 직원이 말을 잘못 알아들었나? 해서 다시 말했다. 아파트 주차장에 설치된 CCTV 녹화기록 좀 보자고. 관리사무소 직원은 녹음기를 튼 것처럼 방금 전과 똑같이 말했다. 녹화기록이 없어요. 왜, 왜, 왜? 녹화기록이 없는데.

"수사기관에서 와서 가져갔어요."

관리사무소 직원이 천천히 설명했다.

이틀 전 우리 아파트에 도둑이 들었다. 세 집이나 털렸다. 도둑이 들기는 했으나 세집 모두 큰 피해는 없었다. 하필 그 도둑놈들이 들어간 집이 부잣집이 아니었다. 귀중품이나 현금이 없는 집이었다. 사실 이 아파트에, 집 안에 현금이나 귀중품을 보관하고 있는 집은 거의 없을 거다. 그럼에도 수사기관은 중요한 사건이라고 판단했나 보다. 그렇겠지. 세 집이나 털렸으니. 그래서 오늘 아침 일찍 관리사무소를 찾아와서는 아파트에 설치된 CCTV의 모든 녹화자료를 가져갔다.

허탈한 표정으로 재형이 관리사무소를 나왔다. 그러고 보니 보험회사에 전화하는 걸 깜빡했다. 타이어를 또 새것으로 교환할 생각을 하니 머리가 아팠다. 생돈이 드는 것도 드는 거지만, 마누라 잔소리를 들을 생각을 하니 그것이 더 걱정이었다. 이쯤 되면 이건 가볍게 볼일이 아니다. 매우 심각한 문제다. 누군가 나를 노리고 있는 거다. 기자를 죽일 수는 없으니 골탕을 먹이는 걸 거다. 휴대폰 문자로 보내온 내용처럼 이 자식은 끝장을 보겠다고 덤비고 있는 거다.

아마도 오랫동안 이런 짓을 계속할 거다. 지금 취재하고 있는 것을 멈추지 않는 한. 그렇다고 물러설 재형이 아니다. 20년 기자 경력은 거저 얻은 게 아니다. 셀 수 없이 많은 협박을 받고, 그만큼의 피해와 고통을 감수하고서 쌓아 온 경력이다. 이런다고 물러섰다면 벌써 기자를 그만두었어야 했을 거다. 그럼에도 불안감이 연기처럼 피어오르는 건 어찌할 수 없다.

'학규에게 휴대폰을 갖다주고서 본격적으로 조사를 해 달라고 해 볼까.'

그렇게 생각했다가 재형은 고개를 저었다. 아니다. 그건 아니다.

*   *   *

지휘자의 표정은 부드러웠다. 웃는 인상에 얼굴빛도 좋았다. 나이보다 젊어 보였다. 부러웠다. 늘 음악을 듣고, 합창단을 지휘하고, 얼굴에 미소를 담고 생활하니 나이가 들어도 저런 얼굴을 가질 수 있는 거구나. 매일 매일 흉악범들을 상대하고, 욕을 입에 달고 살고, 삼차 함수처럼 풀기 어려운 살인사건을 해결해야 하는 강력계 형사로 사는 한 저런 얼굴을 갖는다는 것은 불가능하리라.

지휘자는 표정만큼이나 말투도 부드러웠다. 재형의 말처럼 듣고 싶은 얘기도 술술 시원하게 해 줬다. 철학은 지휘자가 무척 마음에 들었다. 모든 참고인이 이렇게 술술 말해 주면 얼마나 좋을까? 그럼에도 한

가지 의문은 들었다. 시장 측근이라는 사람이 사장과 관련된 얘기를 이렇게 술술 다 해 줘도 되는 건가? 이렇게 숨김없이 다 말해 주는 사람을 문도환 시장은 어째서 측근으로 두고 있는 건가?

"누군 누구예요? 민경숙이지."

"민경숙이요?"

철학이 놀라서 다시 물었다. 천혁수가 어떻게 시장 운전기사로 채용됐는지를 묻자 지휘자는 누군가의 추천으로 채용됐다고 말했다. 그러면서 추천한 사람이 민경숙이라는 것이다. 의심이 정황으로 이어지는 상황이다. 과실치사든 뭐든 간에 자기 남편을 죽인 사람의 취직을 부탁한다는 게 상식적이지는 않다. 그래서 천혁수 이 자식은 민경숙과 연락하는 사이가 아니라고 거짓말을 했나? 분명 어젯밤에 만난 천혁수는 민경숙과 연락하고 지내는 사이가 아니라고 했다. 19년 전 교통사고 후 구속재판을 받을 당시 구치소로 면회를 온 적은 있지만 그 이후에는 연락한 적도 없다고 했다. 그런데 천혁수를 문도환의 운전기사로 추천한 사람이 민경숙이라니. 이건 정말 놀라 자빠질 일이다.

"그럼 천혁수도 민경숙이 자신을 추천했다는 걸 알았나요?"

"그렇겠죠? 누가 자기를 추천했는지 모르고 취직하는 사람이 어디 있어요? 정치인 자녀들은 자기 아버지가 추천한 걸 모르고 취직했다고 말하기도 합니다만, 민경숙은 정치인이 아니니."

"그럼 민경숙과 천혁수가 원래 알고 지내는 사이였나요?"

"당연하죠. 민경숙이 전시회를 하면 전시회에 그림을 실어다 주던 사람이 천혁수입니다. 자기 포터로 그림을 실어다 주고, 전시회장에 그림을 설치하는 것도 도와주고 했어요."

천혁수 이 자식 뭐냐? 어리숙하게 생긴 놈이 눈 하나 깜빡하지 않고 그렇게도 태연하게 거짓말을 할 줄이야.

"천혁수 그 사람 원래 직업은 뭐였습니까?"

"개인 용달이죠. 1톤 포터로 짐을 배달해 주고 배달료를 받는 거."

"천혁수를 안 지는 얼마나 됐습니까?"

"민경숙을 알면서 알게 됐으니까. 한 7~8년 돼요."

"그렇다면 7~8년 전부터 천혁수는 개인 용달을 했다는 거네요?"

"그렇죠."

지휘자는 천혁수가 교통사고를 일으켜서 19년 전에 민경숙의 남편을 죽게 한 사람이라는 건 모르는 것 같다. 그의 본명이 천민규라는 것도. 그 사실을 말해 줄까 하다가 철학은 말하지 않았다.

그건 그렇고. 도대체 천혁수 이 자식, 누구냐 넌? 왜 금방 들통 날 거짓말을 한 거냐? 뭘 숨기고 싶어서. 어젯밤에 형사가 방문했을 때 그래서 그렇게 긴장했던 거냐? 형사가 간단한 이런 사실도 밝혀 내지 못할 거라고 생각한 거냐? 도대체 뭐냐 넌?

*　　　*　　　*

기자가 또 온다. 노랑머리의 그 기자가. 영자 이년, 나이가 쉰한 살이나 된 사람의 머리를 저렇게 물들여 놓다니. 예술을 하는 사람도 아니고. 며칠 전 팔백만 원이나 주고 그림을 하나 팔아 준 저 기자가 돌아간 다음 선미는 저 기자의 머리를 저렇게 만든 사람이 자신의 고교 동창인 이영자일 거라고 확신했다. 저 기자가 이영자를 만났다고 말했으니. 영자 그년은 저런 짓을 하고도 남을 년이고. 선미의 전화를 받은 영자는 깔깔깔 웃었다. 그 기자 아주 순진하던데, 그러면서. 망할 년, 신문기자가 그렇게 만만한 사람이 아니라는 걸 몰라서 그런다. 한번 신문에 크게 얻어맞아 봐야 정신 차리지.

그런데 저 기자가 오늘은 왜 오는 걸까? 설마 그림을 하나 더 사 주려고 오나. 그건 아닐 거다. 지난번에 터무니없이 비싼 가격에 그림을 샀다는 것을 모르지 않을 거다. 실제 구매자는 자기가 아니지만. 어! 그런데 오늘은 그림이 있는 쪽으로 가지 않고 이쪽으로 곧장 다가온다. 혹시 그림 값을 환불해 달라고 오는 건가?

천혁수가 문도환의 운전기사로 일하게 된 배경을 조사하기 위해 재형과 철학은 각각 임선휘와 선미를 만나기로 했다. 시장 문도환을 만나서 물어보는 게 가장 확실한 방법이지만, 정치 9단은 대개 거짓말을 한다. 아니면 다른 말을 하거나. 그것도 아니면 모른다고 한다. 그러니 정치 9단을 직접 만나는 것은 현명한 방법이 아니다. 그 주위에 있는 사람 가운데 천혁수가 시장의 운전기사로 발탁되게 된 배경을 알 만한 사람을 만나서 물어보는 게 현명하다. 재형은 선미를 만나고, 철학은 임선휘를 만나는 것으로 역할 분담을 하고 오늘 오전에 각각 두 사람을 만나기로 했다. 그런데 재형의 차 타이어가 구멍이 나는 예상외의 일을 당하면서 일정이 늦어졌다. 오전 내내 시간을 허비해야 했다. 재형이 선미를 만나러 오는 사이에 철학은 이미 자신의 할 일을 오전 중에 다 마치고 재형에게 전화를 걸어 결과 보고를 했다. 덕분에 재형이 선미에게 물어볼 내용이 줄었다. 업무량이 준 것이다.

"천혁수라고 아시죠? 시장 운전기사."

다행이었다. 그림 값을 환불해 달라는 요구가 아니었다. 그림 값 800만 원이 비싸다고 생각하지 않나 보다. 사실 비싼 것도 아니다. 상록미술대전에서 대상을 받았을 때는 상금을 2천만 원이나 받았으니. 그 정도 가치가 있는 그림이다.

"알아요."

"민경숙 씨가 추천해서 시장의 운전기사가 됐다는 것도 아셨나요?"

"네."

다른 사람과 대화하는 것을 즐기는 편이 아니다. 누가 물어보면 최대한 짧게 대답해 주고, 대답하기 싫으면 외면한다. 하지만 이 기자에게는 알고 있는 모든 걸 말해 주고 싶다. 그림을 비싸게 사 줘서가 아니다. 그냥 다 말해 주고 싶은 그런 기분이다.

"천혁수가 민경숙의 남편 차를 들이받아서 남편을 죽게 만든 사람이라는 것도 아시나요?"

"네, 압니다."

"천혁수가 구속돼 있을 때 여러 번 면회를 갔다는 것도?"

"네, 다 알아요."

재형은 도무지 이해가 안 됐다. 어떻게 그럴 수가 있지. 천사 같은 마음을 가졌다고 해도 그러기는 힘들 거다. 그런데 지금까지 확인한 바로는 민경숙은 천사 같은 마음을 갖지도 않았다. 그래서 물었다. 두 사람 사이에 무슨 일이 있는 거냐고? 두 사람은 도대체 어떤 관계냐고?

기자가 궁금해할 만하다. 보통 사람은 이해하기 힘들 거다. 민경숙이라는 내 친구를, 그 여자를. 그래서 선미는 기자에게 자신이 아는 걸 다 말해 줬다. 민경숙과 천혁수에 대한 스토리를.

1999년 8월, 선미는 경숙의 화실로 출근했다. 경숙의 화실이지만 그곳에서 그림을 주로 그리는 사람은 경숙이 아니라 선미였다. 경숙의 그림을 대신 그려 줘야 했으니. 경숙은 그림을 주로 집에서 그렸다. 대개 주말에. 아마도 자신의 그림 실력이 드러나는 것을 숨기기 위해서 그랬을 거다. 화실에는 취미로 그림을 배우러 오는 성인 여성이 세 명 있었고, 고교생도 두 명이 있었다. 화실 운영은 당연히 적자였지만 경숙에게 그건 문제가 되지 않았다. 엄마에게 물려받은 돈이 꽤 있었고, 남편은 소득세를 아주 많이 내는 장례식장 사장이니.

화실에서 해야 할 일의 대부분은 선미가 했다. 그림 지도를 하고, 실내 청소도 하고. 경숙은 주로 밖으로 나돌아 다녔다. 여기저기 모임을 가고 사람들을 만나고. 그림의 표구를 맡기는 일도 경숙이 했다. 그것도 밖으로 나가는 일이라서 그런가 보다 했다. 경숙은 표구를 맡기러 차를 타고 멀리 갔다. 멀다고 해 봐야 시내에 있는 표구점이지만. 선미는 그 이유가 멀리 가더라도 표구를 잘하는 집에 맡기려고 그러나 보다 짐작했다.

그러던 어느 날 표구를 맡겨야 하는데 경숙이 화실에 나오지 않았다. 그래서 선미가 직접 표구를 맡겼다. 자가용 승용차가 없던 선미는 화실에서 걸어가도 되는 가까운 곳에 있는 표구점에 그림 세 점을 맡겼다. 그런데 다음 날 경숙이 생난리를 쳤다. 왜 마음대로 표구를 맡기냐고. 누가 그 집에 표구를 맡기라고 했냐고. 망할 년, 별것도 아닌 일을 가지고 친구를 죽일 듯한 눈으로 쳐다보다니. 지금도 그때 그 눈빛을 생각하면 기분이 엿 같다. 선미의 눈에는 그 표구가 그 표구였다. 먼 곳에 있는 표구점에서 제작한 거나 가까운 곳에 있는 표구점에서 만든 거나 별 차이가 없었다. 오히려 가까운 곳에 있는 표구점의 솜씨가 더 나아 보이기도 했다. 경숙이 그 표구점을 고집한 이유를 선미는 나중에 알았다. 경숙에게는 큰 그림이 있었던 거다.

"큰 그림이라면? 빅 피처?"

재형의 물음에 고개를 끄덕이고 선미가 이야기를 계속했다.

경숙이 단골로 이용하는 그 표구점 주인이 천민규였다. 지금은 천혁수라고 이름을 개명한 그 사람이다. 2000년도 상록미술대전에서 대상을 수상한 날, 경숙은 지인들 몇 명에게 저녁을 대접했다. 그 자리에 선미는 참석하지 않았다. 경숙이 초대하지 않았기 때문이다. 그렇겠지. 진짜 그림을 그린 사람을 옆에 앉혀 놓고 자신이 대상 수상자라고 말하는 건 아무래도 어색했을 것이다. 이때도 기분이 엿 같았다.

만찬 자리에서 술잔이 돌았나 보다. 경숙이 얼큰하게 취해서는 화실로 왔다. 선미가 화실에 있다는 것을 알고서 찾아온 거다. 그 자리에서 선미가 경숙에게 물었다. 어떻게 심사위원장을 포로로 만들었냐고. 경숙은 자신이 한번 웃어 주면 안 넘어가는 남자가 없다면서 심사위원장도 분명히 남자라고 말했다. 웃어 주기만 했냐고 선미가 다시 묻자 경숙은 에로틱한 눈빛을 보여 줬다. 술 취한 경숙의 눈빛은 에로영화의 여주인공의 눈빛보다 더 에로틱했다. 남자들이 저 눈빛을 보면 환장하겠구나, 하는 생각이 들었다. 그러면서 묻지도 않았는데 또 말했다. 심사위원장뿐 아니라 그놈의 아들놈까지 자기의 포로로 만들었다고.

"아들이요?"

기자들과 국회의원의 공통점이 이거다. 그냥 가만히 듣고 있으면 되는데, 꼭 중간에 말을 끊는다. 선미가 눈을 확 흘기고서 이야기를 이어갔다.

　심사위원장 아들을 알아? 선미가 묻자 경숙은 "너도 알아."라고 말했다. 선미가 도대체 무슨 말인지 모르겠다는 표정을 짓자, 술 취한 경숙의 오른발이 한쪽 벽에 기대어져 있던 그림 표구를 툭툭 찼다. 아! 그제야 선미의 머릿속에서 퍼즐이 맞춰졌다. 천병섭, 천민규. 이 두 사람이 부자 관계구나. 그랬던 거다. 경숙은 천민규가 천병섭의 아들이라는 걸 알고서 접근한 거였다. 지척에 표구점이 있는데도, 차를 타고 10분 넘게 이동하면서까지 그림을 그곳에만 맡겼던 이유, 다른 사람을 보내지 않고 자신이 직접 표구점을 드나든 이유, 그 모든 게 민경숙의 큰 그림이었던 거다. 천병섭 부자를 포로로 만들어서 상록미술대전 대상을 받겠다는 큰 그림.

인형

화질이 또렷하지는 않았지만
분명 훌라춤을 추는 인형의 모양이었다

보라색 등산 점퍼를 입은 사람이 수암봉주차장에서 걸어 나왔다. 바지는 검은색이었다. 머리에는 점퍼와 같은 색깔의 등산 모자를 썼다. 빙 둘러서 차양이 있는 중절모처럼 생긴 모자. 동행이 없었다. 등에는 작은 배낭을 멨다. 주차장에서 걸어 나온 보라색 점퍼는 수암봉 정상 방향으로 걸음을 옮겼다. 등산하는 다른 사람들에 섞여서.

후배 형사들이 며칠에 걸쳐 컴퓨터 모니터를 끼고 생활한 끝에 민경숙을 납치·살해한 용의자로 추정되는 인물을 찾아냈다. CCTV가 거미줄처럼 연결돼 있어서 이제는 어떤 사건이든 CCTV만 뒤지면 범인을 찾아낼 수가 있다. 오랜 시간 컴퓨터 모니터를 보아야 하는 탓에 눈이 아프고, 목 디스크가 발병되는 단점이 있어서 그렇지. 이번에도 CCTV가 찾아냈다.

그렇게 등산객들과 섞여서 수암봉 정상 방향으로 향했던 보라색 점퍼가 다시 화면에 나타났다. 20분 후 다른 등산객들과 섞여서 수암봉 정상으로 향했던 바로 그 자리에 다시 나타났다. 이번에는 반대 방향으로 걸어 내려갔다. 수암봉을 오르지 않은 것이다. 오르지 않을 것이기도 하고. 수암봉을 오르기 위해 온 것이 아니니.

다음 장면에는 보라색 점퍼가 사건 당일 오전 7시 16분, 민경숙의 집 부근에 있는 모습이 나타났다. 동영상 속 보라색 점퍼가 걸어가는 방향은 분명 민경숙의 집 방향이었다. 등산 모자를 깊게 눌러쓰고 걸어가는 보라색 점퍼의 모습은 민경숙의 집 도착 직전에 사라졌다. 민경숙의 집 앞에는 CCTV가 없는 것이다. 그 골목에도 CCTV가 설치돼 있어야 하는 것처럼 판단되는데, 아마도 그 골목에 사는 누군가가 CCTV 설치에 반대해서 설치되지 않았나 보다. 그 누군가는 아마도 민경숙일 거라고 철학은 짐작했다. 야심한 시각에 남자를 끌어들여서 심야 영화를 보든가 찍든가 하려면 CCTV가 걸림돌이 될 테니.

보라색 점퍼가 CCTV 화면에서 사라진 후 한 시간쯤 지나자 민경숙의 승용차가 나타났다. 빠른 속도로 민경숙의 집에서 수암봉 방향의 도로를 달렸다. 오전 8시 21분이다. 보라색 점퍼가 민경숙의 집으로 들어가서 민경숙을 살해한 후, 민경숙의 차에 싣고서 수암봉 주차장으로 가는 모습이라고 추측할 수가 있다. 그 추측이 사실로 나타나는 장면이 이어서 재생됐다. 수암봉 주차장 입구에 오전 8시 34분, 민경숙의 승용차가 나타났다. 머리에 삼각 별을 단 그 독일 차.

편집된 CCTV 화면이 다음 장면으로 넘어갔다. 이번에는 어느 주택가 골목에서 보라색 점퍼가 잡혔다. 보라색 점퍼는 골목을 걸어 나와 대로로 가서는 택시를 탔다.

"스톱. 택시를 확대해 봐."

철학의 말에 후배 형사가 화면을 정지시킨 후 보라색 점퍼가 탄 택시를 확대했다. 제기랄. 그런데 번호판이 보이지 않는다. 택시 번호판이 은행나무 가로수에 가려졌다. 제기랄, 저놈의 은행나무. 도움이 되는 게 하나도 없다니까. 은행이 떨어질 때면 악취만 풍기고. 그런데 보라색 점퍼가 걸어 나온 저 골목 철학의 기억에 남아 있는 골목이다. 모니터 앞에 앉아서 마우스를 손에 쥐고 있던 후배 형사가 그 골목의 주소를 알려 줬다. 그랬구나! 그놈의 집이 있는 골목이구나! 이 자식 형사를 희롱한 죄에 대한 보복을 확실히 해 주겠어.

"어, 잠깐!"

CCTV 화면 분석을 마친 철학이 뒤돌아서서 한 발짝 걸음을 옮기다 다시 뒤돌아섰다.

"아까 그 화면 다시 열어 봐. 택시가 나왔던 그 화면."

후배 형사가 CCTV 화면을 뒤로 돌려 철학이 원하는 그 장면을 찾아냈다.

"저 택시, 저 안에 저거 보이지?"

후배 형사가 화면을 보면서 도대체 뭐가 보인다는 건지 모르겠다는 표정을 지었다.

"저거 말이야. 저거 운전석 속도계기판 위에 놓여 있는 거, 저거. 남미 여자가 엉덩이를 흔들면서 춤추고 있는 저거."

후배 형사도 알아봤다. 인형이다. 훌라춤을 추고 있는 인형이다. 화질이 또렷하지는 않았지만 분명 훌라춤을 추는 인형의 모양이었다.

"택시 안에 저런 인형을 붙여 놓고 다니는 운전기사가 몇 명이나 될까? 추적 가능하지?"

후배 형사가 고개를 끄덕였다. 잡았다 이놈.

선미에게 긴 얘기를 듣고 난 후, 전시장 밖으로 나가는데, 후드득. 비가 내리기 시작했다. 늦은 오후의 하늘은 어느새 시커멓게 변했다. 전시장 입구에서 한동안 하늘을 올려다보고 서 있던 재형이 발걸음을 돌려 다시 전시장 안으로 들어갔다.

"맥주 한잔할래요?"

선미에게 말했다. 아직 술시가 되려면 한 시간 넘게 남았지만 시간이 뭐가 중요하랴. 재형은 지나가는 말처럼 그렇게 한마디 던졌다. 선미가 거절할 가능성이 높다고 판단했기에.

"싫어요."

역시나 선미는 거절했다. 평소에 자신이 남성적인 매력이 없다고 생각해 온 재형이기에 그녀의 거절에 충격을 받지는 않았다. 그녀가 오케이를 할 것이라는 기대를 크게 갖지도 않았다. 그냥 한번 제안해 본 거다. 비도 오고 기분도 그렇고 해서. 그런데 역시나 그녀의 입에서는 거절을 뜻하는 단어가 튀어나왔다. 거절을 예상했지만 그래도 기분은 나빴다. 기분이 엿 같은 정도는 아니었다. 몸을 돌려 다시 전시장 밖으로 향하려는데 그녀가 한마디 보탰다. 재형이 예상하지 못한 긍정의 문장이었다.

"맥주 말고, 막걸리 한잔해요."

하하하. 재형이 크게 웃었다. 소리가 나지는 않았다. 얼굴에 미소만 담고, 웃음소리는 입 밖으로 새어 나오지 못하게 했다. 너무 좋은 티를 내지 않으려고. 막걸리가, 당연히 막걸리가 더 좋지. 이렇게 비가 오는 날에는. 재형도 막걸리를 한잔하고 싶었으나, 왠지 여성에게는 어울리는 음료가 아닐 거라는 생각에 맥주를 제안했던 거다. 그런데 오히려 여성이 막걸리를 마시자고 한다. 불감청고소원이다.

두 사람은 신도시로 가지 않고 젊은이들이 주로 모이는 중앙역 부근으로 갔다. 상가 골목에 빈대떡으로 유명한 집에 자리 잡고 막걸리 한 병과 모듬전을 주문했다. 넓은 유리창 밖으로 추적추적 내리는 가을비가 보인다.

"궁금한 게 있는데, 어떻게 그렇게 민경숙 씨 주변 사람들에 대한 얘기를 자세히 알아요?"

선미가 막걸리부터 한 잔 마시자면서 막걸리가 가득 찬 노란색 양은 그릇을 들었다. 재형도 들고 두 사람이 잔을 부딪쳤다. 그리고 마셨다.

"그거야 경숙이가 다 말해 주니까 알죠. 아까 말했잖아요. 경숙에게 들었다고. 경숙이는 자기가 아는 걸 가만히 숨기고 있지를 못해요. 누군가에게 얘기를 해야 하는데, 아마도 다른 사람에게 말할 수 없으니 나에게 다 말해 준 것 같아요."

"그럼 경숙 씨는 어떻게 그런 내용을 다 알고 있는 거죠?"

"경숙이는 다른 사람 입을 열게 하는 데 선수예요. 걔가 한번 웃어 주면 남자들은 헤벌쭉 입을 벌리고 다물지 못해요. 그렇게 입이 벌어져 있으니 말하게 하는 건 쉬운 거죠. 웃는 것만으로 안 될 때는 애교 작전을 펼치죠. 콧소리를 내면서. 그러면 백이면 백. 남자들은 모두 경숙이가 원하는 걸 다 털어놓게 돼요. 그게 아무리 중요한 비밀이라고 해도."

민경숙이 신문기자였으면 대단한 기자가 될 뻔했구나. 그렇게 다른 사람의 비밀을 털어놓게 하는 능력이 있다면 신문기자로서는 대성공했을 텐데.

"경숙 씨가 다른 남자 애기는 안 했나요? 시장 문도환 이후에 만나는 남자에 대한 애기."

"그 애기는 안 했어요. 그게 참 이상해요. 경숙이는 자기가 만난 남자 애기. 그 남자에게서 들은 애기. 자기 주변의 애기를 나한테 다 했는데, 근래에 만나는 남자에 대한 애기는 하지 않았어요. 물론 그 남자가 누군지 알지만요."

"강도형을 말하는 건가요?"

"그래요, 강도형."

"그건 어떻게 알았죠? 경숙 씨가 강도형을 만난다는걸?"

"전화 통화하는 걸 몇 번 들었어요. 경숙이가 강도형과 통화할 때는 자리를 옮겨서 전화를 받았지만, 항상 그런 건 아니었거든요. 내가 옆에 있을 때 통화한 적도 있어서 눈치를 챘죠. 문도환 이후에 만나는 남자가 강도형이라는 걸. 그리고 경숙이가 몹시도 좋아하는 남자라는 걸."

"경숙 씨가 몹시도 좋아했다는 건?"

"경숙이는 남자들을 그냥 만나요. 심심하니까 만난다는 식이죠. 그런데 남자들은 경숙이에게 사족을 못 쓰고. 그런데 강도형은 달랐어요. 경숙이가 진짜 좋아하는 것 같았어요."

"혹시 경숙 씨가 왜 문도환 시장을 고소했는지 그 이유도 아시나요?"

"처음에는 몰랐는데, 지금은 알아요."

"강도형 때문인가요?"

"그런 것 같아요. 3개월 전쯤인가? 경숙이가 통화를 하는데 시장을 고소하기만 하면 되는 거냐? 뭐 이런 애기를 했어요. 그때 통화 상대가 강도형이었고요."

"그럼 강도형이 고소하도록 조종했다는 말인 거죠?"

"조종했는지 어쩐지는 모르지만 경숙이가 시장을 고소한 게 강도형과 관계가 있는 건 분명한 것 같아요."

강도형이 정치를 할 것이라는 건 지역에서 오래 활동한 기자들은 감으로 알고 있다. 강도형은 시장을 하려는 거다. 다음 선거에서 시장에 출마할 강도형이 사전에 유력 경쟁자인 현직 시장을 흠집을 내려는 거다. 제거되면 더 좋고. 경숙을 시켜서 문도환을 고소하게 한 이유가 바로 그거다. 철학의 생각이 맞았다.

*   *   *

오후 10시 30분. 이번에도 부인이 문을 열었다. 얼굴에는 불안감이 드리워져 있다. 천혁수는 거실에 있었다. 철학에 거실에 들어서자 두 사람에게 식탁에 앉을 것을 권한 부인이 차를 두 잔 가져왔다. 부인이 방으로 들어가는 것을 확인한 철학이 천혁수에게 물었다.

"어제 왔을 때 거짓말을 하셨던데. 민경숙과 연락하고 지내는 사이가 아니라고. 그 얘기 좀 들어 봅시다. 왜 금방 들통 날 거짓말을 했는지."

천혁수가 자리에서 일어섰다.

"여기서 이러지 마시고, 경찰서로 가시죠?"

이러는 경우는 없다. 대개는 형사가 경찰서로 가서 얘기하자고 하고, 조사를 받아야 하는 사람은 경찰서로 가지 않으려고 한다. 그런데 천혁수는 철학이 말을 시작하자마자 경찰서로 가잔다. 철학이 마다할 이유가 없다. 불감청고소원이다.

경찰서 조사실에 자리를 잡은 천혁수는 커피를 한 잔 달라고 했다. 밤 열한 시에 커피라. 긴 얘기를 하려나 보다. 아직 형사가 묻지도 않았는데, 커피를 달라고 하니.

"이제 원하시던 대로 경찰서로 왔습니다. 얘기해 보세요. 민경숙과 연락하고 지내는 사이였다는 걸 숨기고 왜 거짓말을 했는지. 민경숙의 추천으로 문도환의 운전기사로 취업한 것을 왜 감추려 했는지."

천혁수가 주문한 커피가 도착했다. 커피전문점에서 파는 아메리카노는 아니었다. 인스턴트커피다. 한 모금 커피를 마신 천혁수가 입을 열었다.

1990년 봄, 혁수는 그녀를 처음 보았다. 천사처럼 예쁜 그녀를. 빼꼼 문을 열고서 그녀가 안을 들여다보았다. 그림 표구를 맡기려고 하는데요. 그녀가 그렇게 말했다. 목소리도 고왔다. 안으로 들어온 그녀가 그림 두 장을 펼쳐 보였다. 그림 솜씨가 훌륭한 사람의 작품은 아니었다.

그림을 본 혁수는 조물주가 참 공평하다고 생각했다. 저렇게 천사처럼 예쁜 여자에게 그림까지 잘 그리는 재능을 주어서는 안 되지. 그렇게 생각했다. 아버지의 그림 그리는 모습을 보고 자란 혁수는 자신도 화가가 되려는 꿈을 꾸었다. 하지만 그게 뜻대로 되는 게 아니었다. 혁수의 유전자는 화가인 아버지의 유전자로만 구성된 것이 아니었다. 그림 소질은 없고, 잔소리하는 재능만 있는 어머니의 유전자가 절반을 차지하고 있었다. 화가의 재능이 절반만 섞인 유전자로는 화가로서 성공할 수 없었다. 고등학교 때까지 미술반에서 활동했지만, 그림 그리는 실력이 프로가 되기에는 한참 부족했다.

성인이 된 혁수는 화실을 차리는 대신 표구점을 차렸다. 미술협회장인 아버지의 인맥을 동원하면 그림 표구를 하면서도 먹고살 수 있을 것이라고 계산하는 건 고등학교 때 수학을 포기한 혁수에게도 가능한 일이었다. 어린 시절과 청소년 시절 그림을 그리면서 성장했기에 그림을 잘 그리는 실력은 없지만, 잘 그린 그림을 판별하는 능력은 있었다. 천사의 그림은 높은 수준이 아니었다. 그 정도의 그림은 혁수도 그릴 수 있다.

그림 두 점을 놓고 가면서 그녀는 손을 꼭 잡고 잘 부탁드린다고 했다. 아주 아름다운 미소를 담아서. 잘 부탁드릴 건 나였는데 오히려 그녀가 잘 부탁드린다고 했다. 너무너무 친절하고 아름다운, 그야말로 천사였다. 그녀가 돌아간 다음에야 명함을 받았다는 것을 알았다. 이름이 민경숙이라고 적혀 있었다. 그렇게 한 달에 한 번 그림을 들고 왔다. 두 점일 때도 있고, 서너 점일 때도 있었다. 한 사람의 그림이 아니었다. 그림이 제각각이었다. 아마도 화실에서 그림을 배우는 사람들의 그림일 거라고 생각했다. 그중에 조금 나은 그림은 그녀의 그림일 것이라고도.

그해 가을, 그녀가 그림을 한 점 가지고 왔다. 한 점을 가지고 온 적은 없었는데, 이번에는 한 점만 들고 왔다. 그런데 이번 그림은 그 전에 그녀가 들고 왔던 그림들과 달랐다. 대단히 잘 그린 그림이었다. 지금까지 혁수가 보았던 그림 가운데 최고였다. 미술협회장인 아버지의 그림보다도 더 좋은 그림이었다. 혁수는 놀랐다. 그리고 한 번 더 반했다. 이 그림이 바로 그의 천사 민경숙의 그림인 거라고 생각했다. 천사처럼 예쁜 여자가 신처럼 완벽하게 그림을 그리는 능력도 갖고 있다니. 이건 조물주가 불공평한 게 아니라 조물주가 완벽한 천사를 탄생시킨 것이었다. 지금까지 그녀가 들고 왔던 그림들은 그녀의 화실에서 그림을 배우는 학생들과 주부들의 그림이었던 거다. 천혁수는 천사가 당연히 처녀일 거라고 생각했다. 결혼한 천사가 있다는 얘기는 못 들었으니. 하지만 처녀가 아니었다. 통화 중에 딸이라는 말이 들렸다. 결혼을 한 것이다. 딸도 낳았고. 그래도 괜찮았다. 결혼을 했어도 상관없었다. 그냥 보고만 있어도 좋았고, 볼 수 있다는 것만으로도 행복을 느낄 수 있었다. 삶의 의미를 찾을 수도 있었다.

해가 바뀌어 2000년 그리고 9월, 천사가 그림을 한 점 들고 왔다. 상록미술대전에 출품할 그림이라고 했다. 더 신경 써서 표구를 해 달라고 부탁했다. 아주 고운 목소리로 아주 친절한 말투로. 그렇게 부탁하지 않아도 최대한으로 신경을 집중해 표구를 한다. 다른 사람의 작품이 아니라 천사의 작품이니. 상록미술대전에 출품할 것이라고 맡긴 천사의 작품은 정말 최고였다. 내가 심사위원장이라면 당연히 대상을 줄 거다. 아! 그러고 보니 아버지가 심사위원장이다.

저녁 늦게 퇴근해 귀가한 혁수는 아버지에게 말했다. 천사같이 아름다운 화가가 그림을 표구해 달라고 가지고 왔는데 지금까지 본 그림 중에 최고라고. 그 천사가 그 그림을 상록미술대전에 출품할 것이라고 했다는 말도 했다. 내가 심사위원장이라면 그 그림을 당연히 대상으로 선정할 거라는 말을 덧붙였다. 그러고는 슬쩍 아버지의 표정을 살폈다. 아버지의 입에 미소가 걸린 것이 보였다. 아들이 그림에 대해 얘기하는 게 좋아서 그랬던 건지, 아들이 얘기를 하니까 그냥 좋아서 그랬던 건지, 아니면 아들이 말한 화가의 그림을 대상으로 선정해 주겠다는 건지, 그때는 몰랐다. 아버지의 입가에 걸린 미소의 의미를.

천사의 그림이 상록미술대전 대상작으로 선정됐다. 당연한 결과다. 최고의 그림이었으니. 혁수는 너무나 기뻐서 날아갈 것 같았다. 민경숙의 사진이 실린 신문을 오려서 앨범에 간직했다. 영원히 간직하리라.

상록미술대전에서 대상을 받은 경숙은 한동안 표구점을 찾아오지 않았다. 바쁠 것이라고 생각했다. 전국대회에서 대상을 수상했으니 만나야 할 사람도 많고, 인사할 곳도 많고, 잠시 그림 그리기를 쉴 것이라고도 생각했다. 위대한 그림을 그리는 것은 온몸의 에너지를 총동원해야 하는 것이니, 잠시 휴식이 필요하리라. 상록미술대전이 열린 지 두 달 후였다. 그녀가 다시 표구점을 찾아온 것이.

그해의 마지막 달 중순의 오후, 눈은 내리지 않고 하늘만 잔뜩 흐려서 낮이 저녁처럼 느껴지는 날이었다. 천사가 표구점 문을 열고 들어왔다. 혁수의 심장이 방망이질을 했다. 그런데 그녀의 손에 그림이 들려 있지 않았다. 그림 표구를 맡기러 온 것이 아니었다. 그림이 들려 있지 않은 그녀의 손을 떠난 혁수의 시선이 천사의 얼굴로 향했다.

슬펐다. 천사의 표정은 너무나도 슬퍼 보였다. 그 슬픈 표정을 보는 혁수의 심장이 아렸다. 무슨 일일까? 왜 저렇게 슬픈 표정을 짓고 있는 걸까? 아! 이별을 말하려고 하나 보다. 혁수는 이해할 수 있었다. 그녀가 이제 더 이상 이곳에 오지 않겠다고 말을 하더라도 충분히 이해할 수 있었다. 그동안 이용해 준 것만도 너무 고마운 일이었다. 천사의 화실에서 100미터도 되지 않는 거리에 표구점이 있다는 것을 혁수는 안다. 가까운 곳에 표구점이 있음에도 천사는 이 먼 곳까지 표구를 맡기러 온 것이다. 일부러 먼 곳까지 찾아와 주는 천사의 따뜻한 마음이 한

없이 고맙지만, 그 고마운 행동이 영원히 지속될 것이라고 기대하지는 않았다. 작년 그리고 올해, 2년이나 이 먼 곳까지 와 준 것만으로도 충분히 고마운 일이었다. 혁수에게는 행복할 날들이었다. 괜찮다고 말해 주려 했다. 괜찮다고.

그녀가 혁수를 바라보았다. 눈물이 아롱져 있는 천사의 두 눈이 혁수의 두 눈을 마주 보았다. 그런데…… 아니었다. 천사의 두 눈은 이별을 고하려는 것이 아니었다. 그 두 눈은 도움을 요청하고 있었다. 헬프 미. 천사의 두 눈에는 그렇게 쓰여 있었다. 뭐든지 도와주겠다고 했다. 말만 하라고. 도르르. 천사의 눈에 맺혀 있던 눈물이 한 방울이 흘러내렸다.

자기를 괴롭히는 사람이 있다고 했다. 그 사람 때문에 잠을 못 이루고 있다고, 무서워서 밤에 잠을 잘 수가 없다고. 속이 상해서 미치겠다고도 했다. 어떤 놈이냐고 물었다. 그놈이 왜 그러냐고 물었다. 상록미술대전에 그녀가 대상을 받은 것을 문제 삼는다고 했다. 심사위원장과 짜고서 대상을 선정했다고 억지를 부린다고 했다. 그건 정말 말이 안 되는 억지다. 심사위원장은 바로 아버지다. 아버지가 그럴 사람이 아니라는 데 혁수는 인생을 걸 수 있다. 30년 넘게 보아 온 아버지다. 어떤 미친놈이 그러는지 모르지만 그놈은 미친놈이다. 아니, 악마다. 강직한 아버지를 욕되게 할뿐 아니라, 천사를 괴롭히는 놈이니 악마가 아니면 무언가.

혁수는 천사에게 어떻게 하면 되냐고 물었다. 그놈을 만나서 혼내 주면 되느냐고도 물었다. 천사의 표정이 조금 밝아졌다. 눈빛에는 희망 빛이 어렸다. 천사는 한번 혼내 주기만 하면 된다고 했다. 그놈을 한번 혼내 주기만 하면 다시는 그러지 않을 거라고. 혁수가 그놈을 혼내 주겠다고 하자 그녀가 초롱초롱한 눈망울을 하고 작전을 알려줬다. 그리고 디데이를 정했다. 바로 다음 날이다.

혁수의 대형 SUV로 살짝 들이받으면 된다고 했다. 그러면 그놈이 충분히 겁을 먹을 것이라고. 다음 날 저녁 혁수의 SUV를 타고 현장에 도착한 두 사람은 예행연습을 했다.

저쪽 화성 방향에서 그랜저가 나타나면 여기서 기다리고 있다가 속도를 높여서 달려가서는 쿵 하고 들이받으면 된다. 천사는 그렇게 설명했다.

천사의 말대로 혁수가 차를 몰아서 그랜저가 나타나는 것을 상상하고는 쿵 들이받는 시늉을 했다. 혁수의 예행연습을 조수석에 앉아서 지켜본 천사는 속도를 더 높여야 한다고 했다. 시속 50㎞면 충분하다고 혁수가 말하자 천사는 아니라고 했다. 속도를 더 높여야 한다고. 그럼 60㎞? 혁수가 말하자 천사는 더 높여야 한다고 했다. 그럼 70㎞? 그러자 천사는 속도를 높이라는 말 대신에 직접 숫자를 말했다. 100㎞. 그건 안 돼. 혁수가 말했다. 그러면 죽는다고. 그러자 천사는 웃으면서 말했다. 악마가 그렇게 쉽게 죽겠냐고. 절대 죽지 않으니까 걱정 말라고.

혁수는 떨렸다. 이건 아니다. 악마를 혼내주는 건 동의하지만 죽이는 건 동의할 수 없다. 실제 그놈은 악마도 아니다. 악마 같은 사람일 뿐이다. 시속 100㎞로 달리는 SUV와 충돌하면 승용차 주인은 죽는다. 진짜 악마라도 죽을 거다. 그러면서 못하겠다고 말은 하지 못했다. 그냥 다리를 떨고만 있었다. 그때 천사가 말했다. 저기, 악마가 온다.

캄캄한 어둠 속 저 멀리에서 자동차 전조등 불빛이 보였다. 혁수는 그 불빛만으로는 어떤 자동차인지 차종을 알 수 없었으나, 천사는 그

차가 악마의 차라고 했다. 천사의 눈에는 저 멀리에 있어도 악마가 보이나 보다.

여기서 기다리고 있다가 시속 100㎞로 달려 나가서 저 차를 들이받아야 한다고 천사가 다시 강조했다. 무서워서 다리를 떨고 있던 혁수가 용기를 내서 말했다. 나 못 해요, 죽어도 못 해요. 천사가 혁수를 쳐다보았다. 못 해요, 죽어도 못 해요. 혁수가 다시 한번 말했다. 이런 병신. 천사가 욕을 했다. 그 순간 혁수는 천사의 얼굴에서 악마를 보았다. 악마의 얼굴을 한 천사가 조수석에서 내리더니 차를 한 바퀴 돌아서 운전석 문을 벌컥 열었다. 그러면서 조수석으로 가라고 했다. 겁에 질려 있던 혁수는 아무 말 못 하고 조수석으로 밀려났다.

경숙이 그놈의 차라고 했던, 멀리서 전조등 불빛만 보였던 그 승용차가 어느새 경숙이 말했던 목표지점에 가까이 다가오고 있었다. 경숙이 SUV를 출발시켰다. 점점 속도를 높였다. 맞은편에서 오던 승용차가 멈추었다. 빨간색 신호등에 불이 들어왔기 때문이다. 밤 10시가 훨씬 넘은 시각. 다니는 차도 없는 이 한적한 도로에서 신호를 지키는 사람이 있다니. 혁수가 그렇게 생각하는데, SUV와 승용차의 거리가 좁혀졌다. 승용차 안에 탄 사람의 얼굴을 알아볼 수 있었다. 그 사람의 얼굴은 악마의 얼굴이 아니었다. 선한 얼굴을 하고 있었다. 악마는 그 승용차 안에 있는 게 아니라 이 SUV 안에 있었다. 운전석에서 핸들을 잡고.

SUV의 속도는 점점 더 빨라졌다. 그렇게 빠른 속도로 달리던 SUV가 왼쪽으로 방향을 조금 틀어서 중앙선을 넘었다. 자신을 향해 빠른 속도로 달려오는 SUV를 보고 승용차 안의 남자가 놀란 표정을 지었다. 남자가 급하게 액셀을 밟고 핸들을 오른쪽으로 틀었다. 하지만 너무 늦었다. 안 돼! 혁수는 눈을 감았다. 쿵…….

혁수가 조수석에서 정신을 차리고 보니, 경숙이 도로 아래에 굴러떨어져 뒤집힌 채로 있는 승용차를 향해 걸어가는 게 보였다. 승용차 안을 이리저리 살피던 경숙이 뒤로 돌아서 걸어왔다. 걸어오는 경숙의 얼굴에 미소가 담겼는데 그건 천사의 미소가 아니었다. 악마의 미소였다. 악마의 미소를 한 천사가 SUV에 다가오기 직전에 뒤집힌 승용차에서 불꽃이 피어올랐다. 경숙이 SUV 조수석 문을 열고서 혁수에게 운전석으로 가라고 했다. 벌벌 떨고 있던 혁수는 아무 말 못 하고 운전석으로 가서 앉았다.

왜 운전석으로 가라고 했는지 그때는 몰랐다. 아니, 그럴 생각을 할 정신도 없었다. 경숙이 어디론가 전화를 걸었다. 10분쯤 지났을 때 승용차가 한 대 와서 멈추었다. 검은색이었다. 경숙이 혁수의 SUV에서 내리면서 한마디 했다. 이제 119에 신고하라고. 그렇게 말하고 경숙은 검은색 승용차를 타고 사라졌다. 다시 20분 뒤에 구급차와 경찰차가 함께 나타났다. 구급대원들이 뒤집힌 채 불에 탄 승용차로 다가갔고, 경찰은 SUV로 다가와서 운전자에게 수갑을 채웠다.

"그 말을 지금 믿으라는 거요?"

철학이 어이없다는 표정으로 물었다.

"그럼 내가 거짓말을 한다는 겁니까?"

"그럼 거짓말이지, 누가 믿어요? 지금 천혁수 씨가 한 말을."

철학이 자세를 바로 하고, 혁수에게 얼굴을 가까이 가져갔다.

"생각해 봐요. 경찰이 바봅니까. 운전대에 민경숙의 손자국이 찍혀 있었을 텐데. 그거 조사 안 해 봤을 것 같아요?"

"지문이 안 나왔어요. 그때 민경숙이 장갑을 끼고 있었어요."

"경찰은 뭐라고 하던가요? 경찰한테 다 말했을 거 아닙니까? 천혁수 씨가 운전한 게 아니라 민경숙이 했다고."

"얘기했지요. 그런데 경찰이 내 말을 안 믿어 줬어요."

"민경숙 씨는 뭐라고 했어요? 그때 민경숙도 조사했을 텐데."

"알리바이가 있었어요. 어떤 남자가 그 여자와 같이 있었다고 했어요. 호텔에서."

"그거 봐요. 호텔에 있던 여자가 어떻게 당신 차로 사람을 죽여요. 말이 안 되지. 밤중에 남자와 단둘이 호텔에 있었으면 옷도 벗고 있었을 텐데."

"말이 안 되지만 그게 사실입니다."

"지금 와서 그 얘기를 하는 이유가 뭡니까?"

"물어봤잖아요? 형사님이. 저하고 민경숙이 무슨 관계냐? 왜 민경숙과 연락하고 지낸 사이라는 걸 숨겼냐? 왜 운전기사로 추천한 것도 숨겼냐? 그러니 다 말해야지요. 처음부터."

이 자식 말이 틀리지 않는다. 다 말해야 한다. 다 말하지 않으면 어차피 형사가 다 말하도록 물어본다. 그런데 정말 민경숙이 운전한 건가?

"정말이요? 그날 운전한 사람이 정말 민경숙이요?"

"제가 왜 거짓말을 하겠습니까? 저는 과실치사로 이미 처벌을 받은 사람입니다. 뭐 하러 제가 거짓말을 하겠어요."

"그럼, 합의금은 어떻게 된 거요? 당신이 억울하게 가해자로 몰린 거라면 말이요. 진짜 가해자인 민경숙에게 합의금을 왜 준 거요."

"경찰이 합의금을 줘야 한다고 했어요. 그래야 집행유예로 풀려난다고."

"그래서 줬다? 경찰이 주라고 해서?"

"아니요, 주지는 않았어요. 경찰이 줘야 한다고 했지만 합의금을 주지 않았어요. 돈도 없었고."

"이봐요, 천혁수 씨. 내가 당시 조사자료 다 봤어. 합의금 2천만 원 당신이 줬다고 자료에 다 나와 있다고."

"경찰이 통장을 확인했답니까? 조사 자료에 통장 사본 나와 있어요?"

아니, 통장 사본은 없었다. 보지 못했다. 대신 확인서는 있었다. 민경숙이 2천만 원을 받았다는 확인서.

사건이 발생한 지 일주일쯤 지났을 때, 경숙이 합의금으로 2천만 원을 받았다는 확인서를 들고 경찰서에 나타났다. 합의가 잘됐으니 선처해 달라는 말도 했다. 확인서를 손에 받아든 경찰이 말했다. 천사가 따로 없네. 어떻게 자기 남편을 치어 죽인 사람을 선처해 달라고 부탁을 할까. 합의금도 적게 받고. 나 같으면 1억 원을 줘도 합의 안 해 줄 텐데.

확인서를 받아든 경찰에게 경숙이 한마디 했다. 혹시 증빙자료가 더 필요한가요? 통장이라도 가져다드려야 되나요? 아니라고 했다. 경찰은 돈을 받았다는 사람이 확인해 주면 되는 거라고. 보통은 합의금을 준 사람, 즉 가해자가 합의서를 받아와야 하는 건데. 피해자가 직접 확인서를 가지고 왔으니 됐다고 했다. 경숙이 인사를 하고 돌아가려는데, 다른 경찰이 경숙을 불렀다.

잠깐만요. 경숙이 뒤돌아섰다. 경숙을 부른 경찰이 빈 공책을 들고 경숙에게 다가갔다. 사인 좀 해 주세요. 다른 경찰들의 시선이 경숙과 경숙에게 사인을 해 달라고 말한 경찰에게 집중됐다. 상록미술대전에서 대상을 받으셨죠? 신문에서 봤어요. 올해 처음 열린 미술대전이라던데. 그림 그리듯이 멋있게 사인 좀 해 주세요. 경숙이 살짝 미소를 보이고는 사인을 해 줬다. 그것이 신호라도 되는 듯 그 방 안에 있던 경찰들이 모두 빈 종이를 한 장씩 들고 모여들었다. 몰려든 경찰들이 사인을 다 받고 나자, 어느새 막내로 보이는 경찰이 교통사고 현장을 촬영할 때 사용하는 카메라를 손에 들고 서 있었다. 민경숙이 가운데 서고 경찰들이 양옆에 서서 입을 헤벌쭉하게 벌린 채로 '김치'라고 했다. 그 방 한쪽에 수갑을 차고 의자에 앉아서 그런 모습을 지켜보던 혁수가 힘없이 웃었다. 지금 너희들 눈에는 아마 천사로 보일 거다.

"민경숙 씨가 면회도 여러 번 갔죠? 천혁수 씨 구치소에 있을 때."

"네, 몇 번 왔어요. 와서 돈도 넣어 주고 가고."

"그럼 그게 다 천혁수 씨에게 지은 죄에 대한 보상이라는 거요?"

"그런 생각은 안 해 봤습니다. 보상이라는 거 모르는 여자예요. 그녀가 하는 행동은 모두 그녀 자신을 위한 겁니다. 그러니까 무슨 이유가 있었겠죠. 왜 그랬는지 모르지만."

철학은 알 것 같았다. 경숙이 왜 혁수의 면회를 갔는지. 끝까지 비밀을 지키게 하고 싶었을 거다. 또한, 혁수의 아버지 천병섭에게도 비밀을 지켜 달라는 의미였을 거고.

"구치소에서 풀려난 다음, 지금까지도 민경숙과는 연락하고 지낸 사이인 거죠? 민경숙이 문도환의 운전기사로 당신을 추천했으니."

"저도 먹고살아야 하니까. 민경숙이 그림을 표구해 달라고 하면 해 주고, 그림을 실어다 달라면 실어다 주고, 그렇게 살았습니다. 수입이 많지 않았으니 내가 사는 게 궁금하다는 걸 알고서 추천했을 수는 있죠."

"추천한 걸 몰랐다는 말인가요?"

"민경숙이 나한테는 말을 하지 않았으니."

그래, 식전 행사는 이 정도면 됐다. 어디 그럼, 이제 본격적으로 시작해 볼까. 철학이 노트북을 돌려 천혁수가 화면을 볼 수 있게 했다.

용의자

감색 정장에 흰색 셔츠, 그리고 하늘색 넥타이가 눈에 들어왔다
오른손에는 검정색 가죽 가방이 들려 있다

"아, 이 사람 보기보다 술이 세네."

선미가 혀 꼬부라지는 소리로 말했다. 탁자 위에 빈 막걸리 병이 세 개. 그 옆에 절반 정도 남아 있는 막걸리 병이 하나. 그리고 선미의 왼쪽 발밑에서 뒹굴고 있는 빈 막걸리 병이 또 하나. 선미가 여성이라는 점을 감안하면 혀가 꼬부라질 만큼 마셨다.

"나는 아직 취기도 안 올랐는데, 선미 씨는 벌써 취했나 보네."

재형이 허세를 부렸다. 둘 중 누군가 나이가 한 살 차이니 말을 놓자고 말한 것 같은데, 누가 그랬는지는 기억나지 않는다. 하여간 어느 순간부터 두 사람은 반말로 대화를 했다.

"야 기자. 너 근데 아까부터 뭘 그렇게 핸드폰을 자꾸 보냐? 뭐 애인한테 문자라도 왔냐?"

"애인한테 온 건 아니고. 너도 아는 사람한테서 문자가 왔다."

"내가 아는 사람? 그게 누군데?"

"임철학."

"형사, 그 새끼."

재형이 눈을 크게 뜨고 선미를 쳐다보자, 선미가 상황을 수습하려 했다.

"쏘리, 네 친구지. 근데 그 형사가 뭔 문자를 보냈냐? 이 밤중에."

"유력한 용의자를 조사하고 있나 봐."

"용의자? 민경숙이 죽인 놈?"

"그래."

"그게 누군데, 누굴 조사하고 있냐고?"

"천혁수라고."

"알아. 천혁수."

아! 선미가 천혁수를 알겠구나. 문도환이 민경숙과 사귀었으니. 문도환의 운전기사를 모를 리가 없지. 천민규를 알았던 선미는 천혁수가 천민규라는 것도 알 거다.

"야, 기자."

"왜? 화가."

"내가 재미있는 얘기 해 줄까?"

"좋지. 뭔데, 재밌는 얘기가? 혹시 19금이냐?"

"쎄끼. 그렇게 까불면 얘기 안 해 준다."

"알았다. 알았어. 까불지 않을 게 해 봐."

"천혁수 부인이 누군지 아냐?"

"보긴 봤는데, 누군지는 모르지."

"이거 봐라, 이거. 기자라는 사람이 그런 것도 몰라서야."

선미가 한심하다는 표정과 재밌다는 표정을 섞어서 재형을 쳐다보았다. 술기운에 선미의 눈이 절반은 감겼다.

"누군데, 천혁수 부인이?"

"한 번 봤다며. 누구 닮지 않았냐?"

천혁수의 부인을 처음 봤을 때 그 생각을 했다. 누구를 닮은 것 같다는……. 그런데 누군지는 생각이 나질 않았다.

"내가 이름을 말해 주지. 그러면 아마 생각이 날 거다. 문미옥. 천혁수 부인 이름이 문미옥이다. 이래도 누구를 닮았는지 생각이 안 나냐?"

"아니, 그럼!"

"그래 인마, 문도환 동생이야."

노란 그릇에 담긴 막걸리를 시원하게 들이켠 선미가 이야기보따리를 풀었다.

천혁수와 문미옥의 결혼 뒤에는 문도환의 큰 그림이 있었다. 천혁수와 문미옥은 전과가 하나씩 있었다. 천혁수는 교통사고 과실치사 전과가 있고, 문미옥은 결혼을 한 번 했던 전과가 있었다. 나이는 문미옥이 두 살 많았다.

구치소에 구속됐다가 풀려난 천혁수는 다시 표구점의 문을 열었다. 하지만 장사가 예전 같지 않았다. 몇 달간 문을 닫아 놓은 탓에 다른 표구점으로 옮긴 고객들이 있었고, 인터넷이 일상화돼 가면서 인터넷으로 주문을 받아서 싼 가격에 표구를 해 주는 업체에 그림을 맡기는 사람들도 생겨났다. 일감이 줄었지만, 결혼도 하지 않고 혼자 사는 것이기에 경제적인 문제는 없었다. 운전면허를 회복한 다음에는 개인 용달을 하면서 돈을 벌었다.

문미옥은 아이 하나를 키우고 있었다. 결혼한 지 2년 만에 이혼을 했는데, 그 사이에 아이를 낳았다. 생활력이 강한 미옥은 보험설계사로 일하면서 아이를 키웠다. 일을 잘해서 아이와 함께 사는 데 어려움이 없을 정도로 돈을 벌었다.

2년 전인 2017년 여름, 문도환이 여동생인 미옥에게 결혼을 하라고 했다. 미옥이 결혼 같은 소리 하고 있네. 한번 해 봐서 아는데 그거 할 것이 못 된다고 오빠에게 말했다. 도환은 자기도 한번 해 봐서 네 마음을 안다면서 그래도 결혼을 하라고 했다. 결혼하라고 말하는 오빠의 얼굴을 빤히 쳐다보던 미옥은 자신이 결혼을 해야 한다는 걸 알았다. 문도환의 얼굴에는 네가 반드시 결혼을 해야 한다고 쓰여 있었다. 도환은 어릴 적부터 자기가 하고자 하는 것은 반드시 해야 하는 성격이었다. 그리고 마침내 이루어 내고야 마는 끈기가 있었다. 그 끈기로 공부해서 좋은 대학에 합격했고 졸업했다. 학비는 장학금으로 해결했고, 용돈은 아르바이트로 마련했다. 유능하고 얼굴도 예쁜 여성과 결혼했고, 유능하고 얼굴도 예쁜 여성을 버리고, 정치를 시작했다.

문도환은 그런 사람이었다. 그런 오빠를 알기에 미옥은 자신이 결혼할 수밖에 없는 상황이라고 판단했다. 사실 혼자 산 지 오래돼서 좋은 사람이 있으면 결혼을 하고 싶은 마음도 있었다. 그럼에도 이유는 알고 싶었다. 도환이 자신에게 결혼을 하라고 하는 이유를. 하지만 물어보지 않았다.

미옥은 혁수를 만났다. 매력은 없었지만, 사람은 좋았다. 본성이 선한 사람이었고, 마음이 따뜻한 사람이었다. 그거면 됐다. 매력적이지만 마음이 차가운 사람과는 한번 살아봤으니.

"어! 그럼 문도환이 천병섭의 인맥을 등에 업으려고."

"그렇지. 역시 기자라 금방 이해하네."

천병섭이 누군가? 이 도시에서 가장 존경받는 인물이다. 이제 재형은 존경하지 않게 됐지만. 문화예술계에서 그가 차지하는 비중은 막강하다. 그를 자기편으로 만드는 것은 이 지역 문화예술계를 장악한 거나 다름이 없다. 재형은 문도환이 그토록 철저하고 치밀한 사람인 줄 몰랐다. 그런데 문도환의 큰 그림이 단지 그것뿐인가? 천병섭과 사돈 사이가 된 문도환이 시장에 당선되는 것만이 그의 큰 그림에 들어 있던 것인가?

*   *   *

"어때요? 동영상을 본 소감을 좀 들어 봅시다."

철학이 말했다. 노트북 화면은 다시 철학 쪽으로 돌려져 있다. 천혁수는 놀란 표정을 하고 가만히 앉아 있다. 말이 없다. 지금까지 술술 말하던 천혁수가 침묵을 지키고 있다. 몰랐을 거다. 경찰이 이렇게 자세한 동영상을 확보하고 있을 줄은.

"시내에 CCTV가 많아요. 3천 개가 넘는 CCTV가 우리를 감시하고 있어요. 그걸 통합관제센터에서 관리하고 있고. 이제 어디서, 누가, 무얼 하는지 카메라에 다 잡혀요. 어디 한번 말해 봐요. 동영상 속에 나오는 그 사람 천혁수 씨 당신 맞죠?"

묵묵부답. 천혁수가 말이 없다. 얼굴에는 낭패의 표정을 가득 담고서. 이런저런 생각을 하는 것 같다.

"형사가 물어보면 다 말해 준다면서요. 어디 한번 말해 봐요. 속 시원하게."

천혁수가 커피를 한 잔 더 달라고 했다. 커피를 마시고 얘기를 하려나 보다. 철학이 얼른 가져다주라고 지시했다. 가져온 커피를 천혁수가 한 모금 마시는 사이에 철학이 다시 말했다.

"CCTV 동영상에 나오는 대로 인정하고 갑시다. 서로 힘들이지 말고. 천혁수 씨가 봤듯이. 천혁수 씨가 사는 다가구 건물 쪽에서 등산복을 입은 그 사람이 나왔잖아요. 그리고 택시를 탔고, 그다음 민경숙의 집 근처에서 내렸고. 한 시간쯤 뒤에 민경숙의 차가 집에서 나왔고, 그 차가 수암봉 주차장으로 들어갔고. 또 그다음에 처음 천혁수 씨 집 건물에서 나왔던 등산복 차림의 그 사람이 주차장에서 나와서 수암봉으로 가는 척하다가 시내로 내려갔고. 이 정도면 됐잖아요. 이거 천혁수 씨 잖아요. 얼른 인정하고 조사 끝냅시다."

커피를 한 모금 마신 천혁수가 말을 하려는 듯 얼굴 표정을 바꾸었다. 똑똑. 그 순간 조사실 출입문에서 노크 소리가 들렸다.

"무슨 일이야?"

철학이 큰 소리로 물었다. 문이 열리고 오른발이 먼저 들어왔다. 반짝반짝 광택이 나는 검은색 구두였다. 어! 저건 형사의 발이 아닌데. 철학이 시선을 위로 올렸다. 감색 정장에 흰색 셔츠, 그리고 하늘색 넥타이가 눈에 들어왔다. 오른손에는 검은색 가죽 가방이 들려 있다. 제기랄. 철학의 입에서 무의식적으로 욕이 튀어나왔다.

"제 의뢰인은 이제 집으로 갈 겁니다."

변호사는 그렇게 말했다. 의뢰인이라니? 천혁수가 여기 조사실에 계속 있었는데 언제 변호사를 불렀다고. 하긴 가족들이 불렀겠지. 실제로는 문도환 시장이 불렀겠고. 조금만 더 있었으면 천혁수가 다 실토하는 건데. 철학은 안타깝고 아쉬웠다. 그러나 어쩔 수가 없다. 천혁수는 지금 피의자가 아니다. 참고인으로 부르지도 않았다. 그냥 제 발로 왔으니 제 발로 나갈 수 있는 거다. 더구나 변호사가 왔으니 이제는 나가는 게 더 쉬워졌다. 그리고 저 변호사는 검사 출신이다. 철학도 알고 있던 검사. 검사 출신 변호사를 상대하는 건 힘든 일이다.

천혁수를 조사하는 게 만만치 않게 됐다. 체포영장이나 구속영장을 받기도 어려워졌고. 그렇지만 조금 더 어려워졌을 뿐, 결과가 달라지지는 않는다. 시간은 형사들 편이다. 범인이 누군지 알고 있으니, 확실한 증거만 모으면 된다. 천혁수가 사건 당일 집 앞 도로에서 타고 간 택시를 찾는 일은 내일이면 결과가 나올 거다. 검사 출신 변호사가 아니라 검찰총장 출신 변호사가 천혁수를 변호한다고 해도 별수 없다. 며칠 안에 민경숙 살해 피의자로 천혁수는 구속될 거다.

*　　　*　　　*

저 생명체, 요즘 이 시간에 자주 출몰하네. 오늘도 벽을 보고 서 있다. 아! 그냥 벽을 보고 서 있는 게 아니구나. 벽에 걸린 그림을 보고 있는 거구나. 그러고 보니 지난번에도 그림을 보고 있던 거다. 오늘은 반대편 벽에 걸린 그림을 보고 있다. 지금 보고 있는 그림은 올해 봄에 열린 상록미술대전에서 대상을 받은 그림이다. 올해 상록미술대전은 20회 기념으로 상금도 3천만 원으로 올렸다. 그런 대회에서 대상을 받았으니 엄청 좋은 그림일 거다. 그림을 볼 줄 몰라서 잘 그린 건지 못 그린 건지 구분할 수는 없지만.

그런데 저 생명체, 어제도 술을 마셨나 보다. 여기까지 술 냄새가 난다. 막걸리 냄새다. 기자들은 좋은 술을 얻어먹고 다니는 줄 알았는데, 그렇지 않나 보다. 그런데 술만 마시면 저렇게 아침에 나와서 그림을 감상하나? 그것참 희한한 술버릇이다. 괜찮은 술버릇이기도 하고. 또 머리를 도리질하듯이 가로로 흔들고 있다. 저렇게 머리가 아픈데 뭐 하러 술은 마시는지. 도리질하는 생명체를 피해서 과장은 서둘러 시장실 문 앞으로 향했다.

의심이 생겼다. 문도환이 천병섭과 사돈 관계라면, 한번 의심해 봐야 하는 내용이 있다. 지난봄 열린 20회 상록미술대전 대상 작품에 얽힌 소문에 관한 것이다. 당시에는 별 것 아닌 줄 알았다. 시장 문도환이 특정 화가의 작품을 대상으로 내정했다는 소문이 있었지만 금방 사그라졌다. 심시위원장이 천병섭이었기 때문이다. 천병섭은 공정한 심사의 대명사이자, 외풍에 흔들리지 않는 바위 같은 존재였다. 그러나 이제 상황이 달라졌다. 천병섭은 이미 초대 상록미술대전의 심사위원장으로서 부정을 저지른 것이 드러났다. 한 번 부정을 저지른 사람이 두 번 하지 않는다는 보장이 없다. 그리고 천병섭은 문도환 시장의 사돈이 아닌가.

선미와 헤어진 후, 집으로 돌아온 재형은 술이 깨지 않은 두 눈으로 인터넷을 뒤졌다. 오래된 기사를 찾아서 읽고, 각종 자료를 찾아 모았다. 알코올에 점령당한 뇌를 어렵게 가동해서 모은 기사와 자료를 종합하고, 분석해서 결론을 얻었다. 20회 상록미술대전의 대상 선정에도 부정이 개입됐다는 의심을 할 수 있는 결론.

대상 수상자는 문도환 시장후보 선거캠프에서 문화예술 부문의 분과장을 맡았던 인물이다. 올해 열린 상록미술대전에서 대상을 수상하기 전에는 전국대회에서 이렇다 할 수상을 한 기록이 없다. 그림이 좋다는 평가를 받던 인물이 아니다. 의심할 수밖에 없는 정황이다.

눈으로 확인해야 했다. 그림을 보면 확인할 수 있을 것 같았다. 아침 일찍 일어나 시장실 복도로 향했다. 20회 상록미술대전 대상 수상작이 그 복도에 걸려 있다는 것을 알기에. 고개를 들어 한참을 쳐다보았지만, 모르겠다. 얼마나 잘 그린 그림인지. 이 그림이 대상을 받을 수 있는 그림인지. 그 정도 실력은 되지 않는 그림인지. 모르겠다. 모르겠어. 재형이 고개를 저었다. 도리질하듯이.

"이 시간에 웬일이세요? 아이고, 머리야."

"해장술 한잔해야죠. 머리 아플 땐 해장술이 최곱니다."

"호호호, 아직 술이 안 깼나 보네. 우리 기자님."

어제 술을 마실 때는 분명 말을 놓자고 해 놓고서, 아침이 되니 두 사람은 다시 존댓말로 대화를 했다.

"근데 무슨 일이 있어서 이렇게 일찍 전화했어요? 나는 아직 세수도 안 했는데."

"그림을 보고 있어요."

"그림이요?"

"20회 상록미술대전 대상 작품."

침묵이 흘렀다. 선미는 아무 말이 없었다. 재형도 아무 말 없이 기다렸다. 그렇게 20초, 시간이 흘렀다. 두 시간처럼 길게 느껴지는 시간이.

"확인하러 가셨군요? 기자들한테는 뭔 말을 못 한다니까."

"어떻게 된 겁니까? 그때 소문이 사실이었던 겁니까?"

또 침묵. 선미가 다시 침묵 모드로 돌입했다.

"조사해 보니까. 대상을 수상한 화가가 작년 선거 때 문도환 시장후보 캠프에서 활동했더라고요. 그리고 아무리 찾아봐도 전국대회 수상기록이 전혀 없던데……."

전화기 속에서 선미의 한숨 소리가 들렸다.

"의심스러운 건 사실입니다. 화가들 사이에서도 한동안 그런 소문이 있었고, 시장이 그 사람을 대상으로 내정했다는. 하지만 미술작품을 심사하는 건 주관적인 거잖아요. 심사위원들이 그 작품을 대상이라고 하면 그 작품이 대상이 되는 겁니다. 그 작품이 대상감이 아니라고 소송을 한다고 해도, 판사들이 재판을 해서 결정할 수 있는 것도 아니고."

미술 작품을 심사하는 건 주관적인 게 맞다. 사람마다 아름다움을 평가하는 기준이 다르듯이. 그래도 화가들은 어떤 게 좋은 작품인지. 어떤 그림이 잘 그린 그림인지를 평가하는 눈은 비슷할 거다.

"선미 씨라면 어떻게 했을 것 같아요? 선미 씨가 심사위원이라면 그 그림을 대상으로 선정하겠습니까?"

"미쳤어요. 그런 그림을 대상으로 선정하게."

그럼 다른 화가들도 그렇게 생각할 거다. 그 그림을 대상으로 선정하는 건 미친 짓이라고. 그럼 왜 화가들은 문제 제기를 하지 않나? 누군가는 대상작으로서 문제가 있다고 말했어야 하는 거 아닌가?

"천병섭이잖아요. 심사위원장이 천병섭인데 누가 이의를 달겠어요? 지역 미술계에서 천병섭의 결정은 곧 법입니다. 천병섭이 대상감이라는데, 그게 아니라고 말하면 그 사람이 병신이 되는 겁니다."

재형은 결정했다. 알려야겠다, 천병섭의 진짜 모습을. 상록미술대전 초대 대상작 선정 과정에 사심을 개입시킨 천병섭의 행동을 재형은 공개하지 않기로 마음먹었다. 19년 전 일이고. 실제 대상으로서 손색이 없는 그림이 대상으로 선정됐기에 과거를 들추어서 한 사람을 매장하고 싶지 않았다. 그런데 이제 상황이 달라졌다. 19년 전에는 실수에 발목이 잡혀 어쩔 수 없이 그렇게 한 것이라면, 올해 대상 선정은 주도적으로 그렇게 한 것이다. 시장 문도환과 공모해서. 충분히 그렇게 판단할 수 있다. 보강 취재를 해서 사실을 밝히리라. 천병섭의 실체를 공개하리라. 다시는 상록미술대전에 불의가 끼어들지 못하도록.

*　　　*　　　*

젊은 형사가 '개인택시조합'이라고 적힌 세로 간판이 걸려 있는 사무실의 문을 열고 들어섰다.

"어떻게 오셨어요?"

제일 앞줄에 앉아 있는 50대 초반으로 보이는 여성이 밝은 표정으로 맞이했다. 젊은 형사가 사무국장을 보러 왔다고 말했다. 50대 여성이 '조합장실'이라고 적힌 문 바로 앞 책상 뒤에 앉아 있는 사람이 사무국장이라고 했다. 젊은 형사가 그 사람에게 다가가 인사를 하고 명함을 건넸다. 강력계 형사라고 적힌 명함을 받아 든 사무국장이 벌떡 일어서서 자신의 명함을 내밀고 악수를 청했다. 사무국장은 60세가 되기 직전의 나이처럼 보였다.

"조합에 소속된 개인택시가 몇 대인가요?"

"2천 대가 조금 넘습니다. 정확한 숫자는 자료를 봐야 해서."

젊은 형사는 그럴 필요 없다고 했다. 개인택시 숫자를 파악하러 온 것이 아니라고. 젊은 형사는 택시 운전석 계기판 위에 훌라춤을 추는 남미 여성처럼 생긴 인형을 달고 다니는 택시의 운전기사를 만나고 싶다고 했다.

"아이고, 그걸 어떻게 찾아요? 일일이 기사님들에게 다 물어봐야 되는데."

사무국장은 노골적으로 귀찮다는 표정을 지었다. 귀찮을 거다. 2천 명이 넘는 택시 가운데 단 한 대의 차를 찾아야 하니. 차량번호를 아는 것도 아니고.

"못 찾을 건 또 뭐예요? 이리 오세요, 형사님."

젊은 형사가 사무실을 들어올 때 '어떻게 오셨어요?'하고 인사했던 여자다.

"전화해 보면 되지. 기사님들 몇 분에게 전화해 보면 알 수 있을 거예요. 기사님들은 서로서로 알고 지내니까?"

그럴 거다. 2천 명 중의 한 명이라고 해서 2천 명 전부에게 물어봐야 하는 건 아니다. 여섯 사람만 거치면 지구상의 모든 사람을 알 수 있다고도 하질 않나. 사무국장은 귀찮아서 형사를 도와주지 않으려 한 거다. 젊은 형사가 50대 여성 옆으로 가자, 여성이 옆자리에 있던 의자를 가지고 와서 앉으라고 했다. 그러면서 자기 이름이 '황명숙'이라고 했다. 여기서는 다 황 과장이라고 부른다고도 했다.

황 과장이 전화를 걸었다. 택시기사라는 걸 알 수 있다.

"오라버니, 택시 운전석 계기판 위에 훌라춤을 추는 인형 달고 다니는 기사가 누군지 알아요? …… 몰라요? …… 그럼 누가 알까요? …… 누구요? …… 알았어요."

전화를 끊은 황 과장이 다른 번호로 전화를 걸었다. 이번에도 오라버니라고 불렀다. 그렇지만 이번 통화에서도 별 소득이 없었다. 황 과장은 계속해서 전화를 걸었다. 그리고 끊고, 다시 또 걸고.

"황 과장. 점심 먹어야지. 벌써 시간이 이렇게 됐네. 뭐 좀 주문해 봐."

사무국장이 큰 소리로 말했다.

"지금 밥 먹는 게 중요해요. 여기 형사님이 사람을 찾고 있는데. 이게 다 국민을 위해서 하는 거잖아요. 어째 저렇게 생각이 없을까? 배고프면 먼저 드세요."

황 과장이 빽 소리를 질렀다. 얼굴이 빨개진 사무국장이 찍소리도 못하고 다시 컴퓨터 화면에 얼굴을 박고 고스톱을 계속했다.

그 후로 몇 번 더 전화를 돌린 황 과장이 드디어 찾아냈다.

"누구요? …… 아! 박 기사님이요? …… 알았어요. 고마워요, 오라버니."

오라버니가 참 많기도 하다.

"찾았어요. 박 기사님 차에 그 인형이 있대요. 훌라춤인지 람바다인지 춤을 추는 인형."

황 과장이 다시 전화를 걸었다. 박 기사에게 거는 건가 보다.

"오라버니. 어디에 계세요? …… 제천이요? …… 아! 이제 출발한다고요. 그럼 두 시간 정도 걸린다고요. 네, 오라버니 바로 사무실로 오세요. 중요한 일이 있어요. …… 네, 오라버니 이따 봐요."

전화를 끊은 황 과장이 웃는 얼굴로 젊은 형사를 처다봤다. 그리고는 통화하는 걸 들어서 이미 다 알고 있는 내용을 젊은 형사에게 다시 설명했다. 아는 내용을 또 듣는 게 지겨운 일이었지만 젊은 형사는 얼굴에 미소를 담고 들었다. 가끔씩 감탄사도 내뱉으면서.

설명을 마친 황 과장은 우리에게는 두 시간의 여유가 있다면서 이제 밥을 먹으러 가자고 했다. 차를 타고 5분만 가면 쌈밥을 아주 맛있게 하는 음식점이 있다고 덧붙였다. 두 사람의 대화를 듣고 있던 사무국장이 "그래, 그럼 오랜만에 맛있는 쌈밥 좀 먹어 볼까." 하면서 동행의 뜻을 나타냈다. 사무국장의 말이 끝나기도 전에 황 과장의 차가운 면박이 사무국장에게로 날아갔다.

"사무실은 누가 지켜요. 누군가는 사무실에 남아서 전화를 받아야 할 것 아녜요. 사무실 찾아오는 기사님들도 맞이해야 하고. 나가면서 주문해 놓을 테니까 김치찌개 맛있게 드세요."

그렇게 면박을 주고는 황 과장이 젊은 형사의 팔짱을 꼈다. 이모뻘은 될 것 같은 여성이 팔짱을 끼는 게 몹시도 거북했지만 젊은 형사는 팔을 빼지 못했다. 그냥 얼굴에 미소를 담았다. 강력계 형사인 자신이 감정노동자가 된 기분이었다.

보라색 등산복

증거를 찾아야 한다
보라색 등산복을 찾아야 한다

"민원실에 임 형사님을 찾아온 사람이 있습니다."

철학이 구내전화로 걸려온 전화를 받자 민원실 경찰이 말했다.

"누군데? 나를 찾아온 사람이?"

"이름이 천혁수라고 하는데요?"

철학이 우사인 볼트처럼 빠른 속도로 정문 앞 민원실까지 달려갔다.

"자수하러 왔습니다."

철학을 본 천혁수가 그렇게 말했다. 철학은 민원실 출입문을 열고 다시 밖을 내다보았다. 누군가 같이 온 사람이 있나 해서. 아무도 없었다. 지난밤 천혁수를 데리고 나갔던 변호사는 보이지 않았다. 철학이 문을 닫았다. 마음 같아서는 아무도 들어오지 못하도록 아주 큰 자물쇠로 잠그고 싶었으나, 근무시간에 관공서 사무실 문을 자물쇠로 잠글 수는 없었다.

"혼자 왔어요?"

천혁수가 고개를 끄덕였다. 철학이 천혁수를 이끌고 민원실을 나와 경찰서 본관 건물로 들어갔다. 연락을 받고 나온 형사들이 그를 얼른 조사실로 데리고 들어갔다. 조사 준비를 서둘러 마치고 철학과 천혁수가 어제와 같은 자세로 마주 앉았다. 변호사가 오기 전에 조사를 끝내야 한다. 스스로 자수하러 온 사람이 진술을 마친 다음에는 변호사가 와서 어떻게 해 봐야 소용이 없다. 어느새 천혁수 앞에는 커피가 놓였다. 어제 여러 잔 마시는 걸 보니 커피를 좋아하는 것 같아서 철학이 후배 형사에게 지시했다. 편안한 상태가 돼야 피의자들이 쉽게 입을 연다.

"자수를 하러 왔다고요?"

"그렇습니다. 제가 민경숙을 죽였습니다. 제가 범인입니다."

천혁수는 어제 한잠도 못 잤다고 했다. 자신은 완전 범죄라고 생각했는데, CCTV에 찍힌 걸 보고 너무 놀랐다고 했다. 밤새 고민하고 또 고민하다가 아침에 일어나자마자 결심했다고 했다. 자수하기로. 천혁수는 술술 다 얘기했다.

사건 당일, 천혁수는 민경숙을 죽이기로 작정하고 집을 나섰다. 등산복을 입고서 택시를 탔다. 혹시 나중에라도 CCTV에 찍혔을 경우 택시 번호판이 잘 보이지 않도록 일부러 은행나무 아래에서 택시를 잡았다. 민경숙의 집에서 조금 떨어진 곳에서 택시를 내렸다. 민경숙의 집 부근에는 CCTV가 없는 걸 사전에 조사해서 알고 있었다. 초인종을 누르자 민경숙이 문을 열어 줬다. 반기는 기색은 아니었다. 두 사람 사이에 말다툼이 벌어졌다. 예상했던 일이었다. 천혁수는 시장을 고소한 것을 취하하라고 했고, 민경숙은 못 한다고 했다. 그렇게 말다툼을 하다가 잠깐 뒤돌아선 민경숙을 주머니에 넣고 간 둔기로 때렸다.

죽은 민경숙을 둘러업고 민경숙의 차 트렁크에 실었다. 머리를 세게 내리쳤는데 실제 민경숙의 머리에서 피가 많이 나오지는 않았다. 바닥에 조금 묻은 피는 민경숙의 욕실에 있던 수건을 가져다가 닦았다. 트렁크에 실린 그녀의 차를 몰고 수암봉 주차장으로 가서 주차한 후 현장을 떠났다. 등산객들 틈에 섞여서 등산로를 따라서 올라가는 척하다가, 하산하는 등산객을 따라서 하산했다.

천혁수의 진술은 CCTV를 통해 이미 형사들이 확인한 범인의 동선과 일치했다. 머리를 둔기에 맞아 살해됐다는 것도 과학수사대의 분석과 들어맞았다. 민경숙의 거실 바닥에서 민경숙의 피가 묻었던 흔적도 과학수사대가 이미 찾아냈다.

"왜 죽였어요?"

철학이 부드러운 목소리로 물었다. 살인자이지만, 자수하러 온 사람이 아닌가. 민경숙에게는 원한도 많을 거고……. 천혁수는 바로 대답하지 않았다.

"문도환 시장을 고소한 건 때문에 그랬어요?"

천혁수가 고개를 끄덕였다. 그러나 그렇게 답하면 안 된다. 말로 해야 한다. 조사 내용을 녹음 중이니.

"네, 시장을 고소한 민경숙이 죽도록 미웠습니다."

"아무리 밉다고 해도 사람을 죽여요?"

"자기 남편도 죽인 여자입니다. 그런 여자는 죽어 봐야 정신을 차립니다."

천혁수의 마음은 이해가 가지만, 죽은 여자가 정신을 차릴 수는 없다. 죽으면 모든 것이 끝이지. 영혼이 있다면 영혼은 정신을 차릴지 모르지만.

"시장을 고소했는데, 왜 천혁수 씨가 민경숙을 죽여요? 시장 문도환이 죽이면 죽여야지. 민경숙을 죽이라고 시장이 지시한 거죠?"

"아닙니다. 그건 절대 아닙니다. 시장님은 알지도 못합니다."

"천혁수 씨. 형사들은 말예요. 사람 보는 눈이 발달했습니다. 딱 보면 저놈이 범인인지? 저놈이 사람을 죽일 수 있는 놈인지? 우리는 척 보면 압니다. 그런데 천혁수 씨는 아닙니다. 지금 보니까 시장이 시켰구먼. 지금 여기 자수하러 온 것도 문도환 시장이 시킨 거죠?"

"아닙니다. 시장님은 제가 지금 여기 온 것도 모르십니다."

"모르긴 뭘 몰라요. 당신 예전에는 민경숙이 대신 죄를 뒤집어썼고, 이번에는 문도환 시장 대신 죄를 뒤집어쓰려는 거잖아요?"

"그럼 CCTV에 나온 사람은요? 그게 시장님이라는 말입니까? 그건 저잖아요. 어제 그렇게 말씀하셨잖아요. 그게 사실이고요."

그건 그렇다. CCTV는 분명 이놈 천혁수가 범인이라고 말하고 있다. 증거도 그렇다. 사건 당일 문도환 시장은 전주에 있었으니. 아마도 민경숙이 살해되는 시간에 문도환은 전주로 내려가는 고속도로 위에 있었을 거다.

"누가 문도환 시장이 직접 죽였답니까? 문도환 시장이 시켰다는 말이지. 문도환 시장이 시켜서 당신이 죽인 거잖아?"

"아닙니다. 절대 아닙니다."

천혁수는 강하게 부정했다. 그러나 강한 부정은 긍정이라는 걸 철학은 안다. 천혁수 이놈, 문도환의 지시를 받아서 민경숙을 살해한 거다. 민경숙이 시장을 고소했다고 해서 천혁수가 피해를 입는 건 크지 않다. 기껏해야 시장 관용차 운전기사직을 잃는 정도다. 관용차 운전기사직이 사람 목숨과 바꿀 정도는 아니다. 초등학생에게 물어봐도 그렇다고 할 거다.

하지만 문도환은 어떤가. 그에게는 시장직이 걸려 있다. 민경숙이 고소한 건이 잘못되면 시장이 옷을 벗어야 한다. 시장직은 시장관용차 운전기사직과는 다르다. 그건 사람 목숨을 좌우할 수 있다. 목숨을 걸고 시장 선거에 뛰어드는 사람들을 보면 그걸 알 수 있다. 그러니 문도환이 민경숙을 죽일 이유는 충분하다. 깊이 생각해 볼 것도 없는 정황이다. 문도환이 지시하고, 천혁수가 실행한 거다. 다만, 그 증거를 찾는 게 어려운 일일 뿐인데. 일단 살인자를 잡았으니, 교사한 놈을 잡는 건 시간문제다. 그렇다면 우선 살인자를 확실하게 살인자로 만드는 게 중요하다.

"흉기는 어떻게 했어요? 민경숙의 머리를 내리친 아령 말입니다."

"수암봉 산속에서 버렸습니다. 계곡에요."

산속 계곡에서 아령을 찾는 건 모래사장에서 바늘 찾는 것과 같다. 사실상 불가능하다. 이놈이 정확한 지점을 콕 찍어서 말해 주지 않으면.

"그날 입었던 등산복은 어떻게 했어요?"

보라색 등산복. 그걸 찾으면 저놈이 범인이라는 증거를 확보하게 된다. 거기에 민경숙의 피가 묻어 있을 수 있고, 피가 묻어 있지 않더라도 민경숙의 DNA 한 조각 정도는 발견될 거다. 설사 그것들이 없다고 해도 상관없다. CCTV에 등장하는 범인이 입고 있던 등산복을 천혁수가 가지고 있다면 그가 범인이라는 증거는 충분하다. 그가 스스로 범인이라고 자백을 했으니.

"버렸어요."

그랬겠지. 범행할 때 입었던 옷을 곱게 보관하는 살인자는 없다. 연쇄살인범이 아닌 다음에야.

"어디다 버렸어요?"

"쓰레기봉투에 담아서 버렸어요."

제기랄, 벌써 2주나 지났는데. 그걸 어디 가서 찾지? 벌써 소각장으로 배달돼서 태워졌거나 매립장 땅속에 묻혔을 거다. 그래도 일단 찾는 데까지 찾아야 한다. 철학이 후배 형사들을 모아 놓고 매립장을 뒤져서라도 보라색 등산복을 찾아오라고 지시했다. 소각장에 남은 재라도 모아 오라고도. 그 등산복이 있어야 한다. 그것이 없으면 저놈이 나중에 말을 바꾸면 살인자로 잡아넣을 수가 없다. CCTV 영상만으로는 저놈이 범인이라고 단정할 수 없다. 모자를 푹 눌러써서 얼굴을 알아볼 수 없으니. 경찰은 그 영상만으로도 저놈을 범인이라고 생각하지만, 판사들은 그렇게 생각하지 않는다. 그러니 증거를 찾아야 한다. 그 등산복. 철학은 천혁수 집에 대한 압수수색영장도 신청했다. 그럴 가능성은 매우 낮지만, 그래도 집을 뒤져 봐야 한다. 그곳에 등산복이 있을 수도 있으니.

*　　　*　　　*

"오라버니, 왜 아직 안 오세요?"

두 시간이면 도착한다던 박 기사가 세 시간이 지나도 오지 않자 황 과장이 전화를 걸었다.

"올라오는 길에 사고가 났대요. 어떤 자식이 갑자기 끼어드는 바람에

접촉사고가 났는데, 이 자식이 죽어도 자기 잘못이 아니라고 한대요. 지금 용인 경찰서에서 조사받고 있으니까. 조사 끝나는 대로 올라올 거라네요."

전화 통화를 끝낸 황 과장이 말했다.

일이 꼬인다. 지금 용인경찰서에서 조사를 받고 있으면 안산에는 언제 도착하나? 이러다가 저녁도 황 과장 아줌마와 단둘이서 먹어야 하는 건 아닌가? 안 되겠다. 경찰서에 갔다가 다시 온다고 해야겠다.

"괜찮으니까 여기서 기다리세요. 오래 걸릴 것 같아도, 그렇게 오래 걸리지 않아요. 박 기사님은 운전도 엄청 빠르거든요. 자동차경주 하는 사람처럼 빨라요."

그래. 그냥 여기서 기다리자. 생각보다 빨리 올 수도 있다. 경찰서에 오며 가며 어차피 시간 깨질 텐데. 젊은 형사의 마음을 읽었는지 어느새 황 과장이 커피를 가져왔다. 어디서 났는지 비스킷과 함께.

천혁수의 집에서는 예상했던 대로 아무것도 나오지 않았다. 보라색 등산복도. 민경숙을 살해하는 데 사용했던 아령도. 그 집에 있을 리가 없지. 이미 천혁수가 버렸다고 자백했으니. 보라색 등산복을 추적하고 있는 형사들도 아직 소득이 없다. 아마 영원히 소득이 없을 거다. 2주일 전에 쓰레기봉투에 담아서 버린 등산복은 이미 소각됐을 가능성이 높다. 불에 타는 쓰레기니. 이렇게 되면 수암봉 계곡 어딘가에 버렸다는 아령을 찾아야 한다. 그건 매우 지난한 작업이다. 인력이 대거 투입돼야 하는 일이고. 경찰 인력을 지원받아야 할 수 있는 일이다. 철학은 당장 내일부터 수암봉 일대에서 수색이 이뤄지도록 경찰 인력 지원을 요청했다. 증거만 찾으면 된다. 증거만.

결국 원하지 않던 방향으로 상황이 전개됐다. 젊은 형사는 황 과장과 저녁 식사를 했다. 단둘이서. 그나마 다행인 건 홀라춤을 추는 인형을 운전석 계기판 위에 달고 다닌다는 박 기사가 젊은 형사와 황 과장이 저녁을 먹고 다시 개인택시조합 사무실로 들어서자마자 도착했다는 것이다. 단둘이 앉아서 이브닝 커피를 마시는, 젊은 형사에게 내키지 않는 상황은 전개되지 않았다. 하지만 박 기사를 상대로 궁금한 것을 바로 물어볼 수는 없었다. 급하게 오느라 박 기사가 저녁을 먹지 못했기 때문이다. 젊은 형사는 또 기다렸다. 그래, 여태 기다렸는데 밥 먹는 시간을 못 기다리겠냐.

"기사님 택시의 운전석 속도계기판 위에 홀라춤을 추는 인형이 달려 있죠?"

밥을 다 먹은 박 기사가 황 과장이 가져다준 믹스커피가 담긴 종이컵을 손에 들자 젊은 형사가 질문을 시작했다.

"그래서 내가 지금 여기 있는 거 아니요?"

젊은 형사의 얼굴에 모처럼 미소가 피어났다. 이제 조사만 하면 된다. 이 운전기사가 범인을 확인해 줄 거다.

"2주 전에, 그러니까 10월 15일 아침에 태운 승객에 대해서 몇 가지 물어보겠습니다."

"뭘 물어보려는 건지는 모르지만, 2주 전에 태운 승객을 어떻게 기억합니까? 제가 무슨 블랙박스도 아니고."

박 기사가 천천히 커피를 한 모금 마셨다.

"그래도 차근차근 기억해 보세요. 천천히 질문할 테니."

"형사님. 2주 동안 제 차에 탄 손님이 500명은 됩니다. 그 많은 사람 가운데 한 사람을 기억해 내라는 것 같은데. 그건 기억 못 해요."

"남자입니다."

"젊으셔서 모를 것 같아서 말씀드리는데요. 내가 젊었을 때 조용필이 그렇게 노래했다오. 지구 위에 반은 남자라고. 그러면 500명 중에 절반, 즉 250명 중에서 한 명을 기억하라는 건데 그건 못 해요."

그건 나도 안다. 캔도 노래했다. 세상의 반은 여자라고. 택시기사가 비협조적으로 나온다. 옛날에 선배들은 이렇게 비협조적으로 나오는 사람에게는 인상 한번 쓰면 다시 공손해진다고 했는데. 지금은 그런 방법이 통하지 않는다. 형사가 인상을 쓰면, 대번에 강압수사라고 소리를 지를 테니. 살살 달래는 수밖에.

"잘 들어 보세요. 수암봉을 가는 사람이었는데, 수암봉으로 가지는 않고 중간에 내렸습니다."

"지금 단풍이 가장 진하게 물든 시기입니다. 제 차를 이용하는 사람 중에 절반은 수암봉에 가는 손님이라고요. 수암봉 가는 중간에 내려서 다른 사람 차를 얻어 타는 사람도 많고."

"등산복을 입었어요."

"그럼 수암봉 가는 사람이 정장을 하고 가겠습니까? 당연히 등산복을 입지."

"보라색 등산복을 입고, 보라색 모자를 썼어요. 아마 푹 눌러서 썼을 겁니다. 얼굴을 최대한 가리려고."

박 기사가 잠시 생각을 하는 것 같았다. 눈을 껌벅이면서 턱을 손으로 긁는다.

"보라색 등산복을 입고 보라색 모자를 눌러쓴 남자라. 남자……."

* * *

야심한 시각. 시내 노래방. 이용료가 비싼 노래방인가 보다. 인테리어가 화려하다. 탁자도 고급이고. 두 사람이 앉아 있다. 둘 다 남자다. 중앙 상석에 한 명. 옆쪽 자리에 한 명. 탁자에 양주가 한 병 있고, 맥주가 세 병 있다. 과일 안주가 있다. 과일 안주의 비주얼이 화려하다. 아주 도덕적인 사람들인가 보다. 준법정신이 투철한 사람들이고……. 도우미가 없다.

"문도환은 이제 확실하게 끝나는 거지?"

"그럴 것 같습니다. 운전기사가 체포됐으니. 이미 범행도 자백한 것 같고요."

"문도환과 직접적인 연관은 없는 걸 수도 있잖아? 경찰이 밝혀내지 못하면 이 사건으로 문도환이 아웃되지는 않을 텐데."

"그거야 그렇죠. 그래도 이미지에 치명상을 입게 되기 때문에, 아웃되지 않더라도 다음에 공천은 못 받습니다."

"그래, 그래야겠지."

상석에 앉은 남자가 양주병을 들자, 상대적으로 젊은 남자가 두 손으로 술잔을 들어서 술을 받았다. 술잔을 받은 손가락이 길다. 예술을 하는 사람 같다. 이어 상석의 남자가 잔에 있는 술을 비우자, 두 손으로 술을 받았던 남자가 긴 손가락이 달린 두 손으로 술병을 들어 상석의 남자 잔에 술을 부었다.

"문도환과 민경숙의 관계는 신문에 실리는 거지?"

"아마도 그럴 겁니다. 제가 속속들이 다 말해 줬으니, 기자가 기사로 작성할 겁니다. 그런 기사는 독자들의 호기심을 자극하기에 충분하기도 하고."

"그래, 그런 내용이 신문에 실려야 문도환에게 치명상을 입힐 수 있지."

"그렇습니다. 여자 문제가 드러나면 정치 생명은 끝나는 거죠. 안희정처럼."

"아니지. 안희정은 잠을 같이 잤지만, 문도환은 잠은 같이 안 잤잖아."

"그걸 누가 믿어요? 두 사람이 1년 가까이 만났다면, 사람들은 당연히 같이 잤다고 생각합니다. 사실이 아니라고 해도."

"하긴 문도환 입장에서야 잠은 잔 적이 없다고 말할 수도 없겠지. 몇 번 만난 건 사실이지만, 좋아하는 사이로 만나기도 했지만, 잠을 자지는 않았다. 이렇게 말하는 게 가능할까? 하하하. 재밌겠는걸."

"대표님 그리고……."

손가락이 긴 남자가 조심스러운 표정을 지었다. 말투도 조심스럽고.

"제 자리는 염려 안 해도 되는 거죠?"

"이 사람아, 그거야 당연한 거지. 내가 시장이 되면 자네 자리는 종신 직으로 할 거야. 규정을 바꾸어서 죽을 때까지 할 수 있도록 할 거라고. 그러니 건강관리나 잘해. 그래야 오래도록 그 자리에 있지."

"감사합니다. 시장님."

손가락이 긴 남자가 벌떡 일어서더니 90도로 인사를 했다.

"아하, 이 사람. 누가 듣겠어. 두 번 다시 시장이라고 부르지 마. 그러다가 큰일 난다니까."

그럼에도 싫은 표정은 아니었다. 상석에 앉은 남자가 기분 좋게 술잔을 비우자, 손가락이 긴 남자도 따라서 술잔을 비웠다. 그렇게 몇 차례 술잔이 오가고 난 뒤, 손가락이 긴 남자가 자리에서 일어섰다.

"대표님, 그럼 저는 먼저 일어나겠습니다."

"아, 잠깐."

상석에 앉은 남자가 손가락이 긴 남자가 떠나는 것을 제지했다. 그러더니 양복 상의 안주머니에서 편지 봉투를 하나 꺼냈다. 두툼했다.

"다음 달에 해외 공연 간다며. 귀국하는 길에 제수씨 명품 가방이라도 하나 사다 줘."

"아니, 이 큰돈을…… 이러시지 않아도 되는데."

말은 그렇게 하면서도 봉투를 서둘러 상의 안주머니에 넣었다.

"고맙습니다, 대표님."

손가락이 긴 남자가 다시 90도로 인사했다.

"고맙긴. 자네가 도와준 게 얼마나 많은데. 그리고…… 이 사람아, 둘이 있을 때는 그 대표님 소리 좀 하지 마. 그냥 형님이라고 부르라니까."

"알겠습니다, 형님."

손가락이 긴 남자가 조폭처럼 인사를 하고 방을 나갔다. 방을 나선 그의 걸음걸이가 사뿐사뿐 구름 위를 걷는 것처럼 가볍다. 피아노 건반 위를 걷는 것처럼 발걸음에 멜로디가 담겨 있다. 음악을 하는 사람인가 보다.

20분 뒤, 상석에 앉아 있던 남자가 노래방 건물을 빠져나왔다. 남자가 대로변에 서자, 어디서 나타났는지 럭셔리 카가 그의 앞에 멈추어섰다. 남자가 럭셔리 카의 뒷좌석에 오르자, 운전석에 앉아 있던 건달 양아치 개자식이 차를 출발시켰다.

*   *   *

앞바퀴는 이상이 없었다. 왼쪽도, 오른쪽도, 뒷바퀴도 이상이 없다. 왼쪽도 오른쪽도. 발로 한번 차 보았다. 이상 없다. 차 유리가 깨진 곳도 없고, 새로 긁힌 자국도 없다. 어제에 이어 오늘 아침에도 재형의 자동차에는 아무런 이상이 없다. 재형은 그게 더 이상했다. 운전석 문을 열고 승용차에 오른 재형이 차의 시동을 걸려고 버튼에 손을 대려다가 멈추었다. 아니다. 한 번 더 살펴봐야겠다. 영화에서 보면 자동차 시동이 걸리는 순간에 펑 소리를 내면서 자동차가 폭발하던데.

운전석에서 내린 재형이 자동차 뒤로 가서 무릎을 구부리고 고개를 최대한 숙여서 차 아래쪽을 보았다. 소음기 쪽에는 별 이상이 없다. 말하자면 폭탄 같은 게 설치돼 있지 않은 것 같다. 앞쪽으로 왔다. 이번에는 무릎을 꿇고 엎드려서 엔진 바닥 쪽을 살폈다. 그런 재형을 아파트 경비 아저씨가 관심을 갖고 지켜보았다.

"차에 이상이 있나요?"

"아…… 네, 그게 아니라…….”

재형이 무릎에 묻은 먼지를 털면서 일어섰다.

"차는 시동을 걸어 봐야 해요. 엔진 소리를 들으면 차가 어디에 이상이 있는지 알 수 있어요. 내가 몇 년 전까지 자동차 회사에 다녔잖아요. 30년이 넘어요, 자동차 회사에 다닌 경력이.”

경비 아저씨가 운전석 문을 열고 차에 올랐다. 그러더니 브레이크에 발을 올리고 시동버튼에 집게손가락을 갖다 댔다.

"안 돼!"

재형이 소리쳤다. 하지만 너무 늦었다. 경비 아저씨의 집게손가락이 시동 버튼을 꾹 눌렀다.

평! 소리를 내면서 자동차가 폭발할 것으로 상상했지만 그런 일은 일어나지 않았다. 부르릉. 부드러운 소리를 내면서 재형의 차에 시동이 걸렸다.

"엔진 소리를 들어서는 별 이상이 없는 것 같은데요."

경비 아저씨가 운전석에서 내렸다. 그러면서 엔진오일은 언제 갈았냐고 물었다. 재형이 기억이 안 난다고 말하자 경비 아저씨는 1만 킬로미터당 한 번씩 엔진오일을 꼭 갈아 줘야 한다고 말했다. 그 말을 남기고 경비 아저씨는 제 갈 길로 갔고, 재형은 운전석에 올라 차를 출발시켰다.

더 이상 협박 문자는 오지 않았다. 지난번에 마지막이라고 경고 문자가 도착한 이후 재형의 휴대전화에는 더 이상의 협박 문자가 없었다. 그리고 어제부터 자동차에 해코지하지도 않았다. 이제 그놈이 협박을 포기한 건가. 하긴 이제 다 밝혀진 마당에 들쑤시지 말라고 협박을 해봐야 소용이 없겠지. 협박이라는 건 어떤 일이 실행되기 전에 하는 거지. 일이 다 끝난 다음에는 아무런 소용이 없는 거다. 이제 범인도 잡혔으니 협박할 이유가 없을 거다.

재형이 사무실 문을 열고 들어섰다. 그런데 느낌이 이상하다. 외관상으로 사무실 안에는 아무런 의심스러운 점이 없었다. 그런데 재형의 직감에는 뭔가 이상하다는 신호가 감지됐다. 책상 위도 어제 그대로이고,

서랍 속에도 없어진 게 없다. 책장에 책들도 가지런히 제자리에 꽂혀 있다. 그럼 이 이상 신호는 뭐지.

재형이 다시 책장을 쳐다보았다. 거기에 있었다. 평소와 다른 풍경이. 책들이 너무나도 반듯하게 꽂혀 있었다. 그래서는 안 되는 거다. 다른 책들은 모두 정상적인 모습으로 꽂혀 있어야 하지만, 두 권의 책은 그래서는 안 된다. 그 책들은 뒤집혀 있어야 정상이다. 재형은 구입한 후에 읽지 않은 책은 뒤집어서 꽂아 놓는다. 그래야 다음에 찾아서 읽기가 편하니. 그런데 그 두 권의 책이 똑바로 꽂혀 있다. 뒤집혀 있지 않고. 누군가 사무실에 또 침입했던 거다. 그리고 이번에 침입한 놈들이야말로 프로다. 프로 중의 프로. 재형이 사무실 문을 열고 조용히 복도로 나갔다.

"형님 웬일이유? 별일 없으시고?"

재형은 통신설비회사를 운영하는 후배에게 전화를 걸어서 직원을 한 명 보내 달라고 했다. 사무실에 누군가 몰래 다녀갔는데, 아무래도 뭔가 설치해 놓은 것 같다면서. 몰래카메라나 도청장치 같은 걸 설치한 것 같으니 그걸 찾아낼 직원을 보내 달라고 했다.

"별일이 있기는 있네. 형님 아무래도 안정을 취해야 할 것 같으니까. 어디 가서 며칠 쉬다 와요. 몸이 안 좋으면 사람이 이상한 상상을 한다니까."

후배는 누가, 왜 재형의 사무실에 몰래카메라를 설치하겠냐면서 그렇게 다른 사람의 사생활을 엿보고 싶은 놈들은 재형의 사무실이 아니라, 여자 화장실에 설치한다고 말했다. 재형은 최근에 일어난 일을 간략하게 후배에게 설명했다. 재형의 설명을 들은 후배는 자기 회사에서 가장 일 잘하는 직원을 보내겠다면서 30분만 기다리라고 했다. 그리고 정확히 1시간 20분이 지난 후에 후배가 보낸 직원이 왔다.

*   *   *

오전 내내 그리고 점심을 먹고 난 후에도 120명의 경찰들이 수암봉을 이 잡듯이 뒤지고 있지만 천혁수가 버렸다는 아령을 찾지 못하고 있다. 천혁수가 아령을 버렸다는 계곡에는 아령도 없고 이도 없었다. 수암봉에서부터 이어진 계곡은 설악산 계곡처럼 깊은 것도 아니다. 기껏해야 졸졸졸 냇물이 흐르는 정도의 계곡이다. 아령을 버렸다면 발견될 수도 있을 것 같은데, 아직까지 120명의 경찰들은 범행에 사용된 물건을 찾아내지 못하고 있다. 울긋불긋한 단풍이 든 계절이라는 것. 그 단풍잎이 떨어져서 계곡을 뒤덮고 있어서 수색 작업을 방해하고 있는 것이 범행 도구를 발견하지 못하는 가장 큰 이유일 거다. 범행 도구에 사용된 아령도 여자들이 주로 사용하는 것으로 빨간색이라니.

천혁수의 집에서도 찾은 게 없다. 압수수색영장을 발부받은 형사들이 세 명이나 찾아가서 뒤졌지만 천혁수의 집에는 보라색 등산복이 없었다. 빨간색 아령이 하나 있었지만 그건 범행에 사용된 아령이 아니었다. 과학수사대에 분석을 의뢰했지만 그 아령에서 뭔가 찾아지지는 않을 거다. 민경숙의 DNA가 거기에 묻어 있을 가능성은 없다. 유관으로 보고서 철학은 이미 그렇게 결론 내렸다. 보통 아령은 두 개를 사니, 하나만 있고 하나가 없다면 나머지 하나는 범행에 사용됐다고 추측할 수 있다. 천혁수도 그렇게 자백했고. 하지만 추측하는 것으로는 천혁수가 살인자라는 판결을 받아 낼 수가 없다. 처음부터 아령을 하나만 샀다고 진술을 번복하면 그것으로 끝이다.

천혁수가 쓰레기봉투에 담아 버렸다는 보라색 등산복을 추적하는 형사들에게서도 이렇다 할 소득이 없다는 보고만 받았다. 그 쓰레기봉투가 매립장으로 향했는지 소각장으로 향했는지 정확히 알 수도 없을 뿐만 아니라 매립장으로 갔어도 찾을 수 없고, 소각장으로 갔으면 이미 재가 됐을 것이라고 후배 형사들은 보고했다.

개인택시조합을 방문했던 젊은 형사도 소득이 없는 건 마찬가지다. 훌라춤을 추는 인형을 운전석 계기판 위에 달고 다니는 택시기사는 보라색 등산복을 입고 등산 모자를 눌러쓴 남자를 기억해 내지 못했다. 아무리 단풍철이라고 해도 등산복을 입고 택시를 타는 사람이 그렇게나 많을까? 하긴 환갑이 지난 운전기사에게 2주 전에 태운 손님을 기억해 내라고 하는 건 무리한 주문이기는 하다.

증거가 없다. 증거가. 증거가 없으면 천혁수를 살인범으로 단정할 수가 없다. 아니 경찰은 단정하겠지만 판사는 그렇게 생각하지 않을 거다. 검사들도 증거를 가져오라고 난리를 칠 거다. 자기가 사람을 죽였다고 말했다가도 법정에서 말을 바꾸는 경우는 많다. 그럴 때 결정적인 증거가 없으면, 판사는 그 사람을 살인자라고 인정하지 않는다. 증거불충분이라면서. 그러니 증거가 있어야 한다. 자기가 살인자라고 자백한 천혁수를 진짜 살인자로 만들려면. 증거가 필요하다.

　　　　*　　　*　　　*

"매우 성능이 좋은 몰래카메랍니다."

후배가 보낸 유능한 직원은 책장에서 하나, 소파에서 또 하나, '빛과 소금'이라고 쓰인 액자 뒤에서 하나. 모두 세 개의 몰래카메라를 발견했다. 유능한 직원은 아마추어들이 장난으로 설치한 건 아닌 것 같다고 말했다. 장난으로 설치하는 놈들은 이렇게 좋은 제품을 쓰지 않는다고 했다. 그러면서 재형을 다시 쳐다보았다. '이 사람이 대단한 인물인 건가?'라는 물음이 담긴 표정으로.

끝난 줄 알았는데, 끝난 게 아니었다. 재형을 협박한 놈은 정말 끝을 보려는가 보다. 그놈 표현대로 끝장을 보려는 건가 보다. 처음에는 문자로 협박하더니 그다음에는 자동차 타이어에 구멍을 내고, 이제는 사무실에 몰래카메라까지. 점점 더 압박의 강도가 강해지고 있다. 기자 생활을 한 이후 처음으로 재형은 자신이 가장 강한 압박을 받고 있다는 것을 느꼈다. 두려움도 느꼈다.

"선배님."

"어, 그래 구 기자. 잘 지내지?"

재형은 편집국장에게 전화를 걸었다. 지난번에 별일이 없냐고 묻고서는 별일이 있으면 전화하라고 했으니 별일이 있는 지금 편집국장에게 전화를 해야 했다. 묻고 싶기도 했고, 도움을 요청하고 싶기도 했다.

"선배님, 지난번에 저한테 별일이 없냐고 물으셨잖아요?"

"그래, 그랬지."

"왜 그러셨어요? 평소에는 그렇게 물어보신 적 없잖아요."

편집국장이 잠시 말을 하지 않았다. 크게 심호흡을 하는 소리가 전화기 속에서 들렸다.

"구 기자, 무슨 일이 있나? 무슨 일이 있는 거지?"

"선배님 제가 먼저 물었잖아요. 왜 그렇게 말씀하셨어요? 무슨 일 없냐고."

편집국장은 전화로는 말하기 곤란하다고 했다. 그래서 두 사람은 만나기로 했다. 오늘 밤에.

*   *   *

강력팀 사무실에 형사들이 모두 모였다. 오늘 하루 종일 건진 게 없다. 범인이 제 발로 찾아와서 자기가 살인자라고 자백을 했는데, 그걸 뒷받침할 증거를 찾지 못했다. 범인의 자백과 CCTV 영상만으로도 천혁수를 민경숙 살인사건의 범인이라고 단정할 수는 있다. 하지만 그건 어디까지나 경찰의 입장이다. 법원의 판단은 다를 수가 있다. CCTV 영상에 범인의 얼굴은 드러나지 않았다. 범인의 자백과 CCTV 영상이 일치하지만, 그건 지금 상황이다. 범인이 자백을 번복하면 상황은 달라진다. 완벽하게 일을 마무리하려면 증거가 필요한데. 그놈의 증거가 없다.

그 생각으로 모두들 머리를 싸매고 앉아 있는데, 형사 중 누군가의 휴대폰이 울렸다. 매너를 지키려고 진동으로 설정해 놓았지만, 아무도 말을 하지 않고 있는 밤 10시가 넘은 강력팀 사무실 안에서는 진동 소리도 다 들렸다. 얼굴이 빨개진 젊은 형사가 급하게 점퍼 주머니에서 휴대폰을 꺼내서는 통화 취소 문자를 보내려고 했다. 철학이 그냥 받으라고 했다. 지금 마땅히 할 일도 없으니.

"형사님, 형사님 전화 맞죠?"

전화를 건 상대는 젊은 형사를 안다는 듯이 말했다. 발음이 정확하지 않고 새는 것으로 짐작건대 술을 한잔한 것 같았다. 하지만 걸걸한 그 목소리의 주인공이 누구인지 젊은 형사는 기억이 나지 않았다. 그래서 누구시냐고 물었다.

"어제 우리 사무실에서 한참 동안 얘기하고 가셨잖아요. 명함도 주시고."

이제야 알 것 같다. 박 기사다. 택시 운전석 속도 계기판 위에 훌라춤을 추는 인형을 달고 다니는 택시기사. 이 시간에 웬일이냐고 물었다. 그러자 이 시간에 전화하면 안 되냐고 되레 따졌다. 시민의 세금으로 월급 받는 경찰이 시민의 전화 받는 시간을 따로 정해 놓았느냐고 큰소리를 쳤다.

과거 경찰이 권위적이던 시절이 있었다. 그때는 경찰에게 이렇게 하지 못했다. 경찰의 '경' 자만 들어도 사람들이 경기를 했다. 물론 그건 정상이 아니다. 민주화가 진행되면서 그걸 바로잡자고 경찰의 힘을 빼기 시작했는데, 너무 뺐다. 경찰의 권위가 추락했다. 이제는 추락한 정도가 아니라 땅을 파고 지하실로 내려간 상태다. 시민들이 경찰을 공권력으로 여기는 게 아니라, 머슴이나 하인으로 여기고 있다. 밤 10시가 넘어서 술 취한 목소리로 형사에게 전화를 걸어서 큰소리치는 건 정상이 아니다. 파출소에서 근무하는 경찰들은 술 취한 시민에게 얻어맞고, 본청에서 근무하는 강력팀 형사는 술 취한 시민의 술주정을 들어 주어야 하고. 지금 경찰은 공권력 집행자가 아니라 감정노동자다.

"여자예요."

술 취한 박 기사가 다시 엉뚱한 말을 했다. 웬 여자 타령이냐?

"무슨 말입니까? 박 기사님 술 한잔하신 것 같은데, 이제 집에 들어가세요."

"이 사람아, 나 안 취했어. 안 취했으니까, 형사에게 전화를 했지. 술 취했으면 형사에게 전화를 하겠나?"

박 기사가 술 취한 목소리로 버럭 소리를 질렀다. 그러고는 좀 전과 똑같이 말했다. 이번에는 반말로.

"여자라고, 여자."

유전자

도환의 유전자 속에도 미옥의 유전자 속에 있는 것과
똑같은 유전자가 들어 있는 거다

"이 자식들 한번 해 보자는 거군."

재형이 그동안 있었던 얘기를 요약해서 편집국장에게 들려줬다. 편집국장은 어떤 놈들이 그러는지는 모르겠지만 물러서지 않겠다고 말했다.

"해 보자면 한번 해 보지 뭐. 우리가 질 수야 없지."

재형이 편집국장에게 다시 물었다. 아까 낮에 했던 질문을 글자 하나 바꾸지 않고. 전화로는 말할 수 없지만 이렇게 직접 만났으니 말해 줄 수 있지 않느냐면서.

"왜 그러셨어요? 평소에는 그렇게 물어보신 적 없잖아요."

편집국장이 재형에게 전화를 걸어서 요즘 별일 없냐고 물은 이유는 별일이 있는 것처럼 느꼈기 때문이라고 했다. 사장이 편집국장에게 주재기자 몇 명을 인사이동 할 것이라고 통보했다. 그 명단에 재형도 포함돼 있었다. 편집국장이 다른 기자들은 몰라도 재형을 다른 곳으로 보내는 건 이해할 수 없다고 했다. 보내서는 안 된다는 말도 덧붙였다. 그러자 사장은 재형을 꼭 다른 곳으로 보내야 한다고 했다. 재형을 다른 지역으로 보내기 위해서 다른 기자 몇 명을 들러리로 포함시킨 거라고 했다. 사장의 의지는 확고해 보였다. 그래서 편집국장이 재형에게 전화를 한 것이다. 다른 곳으로 옮길 생각이 있느냐고. 재형이 다른 곳으로 옮기지 않겠다고 하자 편집국장이 사장에게 재형의 인사이동을 재고하라고 요구했다. 편집국장의 요구에 사장은 안 된다고 거절했다. 그러나 편집국장도 물러나지 않았다. 그러면 자신이 편집국장직을 내놓겠다고 했다.

초강수였다. 인사권은 사장에게 있다. 편집국장의 인사권도 마찬가지다. 하지만 편집국장을 쉽게 자를 수는 없다. 프로야구 단장이 감독을 쉽게 자를 수 없는 것처럼. 더구나 지금 편집국장은 경성일보를 한 단계 성장시켰다고 평가받는 사람이다. 4년째 편집국장을 맡고 있는데 그가 편집국장으로 자리를 잡은 이후 경성일보의 기사 내용이 확실히 좋아졌다. 오랜 세월 현장에서 기자 생활을 한 편집국장은 기자들과 소통을 잘했다. 리더십도 뛰어나서 취재기자들이 편집국장을 신뢰했다. 많은 정보원을 보유하고 있어서 기자들에게 가끔씩 좋은 정보를 제공하기도 했다. 좋은 정보가 좋은 기사를 생산했고, 탁월한 리더십은 기자들을 열심히 일하게 했다. 좋은 기사가 실리면서 경성일보의 구독자 수가 늘었고, 덩달아 광고 매출이 증가했다. 아무리 사장이라고 해도 이런 편집국장을 자를 수는 없었을 것이다. 성적이 좋은 야구 감독을 자를 수 없는 것처럼.

"이제 찾아내야 해. 어떤 놈들이 그런 짓을 하는지. 아마도 그놈들이 사장에게도 영향력을 행사한 것 같아."

편집국장은 어떤 놈들이 그런 짓을 하는지 알아내면 문제는 그것으로 해결된다고 했다. 숨어서 그런 협박을 하고 해코지를 하는 놈들이 가장 두려워하는 건 자신들의 실체가 공개되는 것이라고 했다. 그러니 그놈들을 찾아내서 그걸 신문에 기사화하면 그것으로 끝이라고 했다. 신문에 보도하지 않아도, 보도한다고 겁을 주는 순간 그런 짓을 뚝 그칠 것이라고 편집국장은 부연 설명했다. 편집국장은 이런 놈들에게는 절대 질 수 없다고 했다. 져서는 안 된다고 했다. 그러면서 얼른 찾아내야 한다고 했다. 시간이 별로 없다고.

"내가 지금은 사장의 지시를 거부하고 자네를 막아 주고 있지만, 무한정 그럴 수는 없네."

그럴 거다. 아무리 편집국장이 능력이 뛰어나고 회사를 성장시키는 데 기여했다고 해도 편집국장이 사장의 지시를 언제까지 거부할 수는 없다. 그러다가는 편집국장이 정말로 잘릴 수도 있다. 그러니 시간이 많지 않다. 어떤 놈들이 기자를 협박하는 건지, 그놈들이 왜 그러는 건지 서둘러 찾아내야 한다.

"구 기자는 짐작되는 사람 없어? 협박을 당하는 당사자니까 어떤 느낌이 있을 거 아냐?"

있다. 짐작되는 사람이. 시장 문도환. 재형은 며칠 전부터 자신을 협박하는 사람으로 문도환 시장을 의심하기 시작했다. 그전에는 강도형을 가장 유력한 용의자로 생각했다. 그 외에 다른 사람은 생각할 수 없었다. 재형을 싫어할 뿐만 아니라, 재형을 협박할 수 있는 능력도 갖고 있기 때문이다. 하지만 강도형의 부하직원인 대추가 자신의 사무실을 몰래 침입했다가 잡힌 이후 재형은 강도형에 대한 의심을 거두었다. 강도형이 숨어서 협박할 정도의 치밀한 사람이었다면 그렇게 실력이 형편없는 대추라는 인물을 보내지는 않았을 것이기 때문이다. 강도형은 그만한 실력을 갖추지 못한 것이다. 강도형보다 더 큰 권력을 가진 자가 지금 자신을 협박하는 것이라고 재형은 판단했다. 그리고 그 유력한 용의자로 재형은 문도환을 생각했다.

문도환은 재형이 취재하는 내용과 별 관계가 없다고 생각했다. 재형의 취재 내용 가운데 문도환이 불편한 것이라야 문도환과 민경숙의 러브 스토리인데, 그걸 쓴다고 해서 문도환의 정치 생명이 끝나는 것은 아니다. 문도환도 민경숙도 현재 싱글이기 때문이다. 스캔들 정도로 치부할 수 있는 일이다. 실제 결혼을 할 수도 있는 거고. 그러니 그 문제로 당장 시장직을 잃는 건 아니다. 그렇기에 문도환이 현직 기자를 협박할 것이라고 재형은 생각하지 않았다.

하지만 문도환이 천병섭과 사돈 관계라는 사실을 알게 된 순간 재형은 문도환을 의심하기 시작했다. 문도환은 천병섭과 단순한 사돈 관계가 아니라, 상록미술대전 20회 대상작을 사전에 내정한 공모자들이다. 이것이 드러나면 문도환의 정치 생명은 끝이다. 정치인에게 정치 생명이 끝난다는 것은 죽는 것과 같은 의미다. '원숭이는 나무에서 떨어져도 원숭이이지만, 국회의원은 선거에서 떨어지면 사람도 아니다.'라는 말이 있질 않나. 정치 생명이 끝나는 것을 막기 위해서 기자를 협박하는 건 충분히 가능한 일이다. 기자를 죽이는 것까지도.

"그래, 그럴 수 있겠군. 문도환 시장이 집권 여당 소속이니 충분히 가능한 일이야. 그렇다면 가만히 있을 수는 없지. 본사 기자 몇 명을 풀어서 문도환 시장 주변을 샅샅이 뒤지게 할 테니까. 구 기자는 나서지 말고 가만히 있어. 몸조심하고."

편집국장은 사무실에 CCTV라도 설치해 놓으라고 말하고서는 자리에서 일어섰다. 그거라도 설치하면 어떤 놈들이 몰래 들어왔다 갔는지 알 수 있을 것 아니냐면서.

*　　*　　*

"여자라니까, 여자."

박 기사는 자꾸만 여자라고 했다.

"무슨 말씀을 하시는 거예요. 여자라니요?"

"내 차에 탔던 사람. 그 보라색 등산복을 입은 사람이 여자라니까. 남자가 아니라."

"네? 여자요?"

"그래, 여자라고. 내가 기억해 보니까. 그날 아침에 보라색 등산복을 입고 등산 모자를 푹 눌러쓰고서 내 차를 탄 사람은 남자가 아니라 여자야. 수암봉을 가지는 않았고, 중간에 내렸어. 주택가에. 누가 같이 갈 사람이 있나 보다, 나는 그렇게 생각했지. 그런데 남자가 아니야. 분명히 여자였어."

"얼굴을 보셨어요?"

"모자를 푹 눌러써서 얼굴은 제대로 못 봤지."

"그런데 어떻게 알아요? 여자인지."

"형사 양반. 내가 택시 경력이 30년이야, 30년. 그런 사람이 자기 손님이 여자인지 남자인지 그것도 구별 못 하겠나? 모자가 아니라 스타킹을 쓰고 있어도 그건 구분할 수 있네, 이 양반아."

박 기사는 그렇게 말하고서는 전화를 뚝 끊어 버렸다.

"무슨 전화야? 여자는 또 뭐고?"

철학이 물었다.

"어제 개인택시조합에서 만난 박 기사 전환데요. 사건 당일 아침에 자기 택시를 탄 사람은, 그러니까 보라색 등산복을 입은 사람은 남자가 아니라 여자라네요. 그런데 이 사람 지금 술이 많이 취했어요. 엉뚱한 말을 하는 것 같습니다."

"엉뚱한 말이 아닐 수도 있어. CCTV 영상 다시 열어 봐."

형사들이 모두 젊은 형사의 컴퓨터 모니터 앞으로 모였다. 편집한 동영상이 다시 재생됐다.

"어때?"

철학이 형사들을 둘러보았다. 형사들의 의견이 엇갈렸다. 남자라고 보기에는 체격이 작아 보인다는 의견이 있었고, CCTV 영상으로는 남자인지 여자인지 구분하기 어렵다는 의견도 있었다. 철학이 보기에도 화면으로 봐서는 구별이 쉽지 않았다.

"CCTV 영상을 다시 한번 샅샅이 뒤져 봐. 특히 천혁수 집 부근을 자세히 살펴봐. 우리는 그동안 보라색 등산복을 입은 용의자가 천혁수라는 선입견을 가지고 CCTV 영상을 보았기 때문에 용의자가 다시 천혁수의 집 건물로 가는 것을 찾지 못했을 수 있어. 그런데 용의자가 여자라면 다르잖아. 그러니까 다시 한번 CCTV 영상을 자세히 살펴봐. 분명 뭔가 나올 거야."

젊은 형사가 크게 한숨을 쉬더니 사건 당일 천혁수 집 부근의 CCTV 영상을 다시 재생했다. 재생되는 영상을 보던 형사들이 하나둘 자리로 돌아가기 시작했고, 철학도 자리로 가서 잠시 눈을 감고 생각에 잠겼다. 하지만 아무런 생각을 할 수가 없었다. 눈을 감자마자 바로 잠이 들었으니.

"여기 찾은 것 같습니다."

CCTV 영상이 재생되는 화면을 혼자서 지켜보던 젊은 형사가 큰 소리로 말했다. 형사들이 젊은 형사의 컴퓨터 화면 앞으로 다시 몰려들었고, 철학도 잠이 덜 깬 눈으로 화면을 보았다. 천혁수의 집 근처에 청바지에 베이지색 가을 코트를 입은 사람이 나타났다. 머리가 긴 것으로 여성으로 짐작할 수 있었다. 머리 색도 검은색이 아니었다. 갈색으로 보였다. '재형이 녀석도 염색을 하려면 저런 색으로 하지.' 철학의 머릿속에 업무와 상관없는 잡념이 끼어들었다.

CCTV 영상을 본 형사들이 이구동성으로 걸음걸이가 보라색 등산복을 입은 사람과 비슷하다고 했다. 옷을 갈아입은 것이다. 보라색 등산복을 입고서 살인을 저지르고 난 후 수암봉을 내려와서는 옷을 갈아입은 것이다. 그런데 보라색 등산복은 작은 배낭을 메고 있었다. 그 작은 배낭에는 청바지와 가을 코트를 넣을 수는 없다. 억지로 넣는다고 해도, 그러면 구겨져서 입을 수 없을 거다. 그렇다면 새로 사 입은 거다. 매장에서 새 옷을 사서 입고 보라색 등산복은 버린 것이다. 철학이 해가 뜨자마자 수암봉 아래 마을의 옷가게를 들러서 사건 당일의 CCTV 화면을 확보하라고 지시했다. 천혁수와 천혁수 부인의 신용카드 사용 내역도 확보하라고도.

                    *   *   *

"요새 자주 전화하시네. 오늘은 또 무슨 일이유?"

"심 사장, 내 사무실에 몰래카메라 좀 설치해 줘라."

"며칠 전에는 몰래카메라를 찾아 달라고 해서 찾아서 제거했는데, 다시 설치해 달라는 이유는 뭐유?"

"내 사무실에 몰래 드나드는 놈이 누구인지 알아야겠어. 그러니까 몰래카메라 좀 설치해 줘."

"그거 효과가 없을 텐데."

"무슨 말이야. 효과가 없다니."

"몰래카메라를 설치하는 놈들이 몰래카메라 설치한 걸 찾아내지는 못하겠수? 그러니 효과가 없지. 그 사무실에 몰래 들어가서는 몰래카메라가 있는지 없는지 그거부터 살필 텐데."

"듣고 보니 그러네. 그럼 어떡하냐?"

"덫을 놔유."

"덫? 쥐덫 같은 거?"

"쥐덫으로 사람이 잡혀유. 노루 덫을 놔야지."

"옛날에야 노루 덫이 있었지만, 지금 그런 게 있나?"

"그거야 내가 구할 테니 걱정 마시구. 오후에 보낼 테니까. 잘 설치해 봐유."

"그런데 그거 불법 아냐? 덫을 놓는 게 불법일 텐데."

"동물 잡으려고 설치하는 건 불법이지유. 하지만 내 사무실에 내가 덫을 설치하든 말든 그거야 자유지. 그걸 어떻게 법으로 처벌해유. 아마 덫으로 사람을 잡는 건 불법도 아닐 거유."

하긴. 덫에 걸린 놈도 신고하지 못할 것이다. 남의 사무실에 불법으로 침입한 것이 더 큰 죄가 될 테니.

전화 통화를 끝낸 지 한 시간이 지나자 심 사장 회사 직원이 노루 덫을 들고 왔다. 저녁에 사무실을 나서면서 재형은 출입문 안에 노루 덫을 설치했다.

                    *   *   *

유치장에 있던 천혁수가 다시 조사실로 불려왔다. 철학이 커피를 한 잔 가져다주었다. 자기 앞에도 한 잔 놓았다. 천혁수가 쉽게 입을 열지는 않을 거다. 그러니 조급해할 필요도 서두를 필요도 없다. 커피를 마시면서 천천히 묻고, 천천히 답하도록 하면 된다. 천혁수가 자기 앞에 놓은 커피 잔을 들어서 커피를 한 모금 마셨다. 수갑이 채워진 두 손으로 들어서 마시는 모습이 불편해 보였다. 철학이 후배 형사에게 수갑을 풀어 주라고 했다. 천혁수가 웬 친철이냐는 물음이 담긴 눈길로 철학을 보았다. 그 눈길을 무시하고 철학은 커피 잔을 들어 한 모금 마셨다. 뜨거운 커피를 한 잔 다 마실 때까지 철학은 아무 말도 하지 않았다. 천혁수에게 말을 걸지도 않았고, 묻지도 않았다. 그냥 커피만 마셨다. 아무 말도 하지 않는 철학을 보는 천혁수의 눈빛에 불안이 깃들어 있다. 이 자식이 사람을 불러다 놓고 왜 말을 하지 않냐? 자수한 것이 고마워서 커피 한 잔 마실 수 있는 친절을 베푸는 건가? 그런 것 같지는 않은데. 이 형사 놈이 왜 이러지? 왜 자꾸 불안해지는 거지?

"천혁수 씨는 사람 못 죽여요."

"네?"

"천혁수 씨는 사람 못 죽인다고. 사람이 아니라 개미 새끼 한 마리 못 죽일 거요. 내가 말했잖아요. 형사들은 딱 보면 안다고. 이 사람이 사람을 죽일 수 있는 사람인지, 그렇지 않은지. 천혁수 씨는 사람 못 죽여요."

갑자기 왜 그런 말을 하나, 형사? 도대체 왜?

"천혁수 씨가 죽인 게 아니라는 거 우리가 다 알아요. 범인이 누군지도 알고. 이제 천혁수 씨가 말해 봐요. 왜 범인도 아니면서 범인이라고 자수했는지."

혁수의 얼굴이 빨개졌다. 예상하지 못한 말이다. 형사가 이런 말을 하려고 조사실로 부른 건지 몰랐다. 말을 할 수가 없었다. 그래서 가만히 있었다.

철학이 노트북 화면에 CCTV 영상을 다시 열었다. 천혁수가 볼 수 있도록 화면을 돌리고 동영상을 재생했다. 먼저 보았던 동영상이다. 그 동영상이 끝나자 천혁수가 보지 못했던 새 동영상을 이어서 보여 줬다.

"여기 봐요. 여기 이 사람. 이거 천혁수 씨 아니잖아요? 천혁수 씨가 자수하는 바람에 우리가 자세히 살펴보지 못했는데, 이제 보니까. 여기 이 사람 보이죠. 청바지에 베이지색 코트를 입은 갈색 머리. 이 사람이 보라색 등산복을 입었던 사람입니다. 우리가 유력한 용의자라고 생각하는 사람. 천혁수 씨가 자신이라고 말한 사람. 그런데 천혁수 씨 머리하고는 색깔이 다른데. 어디 설명해 봐요. 어떻게 된 건지. 가발이라도 쓰셨나?"

천혁수는 말이 없다. 얼굴이 빨개진 채로. 다리를 떨고 있다. 이마에는 땀이 맺혔다. 숨 쉬는 게 불편해 보인다.

"보라색 등산복에 보라색 모자를 쓴 사람, 그러니까 여자. 이 여자는 당신 천혁수 씨가 사는 다가구 건물 쪽에서 아침 일찍 나왔습니다. 그러고는 12시경에 옷을 바꿔 입고서 다시 건물 안으로 들어갔습니다."

천혁수는 여전히 말이 없다. 이 자식 혹시 변호사가 올 때까지 시간을 끌려는 건가?

"우리가 오늘 다 조사해 봤어요. 그 건물 안에 사는 열두 가구를 다 방문해서 조사했다고요. 보라색 등산복을 가지고 있는 사람도 없었고, 베이지색 가을 코트를 입는 여자도 없었어요. 사실 조사해 볼 필요도 없었지. 어차피 우리가 범인을 알고, 천혁수 씨도 알고 있으니. 기왕 말이 나온 거 다 말해 드릴까?"

철학이 천혁수 앞에 신용카드 사용내역서를 펼쳐 보였다.

"이게 누구 카드 사용 내역선지 짐작하시죠? 그래요, 이거 당신 부인 문미옥의 신용카드 사용내역섭니다. 사건 당일, 오전 11시 14분에 시내 아웃렛 매장에서 결제한 거 보이죠? 32만 8천 원. 우리가 다 확인했어요. 그 매장 주인이 그날 매출 전표를 보여 주던걸? 가을 코트와 청바지를 산 것이던데. 증거가 더 필요합니까? 천혁수 씨, 말 좀 해 봐요."

고개 숙인 혁수는 아무 말이 없다. 철학이 일어서서 조사실을 나왔다. 천혁수를 혼자 남겨 둔 채.

                   *   *   *

새벽 4시 20분. 대추가 경성일보 사무실 문 앞에 섰다. 삼세판. 이번에는 반드시 임무를 완수하리라. 이번에는 위험 부담이 더 크다. 지난번에 무단침입으로 체포됐었기에 이번에 또 걸리면 상습범이 된다. 그런데 지금도 이해가 안 되는 건 지난번 체포됐을 때 경찰이 너무 빨리 풀어 줬다는 거다. 수갑을 찬 채 경찰서로 이송된 대추는 당일 오후에 풀려났다. 하기야 훔친 물건이 없으니 절도범도 아니고. 그래서 그냥 풀어 줬나 보다 그렇게 생각하고 있지만, 그래도 의아하기는 하다. 너무 쉽게 풀려나서.

자정쯤에 왔다가 두 번 실패한 경험이 있는 대추는 시간을 늦췄다. 이 시간이면 누군가 지키고 있다가 지쳐서 집으로 돌아갔을 시간이고, 집으로 돌아가지 않아도 잠들었을 시간이다. 다시는 다른 놈과 이 사무실 안에서 더는 부딪치고 싶지 않았다.

도어록에 지난번에 알아낸 비밀번호를 입력했다. 열리지 않는다. 그렇겠지. 당연히 비밀번호를 변경했겠지. 다른 번호를 입력했다. 반응이 없다. 또 다른 번호를 입력했다. 역시 반응이 없다. 대추는 이번에는 드라이버를 가지고 오지 않았다. 지난번에 손쉽게 비밀번호를 알아낸 자신감에 이번에도 비밀번호를 알아내서 문을 열고 들어가리라 그렇게 계획하고서 왔다. 오늘은 대신에 오른쪽 주머니에 망치를 넣고 왔다. 만약에 누군가와 예정에 없던 대면을 해야 한다면 무기로 사용하려고. 그러니 이번에는 무슨 수를 써서라도 비밀번호를 입력해서 도어록을 열고 들어가야 한다.

잠시 생각한 대추가 비밀번호를 입력했다. 역시 무응답. 머리를 두 번 긁고, 코를 세 번 만지고 나서 도어록에 비밀번호를 입력했다. 스르르. 도어록이 열렸다. 언론인이 이렇게 단순해서야. 불과 다섯 번 만에 언론인이 설정한 비밀번호를 풀었다. 언론인이 멍청한 놈이거나, 아니면 내가 천재인데. 대추는 자신이 천재인 쪽을 택했다.

조용히 그리고 천천히 문을 연 대추가 바로 입장하지 않고 문 앞에 서서 사무실 안을 살폈다. 지난번에 무턱대고 입장했다가 불의의 체포를 당했던 아픈 기억 때문이다. 형사 놈이 숨어 있을 줄 누가 알았겠나. 먼저 책장 쪽을 보았다. 아무도 없다. 기자 놈이 앉아 있던 책상을 보았다. 아무도 없다. 소파에도 아무도 없다. 다시 한번 역순으로 점검했다. 역시 아무도 없다.

대추가 왼발을 사무실 안으로 한 걸음 내디뎠다. 사무실 안으로 들어가려면 왼발이든 오른발이든 내디뎌야 하니까. 동시에 두 발을 내딛는 건 매우 불편한 동작이다. 근래 왼쪽 다리가 수난을 겪고 있어서 웬만하면 오른발을 먼저 내디딜 수도 있었으나, 대추는 그냥 평소 하던 습관대로 왼발을 먼저 내디뎠다. 대한민국 남자들은 대부분 그렇게 하니까.

군에 입대하면 가장 먼저 하는 것이 제식훈련이다. 그 제식훈련의 기본이자 핵심은 발맞추어 걷는 거다. 소대가, 때로는 중대가 발맞추어서 걸어야 하는데, 그때 늘 왼발을 먼저 내디뎠다. 먼저 내딛는 왼발에 맞춰서 구령이 시작됐고, 그 구령에 맞춰서 제식훈련이 이뤄졌다. 구보를 할 때도 늘 왼발을 먼저 내디뎠고, 왼발을 기준으로 구령이 이뤄졌다. 그런데 소대원 중 누군가 오른발을 먼저 내미는 경우, 그 순간 동작 그만, 제식훈련이 스톱된다. 그리고 제식훈련 대신에 유격훈련이 시작된다. 죽기 일보 직전까지 체력을 방전시키는 그 유격훈련. 왼발 대신에 오른발을 먼저 내디뎠던 독특한 행동의 주인공 가운데 대추도 포함된다. 자신 때문에 소대원 전체가 유격훈련과 같은 단체 벌을 받았던 기억이 있는 대추는 제대 후에도 늘 왼발을 먼저 내디뎠다. 단 한 번도 오른발을 먼저 내디딘 적이 없다.

그러니 오늘 이 밤, 아주 중요한 임무를 수행해야 하는 이 밤에 대추가 왼발을 먼저 경성일보 사무실 안으로 내딛는 건 매우 당연하고 자연스러운 행동이었다. 대추의 왼발에게는 매우 불행한 행동이었고.

아아아악! 대추의 비명 소리가 건물 전체에 울려 퍼졌다. 덫에 걸린 동물이 내는 울부짖음과 비슷한 비명 소리였다. 대추가 바닥에 쓰러진 채 왼쪽 다리를 두 손으로 움켜쥐고 울었다. 비명 소리가 더 이상 나오지도 않았다. 가까스로 사태를 파악한 대추가 두 손으로 노루 덫을 간신히 벌렸다. 덫에 갇혀 있던 왼발을 꺼내는데 발에 감각이 없었다. 발목이 부러진 것 같았다. 하지만 손으로 만져 보니 부러지지는 않았다. 차라리 부러졌으면 덜 아팠을까? 대추는 문득 그런 생각이 들었다. 절뚝거리는 걸음걸이로 엘리베이터를 타고 1층 주차장으로 내려왔다. 오른발 하나만으로도 운전을 할 수 있는 게 다행이라고 생각하면서 대추는 차를 몰았다. 눈물이 앞을 가려서 시야가 흐릿했다.

*　　　*　　　*

또 실패했다. 세 번이나 임무를 맡겼건만 대추는 세 번 다 실패했다. 잠금장치가 허술한 사무실에 가서 일기장 하나 들고나오는 게 무슨 미션 임파서블이라고 그걸 하나 해내지 못하는지. 강도형은 이제 두 번 다시 대추에게는 미션을 부여하지 않기로 했다. 그러나 이대로 가만히 있을 수는 없다. 기자 놈이 가지고 있는 민경숙의 일기장이 공개되는 날에는 시장이 되겠다는 강도형의 꿈이 물거품이 된다. 그러니 반드시 그 일기장을 찾아와야 한다. 강도형은 복숭아를 불렀다. 그가 가장 신뢰하는 직원. 그야말로 에이스.

대추에게 부여했던 임무를 복숭아에게 똑같이 설명하고 임무를 완수하라고 했다. 강도형의 지시를 경청한 복숭아가 다른 의견을 제시했다. 역시 머리가 좋은 직원이다. 복숭아는 아직까지 기자 놈이 일기장을 공개하지 않았다면 분명 무슨 이유가 있을 것이라면서 그걸 알아내는 게 우선이라고 했다. 만약 기자 놈이 일기장을 공개할 수 없는 어쩔 수 없는 입장이라면 굳이 위험을 무릅써 가면서 일기장을 절취할 필요가 없다는 의견도 덧붙였다. 공개되지 않는다면 민경숙의 일기장은 아무런 위험이 없는 물건이라는 것이다. 폭발하지 않는 휴화산처럼.

복숭아의 의견은 일리가 있었다. 유능한 직원은 뭔가 달라도 달랐다. 대추 놈은 지시를 하면 아무 생각 없이 지시를 따르기만 했지 자기 생각이라는 게 없었다. 그러면서 그 지시도 제대로 이행하지 못했다. 하지만 복숭아는 지시를 따라야 할 때는 확실하게 지시에 따라서 일을 마무리했다. 그리고 지시의 내용과 다른 더 좋은 생각이 있을 때는 자신의 의견을 말했다. 매우 일리 있는 의견을. 에이스라고 불릴만한 충분한 자격을 갖춘 복숭아다.

복숭아는 자기가 오늘 하루 동안 기자 놈의 주변을 탐문해서 왜 기자 놈이 민경숙의 일기장을 공개하지 않는지, 그 이유를 과학적인 접근법을 활용해서 알아내겠다고 했다. 강도형은 만족스러운 미소와 함께 그렇게 하라고 허락했다.

*　　*　　*

오전 9시 20분, 문미옥은 치장을 끝내고 집을 나서려고 신발장에서 신고 나갈 마땅한 신발을 고르고 있었다. 보험설계사라는 직업이 반드시 매일 아침에 출근해야 하는 것은 아니지만, 오늘은 사무실에 출근하기로 마음먹었다. 할 일 없이 집에 있으면 마음은 심란하고 머리는 복잡하고. 차라리 아침에 사무실에 나가는 게 나을 것 같았다. 서둘러 샤워를 하고 화장을 하고 옷을 입고 출근 채비를 마쳤다. 그리고 신발장에서 구두를 고르고 있었다. 입은 옷과 기분에 맞는 구두를 찾으며.

딩동. 현관 초인종이 울렸다. 인터폰을 들어서 화면을 본 미옥이 깜짝 놀랐다. 남편 천혁수가 거기에 서 있었다. 경찰서 유치장에 있어야 할 남편이. 어떻게 된 일이지? 놀라움과 반가움이 섞인 얼굴로 미옥이 문을 열었다. 남편의 얼굴에는 슬픈 표정과 죄를 지은 표정이 들어 있었다. 남편은 혼자 온 것이 아니었다. 남편 뒤로 세 명의 남자들이 있었는데, 그들이 형사라는 건 신분증을 보지 않아도 알 것 같았다. 형사 가운데 가장 젊은 형사가 신분증을 내보이고는 미란다 원칙이라는 걸 들려줬다.

"말하겠습니다. 사실대로 전부 다."
전날 밤, 침묵으로 일관하던 혁수가 입을 열었다.

10월 15일 화요일, 사건 당일 아침. 혁수는 늦게 일어났다. 오전 10시 20분에. 오랜만에 평일에 쉴 수 있는 여유를 만끽하려고 전날 밤 늦게 잠자리에 들었다. 프로야구 한국 시리즈 재방송을 새벽까지 지켜봤다. 프로야구 시청은 혁수의 취미 생활의 일부다. 하지만 시장 운전기사를 하면서는 프로야구를 제대로 볼 수가 없다. 시장의 일정은 밤 10시가 돼야 끝난다. 그 시간에는 프로야구도 끝난다. 그래서 혁수는 프로야구를 하이라이트밖에 못 본다. 재방송을 보는 것은 혁수에게는 사치다. 다음 날 아침 일찍 시장을 모시러 시장 댁으로 가야 하는 혁수는 귀가해서는 바로 잠자리에 들었다. 프로야구 하이라이트만 시청하고서. 그런데 그날은 쉬는 날. 덕분에 전날 혁수는 프로야구 재방송을 시청하는 사치를 누릴 수 있었다. 그리고 그렇게 사치를 누린 덕분에 이날 아침에 늦게까지 잠을 잤다. 이 역시 오랜만에 누리는 사치였다.

일어나 보니 집사람이 없었다. 식탁에 밥상이 차려져 있고, 메모가 있었다. 너무 곤하게 잠을 자고 있어서 깨우지 않았어. 회사 사람들과 수암봉 등산하기로 해서 먼저 나가. 아침 맛있게 먹어. 메모 마지막에는 하트 모양이 그려져 있었다. 메모에 적힌 부인의 지시에 따라서 혁수는 맛있게 아침을 먹었다.

점심때가 돼서 문미옥은 귀가했다. 청바지에 가을 코트를 입고 있었다. 등산하는 차림으로는 적합하지 않은 것 같았지만 혁수는 별 신경을 쓰지 않았다. 수암봉을 등산하는데 굳이 히말라야를 등반하는 사람처럼 고어텍스 등산복을 입을 필요는 없지 않은가. 청바지를 입고서도 충분히 오를 수 있는 산이다. 같이 점심 식사를 하고, VOD로 영화 한 편을 보고 그렇게 하루를 보냈다. 그냥 별일 없는 평범한 하루였다. 평일에 쉬는 사치를 누린 하루였고.

그런데 일주일이 지난 월요일. 뉴스에 민경숙 살인사건이 보도되는 TV를 보는 혁수의 심장이 뛰었다. 뭔가 잘못됐다는 느낌이 본능적으로 느껴졌다. 그제야 그날 미옥의 모습이 다시 떠올랐다. 등산을 다녀왔다면서 청바지를 입고 집으로 돌아온 미옥. 다시 생각해 보니 의심스러웠다.

형사들이 집으로 찾아왔을 때 미옥을 체포하러 온 것으로 알았다. 하지만 그게 아니었다. 형사들은 아직 알지 못한 것 같았다. 한편으로는 미옥이 범인이 아닌 건가 하는 기대도 가졌다.

그런데 경찰서에서 조사받으면서 확인했다. 경찰이 보여 준 CCTV 동영상 화면에서 보라색 등산복을 입은 사람이 등장하는 순간 혁수는 알았다. 그건 자신의 부인 미옥이었다. 보라색 등산복을 입은 미옥이었다.

변호사의 도움으로 집으로 돌아오게 된 혁수는 미옥에게 물었다. 미옥은 아니라고 했다. 자기가 아니라고. 하지만 미옥의 눈빛을 본 혁수는 알 것 같았다. 미옥은 몇 개월 전부터 민경숙이라면 이를 갈았다. 왜 안 그렇겠나. 한때는 올케가 될 것이라는 기대도 했었는데, 그런 여자가 자기 오빠를 고소했으니.

밤새 고민했다. 그리고 자수해야겠다고 결심했다. 자신이 구속되는 게 낫다고 생각했다. 가족을 위해, 미옥을 위해, 그리고 시장님을 위해.

"얼른 체포하러 가시죠."

형사 가운데 누군가 말했다. 하지만 철학이 제지했다. 아무리 유력한 용의자라고 해도 이 시간에 체포하러 가는 건 지나치다면서. 연쇄살인범이거나 도주의 우려가 있다면 모를까. 문미옥은 자신을 유력한 용의자로 경찰이 판단하고 있다는 것을 모른다. 자기 남편이 대신 살인범으로 체포돼 있으니 안심하고 있을 거다. 연쇄살인범은 더구나 아니다. 철학은 내일 아침에 체포하러 가는 것으로 방침을 정했다.

"그럼 아침 7시에 가면 되나요?"

"안 돼, 그것도."

"그럼 몇 시에?"

"오전 9시 20분."

후배 형사들이 철학에게 물었다. 왜 그렇게 늦게 가는 거냐고. 철학이 후배 형사들에게 자세하게 설명했다. 그 시간은 그 집에 있는 고등학생이 집을 나와서 학교에 가 있을 시간이다. 오전 9시까지는 등교를 해야 하니. 아침 일찍 자녀가 학교에 가기도 전에 찾아가서 체포영장을 보여 주고서 수갑을 채우는 짓은 하지 말아야 한다. 앞에서 말했듯이 연쇄살인범이나 도주의 우려가 아주 높은 용의자가 아닌 한.

일부러 피의자를 압박하려고, 가족 앞에서 망신을 주려고 아이들이 있는 시간에 찾아가서 영장을 보여 주고서 압수수색을 벌이는 경우가 있는데, 그건 아주 나쁜 수사 방식이다. 이제는 그런 비인륜적인 방식의 수사는 하지 않아야 한다. 우리나라도 이제 선진국이고, 대한민국 경찰도 선진 경찰이 돼야 한다.

다음 날 오전 9시 정각, 철학과 후배 형사 두 명이 경찰서를 출발했다. 그리고 9시 20분, 문미옥의 집 현관 앞에 도착했다. 문을 열고 나온 미옥에게 젊은 형사가 미란다 원칙을 들려준 후 수갑을 채웠다.

           *   *   *

　짧은 가을 해가 서쪽 하늘 끝에 걸려 있을 때, 강도형이 복숭아의 보고를 듣기 위해 귀를 기울이고 앉아 있었다. 오늘 하루 재형의 주변을 탐문해서 과학적인 접근법으로 분석 정리한 복숭아가 보고를 시작했다. 기자 놈이 민경숙의 일기장을 공개하지 않는 이유는 두 가지로 추측이 가능하다.

　첫째는 일기장이 그놈 수중에 없는 것이다. 만약 그놈 수중에 있다면 아직까지 그것을 공개하지 않을 리가 없다. 기자의 생리라는 게 있다. 자기만의 정보가 있으면 그걸 신문에 내서 단독 보도하는 기쁨을 느끼는 게 기자의 생리다. 그건 골퍼가 이글을 기록했을 때의 기쁨, 강태공이 월척을 낚았을 때의 기쁨, 조기축구에서 결승골을 넣었을 때의 기쁨, 9회 말에 끝내기 홈런을 쳤을 때의 기쁨과 같다. 그런데 아직까지 자신만이 알고 있는 민경숙의 비밀이 담긴 일기를 기사화하지 않은 이유는, 기자 놈에게 일기장이 없기 때문이라고 추측할 수 있다.

　두 번째, 기자 놈이 일기장을 가지고 있지만 그걸 공개하지 않는 것이다. 그리고 그 이유를 이해하려면 기자 놈의 족보를 따져 올라가야 한다. 기자 놈은 능성 구씨. 능성 구씨에 대해서 인터넷에서 각종 자료를 찾아서 분석한 결과 이런 결론이 도출됐다. 능성 구씨는 다른 사람의 숨겨진 비밀을 들여다보는 것을 좋아하지 않는다. 더구나 여자의 숨겨진 내면에 대한 것은 절대 몰래 들여다보지 않는다. 그건 교육에 의해서 후천적으로 그렇게 된 것이 아니라 고려시대부터 대대로 이어져 온 것이다. 능성 구씨 핏줄에 그런 심성이 용해돼 있고, 능성 구씨 유전자에 또한 그런 심성이 담겨 있다. 한마디로 말하면 남의 일기장을 몰래 훔쳐보는 행위는 능성 구씨 유전자에는 없는 것이다. 그런 까닭에 기자 놈은 일기장을 가지고 있으면서도 그 내용을 공개하지 않은 것이다. 이런 사정을 기반으로 분석해 보면 앞으로 민경숙의 일기 내용이 공개될 가능성은 매우 낮다. 영 퍼센트라고 해도 무방하다.

두 가지의 추측 가운데 복숭아는 두 번째가 더 가능성이 높다는 설명을 끝으로 보고를 마쳤다.

복숭아의 보고를 들은 강도형은 박수를 쳤다. 역시 에이스는 다르다. 위기에서 팀을 구하는 거야말로 에이스의 역할인데, 지금 바로 복숭아가 에이스로서의 역할을 완벽히 해냈다. 기자 놈이 일기를 공개할까 봐 노심초사하고 있는 가운데, 임무를 맡겨서 보낸 대추는 번번이 실패만 하고, 이제 어쩌나 하고 고심하던 강도형을 복숭아가 구원한 거다.

강도형은 임무를 완벽하게 해낸, 특히나 아무런 희생 없이 비용 부담 없이 해낸 복숭아에게 상을 내리기로 했다. 30년산 양주다. 진짜 양주. 자신이 마시려고 아끼고 아껴 두었던 그 30년산. 사실은 민경숙과의 회합일에 마시려고 준비했던 것인데, 회합일에 바람을 맞는 바람에 도로 가지고 와서 소중히 보관해 왔던 것이다. 강도형은 지난번에 가짜 양주를 준 것이 미안하기도 해서 30년산 진짜 양주를 하나도 아깝지 않은 마음으로 복숭아에게 주었다. 감격하는 표정으로 90도로 인사하고 복숭아는 30년산 양주를 받아 들었다.

그날 저녁, 복숭아는 30년산 양주 한 병을 통째로 화장실 변기에 쏟아 버렸다. 이렇게 중얼거리면서.

"한 번은 속아도 두 번은 안 속는다."

          *   *   *

　오전에 체포돼 경찰서로 압송돼온 문미옥에게 오전 내내 철학은 아무런 조사를 하지 않았다. 점심 식사를 한 이후에도 그냥 방치했다. 물어본다고 해서 대답할 것 같지 않았기 때문이다. 지금은 그냥 두는 게 낫다. 철학은 그렇게 판단했다. 햇살이 서쪽 창문을 타고 들어올 때, 철학이 조사실로 들어가 미옥에게 말을 건넸다.

　"증거는 다 있고, 문미옥 씨 남편, 천혁수의 증언도 있고 이제 당사자인 문미옥 씨의 진술만 있으면 되는데. 이제 시작해 볼까요?"

　문미옥이 말이 없다. 미옥의 옆에 앉아 있는 변호사가 미옥을 쳐다보았지만, 미옥은 변호사에게 눈길도 주지 않는다. 철학이 미옥의 얼굴을 살폈다. 아직 말하려는 의지가 보이지 않는다. 미옥과 변호사를 그대로 둔 채 철학이 다시 조사실을 나왔다. 그렇게 한 시간 넘게 시간이 흘렀을 때, 서쪽 창문에 걸린 햇살이 막 사라졌을 때, 미옥이 입을 열었다.

　"변호사님은 이제 나가 보세요."

　변호사가 미옥을 쳐다보았다. 무슨 말을 하는 거냐?

　"시장님이 같이 있으라고 했습니다. 절대 혼자 놔두지 말라고."

　미옥이 변호사에게 고개를 돌렸다.

　"그럼 변호사 선임을 취소할까요?"

　미옥의 말이 떨어지자, 변호사가 주섬주섬 가방을 챙겨 들고 일어섰다. 변호사가 나온 문을 통해 철학이 조사실로 입장했다. 맞은편에 앉은 철학이 미옥의 표정을 해독했다. 그 표정을 해독하는 건 아주 간단한 일이었다. 지난주에 조사를 받았던 선미의 표정과 똑같았다. 얘기가 길다는 의미의 표정이었다.

"커피를 더 드릴까요?"

미옥이 고개를 끄덕였고, 커피 두 잔을 주문한 재형이 긴 얘기를 듣기 위한 마음가짐을 새롭게 했다.

"나 결혼할까 생각 중이다."

지난해 6월 하순의 어느 날. 거나하게 술에 취해서 동생 집을 찾아온 문도환이 느닷없이 결혼 얘기를 꺼냈다. 이게 무슨 소리냐. 정치하려고 이혼을 한 사람이 왜 뒤늦게 다시 결혼할 생각을 한 거지? 그것이 궁금했다. 하지만 우선은 기뻤다. 오빠가 혼자 사는 모습이 늘 안타까웠다. 그런데 다시 결혼을 하겠다니. 미옥에게는 반가운 소식이었다.

"누구 좋아하는 사람이 있어?"

미옥의 물음에 문도환의 얼굴에 금방 미소가 피어났다. 분명 좋아하는 여자가 있는 거다. 6개월 정도 만났단다. 그 여자가 이번 시장 선거도 많이 도와줬단다. 이름이 민경숙이라고 했다. 민경숙? 미옥도 들어본 이름이었다. 누구든 상관없었다. 오빠는 정확한 사람이니 여자 보는 눈도 정확할 것이기에. 오빠가 좋아하는 여자면 되는 거다.

"언제 할 생각인데?"

1년 뒤에 할 계획이라고 했다. 시장에 당선되고 나서 1년 동안은 시정 업무를 파악하느라 정신이 없을 테니 1년 정도 지난 다음에 하면 될 것이라고 했다. 역시 오빠답다. 사랑보다 일이 먼저, 결혼보다 정치가 먼저. 그것이 문도환이다.

1년이 눈 깜짝할 사이에 지나갔다. 문도환이 취임 1년 뒤에는 결혼을 생각하고 있었다는 걸 잊고 있었다. 그런데 신문에 기사가 실렸다. 화가가 문도환 시장을 고소했다는 기사. 알고 보니 그 화가가 민경숙이었다. 오빠가 결혼까지 생각했던 그 여자.

"결혼을 안 하게 된 게 더 다행이야."

미옥의 얘기를 들은 남편 천혁수가 말했다.

"시장님이 그 여자하고 결혼하는 거 나는 처음부터 반대였어. 아니, 그 여자와 시장님이 친한 거 자체도 싫었지."

남편은 민경숙에 대해서 자신이 알고 있는 모든 걸 말해 주었다. 19년 전에 일어난 교통사고 얘기도. 남편은 아버지는 말을 하지 않지만 자신의 아버지도 민경숙에게 당한 것 같다고 했다. 그 말을 듣는데 이가 갈렸다. 부모님은 왜 내 유전자 속에 이런 기질을 넣어 놓았는지. 불의를 보면 참지를 못한다. 나이를 먹으면서 그런 성격이 완화됐다고 생각했는데 그게 완화된 게 아니었나 보다.

민경숙 이년을 죽여야겠다고 생각했다. 오빠, 문도환이 누구인가. 우리 집의 대들보다. 부모님은 늘 외아들 문도환이 우리 집안을 일으켜 세울 것이라고 했다. 그런 부모의 기대에 맞게 문도환은 잘 성장했다. 공부를 무척 잘했고, 리더십이 있어서 반장과 학생회장을 도맡아 했다. 단 하나, 취직은 부모님의 생각과 다른 업종을 골랐다. 부모님은 은행에 취직하기를 바랐다. 그래야 돈을 잘 버니. 아니면 대기업에 취직하든지. 하지만 문도환은 신문사에 입사했다. 방송국도 아니고. 다 그 성격 때문이다. 문도환의 유전자 속에도 미옥의 유전자 속에 있는 것과 똑같은 유전자가 들어 있는 거다. 불의를 보면 참지 못하는 유전자.

그 성격 때문에 신문기자로서 성공가도를 달렸다. 나쁜 짓을 한 놈들은 문도환에게 걸리면 죽었다. 아무리 힘 좋고 배경이 탄탄한 놈들도 문도환의 펜 끝을 피해 가지 못했다. 경찰도 봐줄 수가 없었다. 그랬다가는 지들도 죽을 테니. 돈은 많이 벌지 못했다. 신문기자의 월급은 대기업 직원이나 은행원만큼 많지 않다. 그러다가 잘 나가는 신문기자 신분을 내던지고 정치의 길로 뛰어들었다. 이제 진짜로 세상을 바꿔 보겠다고.

그런 우리 오빠 문도환을 민경숙 이년이 가지고 논 것이다. 제 남편을 죽이는 년이 남편도 아닌 남자를 가지고 노는 거야 손안에 공깃돌을 가지고 노는 것처럼 쉬운 일이었을 것이다. 파리를 잡는 것만큼도 죄책감을 느끼지 않았을 것이다. 이런 년은 죽여야 한다. 지구에서 살면서 다른 사람이 마시는 산소를 함께 마시게 해서는 안 된다. 미옥은 그렇게 결심했다.

결심은 했지만 실행에 옮기는 건 간단한 일이 아니었다. 고등학생 아이를 뒷바라지해야 하고, 보험설계사로서 영업도 해야 한다. 결심을 실행에 옮기기에 적합한 시간적 환경적 조건이 쉽게 마련되지 않았다. 그러던 중 남편이 평일에 하루 쉬게 됐다고 말했다. 시장님이 하루 휴가를 내고 전주에 내려간단다. 그 말을 들은 미옥의 온몸에 소름이 끼쳤다. 그날이다. 그날 결심을 실행해야 했다.

모처럼 쉬는 날이니 남편은 늦게까지 잠을 잘 것이다. 오전에 일을 해치우고 돌아오면 자고 일어난 남편이 알리바이를 증명해 줄 것이다. 집에 같이 있었다고. 돌아오기 전에 깨어난다고 해도 남편이 아내를 위해 그 정도 알리바이는 만들어 줄 것이다.

수암봉을 등산하는 사람처럼 등산복을 입었다. 머리에 모자를 눌러

썼다. 시내에 CCTV가 많다는 건 시민 누구나 아는 사실이니 그 CCTV에 얼굴이 찍히지 않으려면 모자로 가리는 수밖에. CCTV를 피해 일부러 은행나무 아래에서 택시를 탔고, 민경숙의 집에서 멀리 떨어진 곳에서 택시를 세우고 내렸다.

초인종을 누르자 민경숙이 문을 열었다. 미옥의 얼굴을 본 경숙이 누구냐고 물었다. 사실대로 말했다. 문도환 시장 동생이라고. 경숙이 놀란 얼굴로 쳐다보더니 금방 상냥한 표정으로 얼굴을 바꾸었다. 얘기 좀 하러 왔다고 하자 커피를 두 잔 가져왔다. 식탁에 앉은 두 사람은 대화를 나누었다. 죽이려고 마음먹고 찾아갔지만 막상 사람 얼굴을 보니 죽일 수 없었다.

"고소를 취하하세요."

민경숙이 웃었다. 이제 시장이 여동생에게 그런 것도 시키냐면서. 쪼다 새끼라고 욕도 했다. 그래서는 안 되는 거였다. 문도환은 쪼다가 아니다. 문씨 집안에서 가장 똑똑한 사람을, 시장에 당선된 사람을 쪼다라고 하다니. 미옥은 참을 수 없는 분노를 느꼈다.

"커피, 마저 마시고 돌아가세요."

경숙이 자리에서 일어섰다. 미옥을 등지고 뒤로 돌았다. 발걸음을 옮기려는 경숙의 뒷머리를 준비해 간 아령으로 내리쳤다. 한 번, 두 번, 세 번. 그 자리에 쓰러진 경숙은 아무런 움직임이 없었다. 생각처럼 피가 많이 나지는 않았다.

죽이러 왔으면서도 막상 사람이 죽으니 당황스러웠다. 일단 시체를 치워야겠다는 생각에 현관문을 열고 밖을 살펴보았다. 현관문 바로 앞에 승용차가 있어서 이웃들의 눈에 띄지 않고도 시체를 치울 수 있을 것 같았다. 경숙의 핸드백을 찾았다. 그 안에 스마트키가 있었다. 스마트키로 승용차의 트렁크를 열었다. 죽은 경숙을 들쳐 업었다. 무거웠다. 다리가 후들거렸다. 하지만 반드시 해야 한다는 다짐으로 무게를 이겨 냈다. 경숙을 자동차 트렁크에 싣고서, 다시 집 안으로 들어와 욕실에 있는 수건을 가져다가 피가 묻은 바닥을 닦았다. 수건을 물에 적셔서 다시 한번 닦았다. 그 수건을 배낭에 담았다. 나중에 등산복과 함께 배낭도 버렸다.

수암봉 주차장에 차를 주차했다. CCTV를 피하려고 한쪽 구석에 차를 세웠다. 모자를 푹 눌러쓰고서 차에서 내려 잠시 기다렸다가 다른 사람들 무리 속에 섞였다. 그들과 함께 수암봉을 오르다가 하산하는 사람들 틈에 다시 섞여서 수암봉 아랫마을로 내려갔다. 택시를 타고 아웃렛으로 가서 새 옷을 사서 갈아입고 집으로 돌아왔다. 수암봉을 등산하겠다고 메모를 적어 놓고 나간 사람의 귀가 복장이 등산복 차림이 아니었지만 남편은 별로 신경 쓰지 않았다.

"등산복하고 아령은 어디에 버렸어요?"

미옥의 진술을 듣고 난 철학이 물었다.

"배낭에 담아서 아웃렛 매장 쓰레기통에 버렸어요."

그건 찾으면 된다. 아직까지 아웃렛 쓰레기통에 있지는 않겠지만, 어떻게든 찾아낼 수 있을 거다. 못 찾아도 상관없다. 문미옥이 범인이라는 증거는 충분하다. 민경숙의 집 탁자 위에 있던 커피 잔에서 미옥의 지문이 확인됐다. 바닥에 묻은 피를 닦아야 한다는 생각은 했지만, 커피 잔에 묻은 지문을 지울 생각은 하지 못한 것이다.

민경숙의 집 탁자 위에 놓여 있던 커피 잔에 묻은 지문이 천혁수의 지문과 다르다는 것을 확인한 철학은 커피를 마신 사람과 민경숙을 죽인 사람이 다른 인물일 것으로 판단했다. 천혁수가 자신이 범인이라고 했으니. 민경숙이 살해되기 전날 저녁에 다른 사람과 마신 커피 잔일 것이라고 판단했었다. 하지만 문미옥을 체포하고 나서 그녀의 지문과 커피 잔의 지문이 같은 사람이라는 것이 확인됨으로써, 이제는 커피 잔에 묻은 지문이 결정적인 증거 가운데 하나가 된 것이다.

"민경숙의 휴대폰은 어떻게 했어요?"

"핸드백에 넣어서 핸드백과 같이 버렸어요."

"그럼 그것도 아웃렛 매장 쓰레기통에?"

"네, 종량제봉투에 담아서 쓰레기통에 넣었어요."

협박자

휴대폰은 사라졌지만 노트북에는
카톡 대화 내용이 그대로 남아 있었다

사무실 문이 닫혀 있다. 닫혀 있는 게 정상이지만, 요즘 아침에 문이 열려 있던 적이 많아서 닫혀 있는 게 특별해 보였다. 문을 여니 노루 덫은 어젯밤에 설치해 놓은 그대로 있었다. 어제는 아무도 사무실에 몰래 들어오지 않은 것이다. 재형이 소파 아래쪽으로 손을 넣었다. 민경숙의 일기장은 그대로 있었다. 그 일기장을 꺼내서 책상 위에 올려놓고 재형은 책상 앞 의자에 앉았다. 이제 모든 게 끝난 것 같다. 민경숙을 살해한 진짜 살인범은 잡혔고, 몰래 사무실을 침입하는 놈의 행동도 멈추었고, 협박 문자도 더 이상 오지 않는다.

"살인범도 잡았고, 이제 시간 좀 있겠네."

철학에게 전화를 건 재형이 말했다.

"시간 있으면 뭐하게?"

"우리 사무실로 좀 와라."

"기자가 형사에게 오라 가라 그렇게 명령하는 거 아니다."

"와서 민경숙 일기장 가져가라. 아무래도 경찰에 제출하는 게 순리인 것 같다."

강도형이 대추에게 지시해서 경성일보 사무실을 몰래 침입하라고 한 이유는 일기장 때문이다. 민경숙의 일기장. 강도형은 그걸 가져가려 했다. 대추는 분명 그렇게 말했다. 대추가 말하지 않았어도 강도형이 민경숙의 일기장을 손에 넣으려 한 이유가 있다는 것을 재형은 안다. 그 일기 내용에 강도형과 민경숙의 관계가 상세하게 설명돼 있을 테니. 시장을 해 보겠다는 꿈을 꾸고 있는 강도형에게는 자신과 민경숙의 관계가 공개되는 걸 원치 않을 것이다. 그러니 무슨 수를 써서라도 기자의 손에서 민경숙의 일기장을 빼내려 했던 거고.

강도형 외에 민경숙의 일기장을 원하는 또 다른 사람이 있다. 강도형이 단순 무식한 방법으로 일기장을 탈취하려 하는 것과 달리, 드러나지 않은 이 사람은 훨씬 더 치밀하고 섬세한 수단을 사용하고 있다. 일기장만 원하는 것도 아니고, 재형의 손발을 아예 묶어 놓으려고 하고 있다. 누군지 모습을 드러내지 않았지만, 재형은 이 사람이 문도환 시장일 거라고 추측하고 있다. 그의 여동생이 민경숙을 살해한 것으로 밝혀지면서 그 의심은 더 굳어졌다. 민경숙이 실종된 이후 재형은 누구보다 먼저 취재를 시작했고, 심도 있게 취재했다. 그러니 문도환 입장에서는 매우 당혹스러웠을 것이다. 위협적으로 느껴졌을 것이고.

이제 범인은 잡혔다. 문도환의 동생이 범인이라는 사실은 문도환에게는 치명적인 일이다. 정치적으로 문도환은 큰 상처를 입었다. 앞으로 다시는 정치를 하기 힘들 정도로. 그렇다면 이제는 재형을 협박하지 않을까? 그건 장담할 수 없다. 그러니 그냥 앉아서 어떤 결과로 나타날지 기다릴 수만은 없다. 협박하는 자가 누구인지 밝혀내는 것만이 재형이 협박받지 않는 가장 확실한 길이다. 재형은 자신의 친구에게 도움을 청하기로 했다.

"어이구, 우리 언론인. 이제는 좀 덜 바쁜가?"

학규가 밝은 목소리로 전화를 받았다. 이 녀석은 이런 점이 좋다. 밝은 목소리로 친절하게 전화를 받는 것.

"지난번에 내가 한번 얘기한 적 있지? 협박 문자가 온다고."

"그래, 그거 참 어떻게 됐어? 그 이후로 더 이상 협박당하지 않는 건가?"

학규의 목소리에는 걱정하는 마음이 녹아 있다.

재형은 그동안 자신에게 일어났던 일을 학규에게 간단하게 설명해 주었다. 그러면서 아직도 끝났다고 확신할 수 없다고 말했다.

"그럴 것 같은데. 그런 놈들이 그렇게 쉽게 물러나지 않을걸."

"그래서 너한테 전화를 한 거다. 도움을 좀 부탁하려고."

"야야, 친구 사이에 무슨 도움을 부탁한다고 해. 필요한 것 있으면 그냥 말만 해."

학규 이 녀석, 이럴 때는 정말 고맙다. 철학이 녀석은 한 번도 이렇게 따뜻하게 말한 적이 없다.

"누가 그런 건지 좀 알아봐 줘라. 검찰이라면 가능할 것 같은데."

"내가 전에 말했잖아. 정식으로 고소하면 바로 알아봐 준다니까…… 그건 그렇고 누구 짐작 가는 사람은 없어?"

재형은 잠시 망설였다. 문도환이 의심스럽다는 말을 해야 하나 말아야 하나. 그러다가 그냥 말하기로 결심했다. 검찰이 나서면 어렵지 않게 밝혀낼 텐데. 괜히 고민할 필요가 없다. 재형은 문도환이 의심스러운 이유를 학규에게 설명해 줬다.

"재형이 네가 그렇게 생각할 만도 하다. 내가 보기에도 문도환 시장이 의심스럽다. 조사하면 드러나겠지. 그건 그렇고, 정식으로 조사를 하자면 네가 휴대폰을 제출해야 한다. 네 휴대폰에 협박 문자가 있잖아. 오래 걸리지는 않을 거다. 한 이틀 정도만 우리가 가지고 있다가 돌려줄 거니까. 너무 신경 쓰지 말고."

"그래, 그렇게 할게."

"그럼 언제 올래? 지금이라도 와. 이런 일은 빠르면 빠를수록 좋다."

"그래 알았어. 그런데 내가 처리할 일이 있으니까. 그거 먼저 처리하고 오후 늦게 네 사무실로 갈게. 기다리고 있어."

"알았다. 퇴근을 늦게 하게 되더라도 기다리고 있을 테니까. 일 처리하고 와라."

학규와 통화를 끝낸 재형은 민경숙의 일기장을 책상 위에 놓고 물끄러미 바라보았다. 이제 일기장을 철학에게 넘겨주고 나면 모든 것이 끝나는 거다. 일기장을 보고 싶은 유혹을 잘 견뎌냈다. 일기의 내용을 읽어보지 않고도 원하던 내용을 모두 확인했다. 범인도 잡혔다. 일기장을 넘기고 나면 이 사무실에 누군가 몰래 숨어들어오는 일은 없을 것이다.

"그런데 왜 그동안 민경숙의 일기장을 달라고 하지 않았냐?"

재형의 사무실로 찾아온 철학에게 재형이 물었다.

"네가 언젠가는 스스로 줄 거라고 생각했다."

재형이 건넨 일기장을 철학이 받아들었다. 그러고는 소파에 털썩 앉았다.

"어때, 기사는 잘 써지냐? 그동안 취재하느라 기사를 한 번도 쓰지 않은 것 같던데. 여러 번 나눠서 신문에 실어야 할 것 아냐. 내용이 많을 텐데."

"신문에는 싣지 않으련다."

"뭐? 그럼 여태 취재한 게 아깝지 않아?"

"소설로 한번 써보련다."

"소설?"

"그래, 소설. 내가 알게 된 이야기를 신문기사로는 제대로 작성하기가 어려울 것 같아. 명예와 관련된 내용이 있어서 소송에 휘말릴 수도 있고. 그래서 소설로 써 보련다. 소설로 쓰면 내가 아는 내용을 전부 담을 수가 있잖아. 이름만 조금 바꿔서 쓰면 소송을 당할 염려도 없고."

"그래, 그거 좋은 생각이다. 소설로 쓰면 재미있겠는데. 소설 나오면 내가 가장 먼저 사서 읽어 주마."

"아! 그런데 네 친구도 민경숙과 사귀는 사이였던데."

재형이 철학을 보았다. 내 친구라니?

"네 친구 있잖아. 검찰에 있는 친구."

"뭐? 학규! 학규가 민경숙과 사귀었다고?"

"최근까지 사귀었던 것 같아."

머리를 한 대 얻어맞은 것 같았다. 철학의 말을 도저히 믿을 수가 없었다. 재형이 아는 학규는 그런 사람이 아니다. 늘 예의 바르고 친절하고 상냥하고 그런 사람이다. 그런 학규가 민경숙과 불륜의 만남을 가졌을 리가 없다. "그걸 어떻게 알았는데?"

민경숙의 휴대폰은 찾지 못했다. 그래서 민경숙과 다른 사람들이 주고받은 문자 내용과 카톡 내용을 확인할 수가 없었다. 그런데 민경숙의 컴퓨터에 카톡이 깔려 있었다. 민경숙의 집에 있는 컴퓨터에는 없었지만, 민경숙의 화실에 있는 노트북에 카톡이 깔려 있었다. 경찰은 민경숙의 집에 있는 컴퓨터만 살펴보았다. 민경숙의 화실은 관심을 갖지 않았다. 민경숙이 살해된 곳이 그녀의 집이었기에.

그러다가 바로 어제 민경숙이 화실을 운영하고 있다는 것이 생각난 철학이 선미에게 전화를 걸었다.

"민경숙 씨의 화실이 어디인지 아시죠?"

"당연하죠. 제가 근무하는 곳인걸요."

"지금 화실에 누가 있나요?"

"아니요, 민경숙이 살해됐다는 뉴스가 보도된 이후에 화실 문을 닫았어요."

"화실에 컴퓨터가 있죠?"

"그럼요."

"민경숙 씨가 사용하던 컴퓨터도 있나요?"

"노트북이 있어요."

"화실 문 좀 열어 주세요. 그 노트북을 살펴봐야겠습니다."

선미가 열어 준 문을 통해 화실을 방문한 철학은 그곳에 있던 민경숙의 노트북을 열었다. 그 노트북에 카톡이 깔려 있었다. 카톡을 열려면 비밀번호가 필요했지만, 현대 대한민국 수사기관이 카톡 비밀번호를 푸는 건 어려운 일이 아니다. 오늘 아침 비밀번호가 풀린 민경숙의 카톡 내용이 공개됐다. 노트북에는 휴대폰으로 주고받은 카톡 내용이 그대로 남아 있었다. 그 카톡 가운데 민경숙과 재형의 친구 이학규가 주고받은 대화도 남아 있었던 것이다.

"그 대화 가운데 하나를 내가 휴대폰 카메라로 찍어 왔다. 네 친구가 민경숙을 엄청 좋아했나 보더라.”

철학이 자신이 촬영한 카톡 사진을 재형에게 보내줬다. 카톡으로. 그러고는 재형의 사무실을 나섰다.

살인범은 잡았지만 아직 일이 마무리되지는 않았다. 그걸 마무리하고 나서 밥 한번 먹자고 철학이 말했다. 재형이 복도로 따라 나와 엘리베이터까지 철학을 배웅했다.

엘리베이터 문이 닫힌 후 재형이 사무실로 돌아와 자리에 앉았다. 그리고 철학이 카톡으로 보낸 사진을 열었다. 학규가 민경숙에게 보낸 문자 내용을 찍은 사진을. 학규가 그런 여자와 사귀었을 리가 없다고 생각하면서.

‘이처럼 운명적이라 느껴 본 적이 없소. 경숙, 당신을 처음 보는 순간 그렇게 느꼈소. 운명이라고. 내가 이처럼 아름다운 여인을 만날 수 있는 것은 하늘이 준 운명이라고. 당신을 만난 지 20년이 지난 지금도 그렇게 느끼고 있소. 당신과의 만남은 운명이라고. 내 생애에 두 번 다시 찾아오지 않을 행운이라고. 그래서 다짐했다오. 뜨겁게 사랑하리라. 당신을 영원히 사랑하리라. 이 세상이 끝장날 때까지.’

“아니, 이건!”

재형의 손이 떨렸다. 마지막 문장, 이 어색한 문장은······!

재형이 카톡을 닫고, 문자 목록을 열었다. 그리고 지난 문자를 찾았다. 여러 날이 지나서 최근 문자들을 한참 위로 올려야 했다. 그리고 마침내 찾았다. 찾고자 한 그 수신 문자를. 발신자 표시 제한으로 수신된 문자를. 분명 그 문자에도 어색한 문장이 있었다. 맨 마지막 줄에.

‘이 세상이 끝장날 때까지.’

실종된 화가와 남자들

ⓒ 변억환, 2019

초판 1쇄 발행 2019년 8월 1일

지은이   변억환
펴낸이   이기봉
편집   좋은땅 편집팀
펴낸곳   도서출판 좋은땅
주소   서울 마포구 성지길 25 보광빌딩 2층
전화   02)374-8616~7
팩스   02)374-8614
이메일   gworldbook@naver.com
홈페이지   www.g-world.co.kr

ISBN   979-11-6435-493-1 (03810)

이 도서의 국립중앙도서관 출판예정도서목록(CIP)은 서지정보유통지원시스템 홈페이지(http://seoji.nl.go.kr)와 국가
자료공동목록시스템(http://www.nl.go.kr/kolisnet)에서 이용하실 수 있습니다. (CIP제어번호: CIP2019028084)